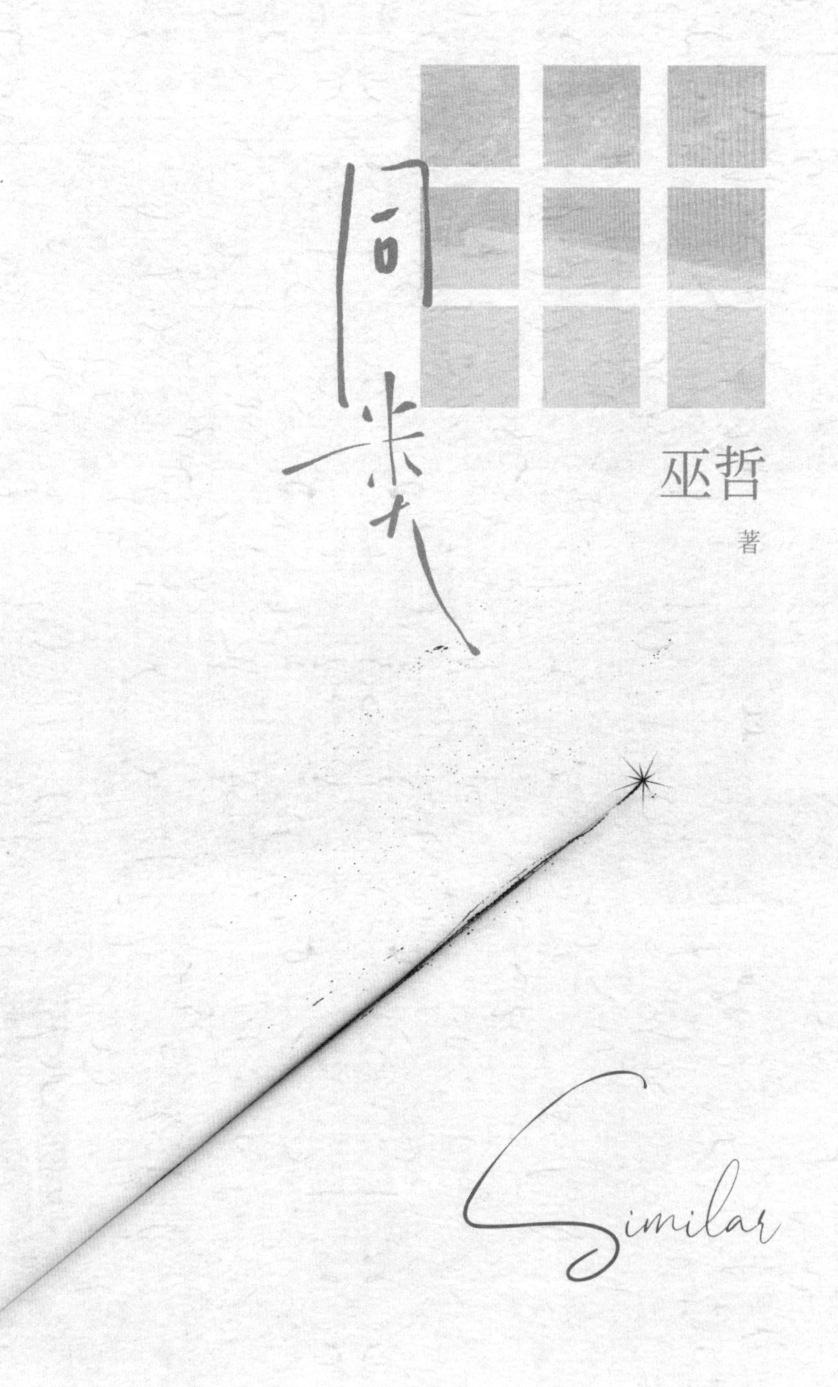

上海文化出版社 博集天卷 CS-BOOKY

欢迎来到小辰辰的
秘密基地。

每个人心里都有那么一个
不能碰的地方。

目 录

Contents

同类

你一直往前跑，往前跑，

抬头的时候就看到星星了。

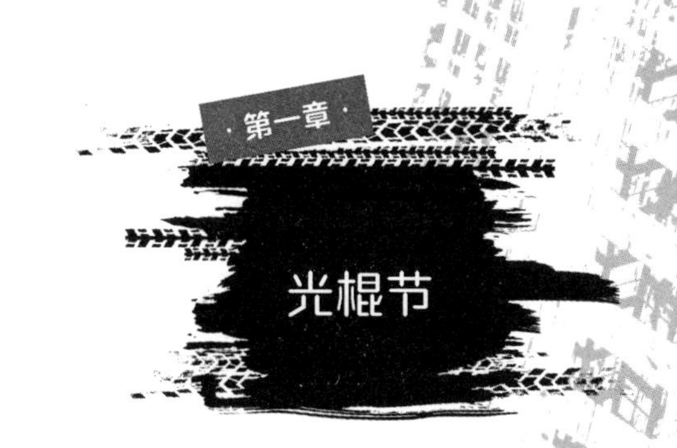

第一章 光棍节

安赫站在三楼办公室外面的走廊上抽烟，楼下操场边的公告栏前挤了一大群学生，不知道在看什么，不时能听到起哄的声音。上课铃声响过好一会儿了，学生们才依依不舍地离开公告栏。

同事杨老师从楼下走上来，看到他笑了笑。

杨老师四十多岁，平时一向严肃正经，今天能冲自己一笑，安赫倍感光荣，赶紧也笑着点了点头。“您下课了啊。”

杨老师收了笑容，一边往办公室里走一边说了一句：“安老师，你们班的学生真是越来越出格了。”

安赫愣了愣。“怎么了？”

“你还不知道呢？这班主任当的。”杨老师摇头，一脸沉痛地从办公室里退回来，指着楼下的公告栏，“你们班张林把情书都写成大字报贴出来了！”

“是吗？”安赫乐了，往楼下看了看，难怪。

“你还笑？”杨老师叹了口气，走进了办公室。

那我哭吗？安赫笑了笑，把烟掐了，慢慢溜达着下了楼。

路过公告栏的时候，安赫过去看了一眼。

公告栏的玻璃上贴着张纸，就是张 A4 纸，上面的字倒是挺大的，一共没几个字，多了写不下。

“许静遥我爱你至死不渝。”底下落款“张林”俩字跟被人转圈踩过似的，团成一团缩着。

许静遥是安赫班上的语文课代表，挺不错的小姑娘，就是人傲得很，张林这个表白估计得是个悲剧结尾。

安赫把纸从玻璃上撕下来，拿回了办公室。

下午最后一节自习课的时候，他把张林叫到了办公室。

“聊聊。”安赫把纸放到自己桌上，看了一眼站在桌子对面满脸不爽的张林，他又笑了，“这脸上的表情真难看，是不是我扯下来早了，许静遥还没看着？”

“知道还说。”张林梗着脖子“啧”了一声。

“那你自己拿给她看吧。”安赫把纸递给他。

张林愣了愣，接过纸。“你不骂我？”

“骂你干吗？”安赫拿过保温杯喝了口茶。

“那你叫我来干吗？”张林看着他。

“叫你来是告诉你以后不要在期中考前做这种事，考完了再做。”安赫靠到椅背上，勾了勾嘴角露出个笑容，“你是不是怕你考砸了许静遥不搭理你？”

“我才不在乎那个，今儿是光棍节，这日子适合表白。”张林趴到桌上，“安总有水吗？我渴了。”

“光棍节？”安赫从身后的纸箱里拿了瓶运动会没发完的水给张林，“上课内容没一样能记住的，这种东西倒记得挺清楚。”

“你也应该能记得啊。”张林拿着水瓶仰着脖子都灌了下去，抹抹嘴，“你不也是个光棍吗？听说你前女友特漂亮，太漂亮的就是不靠谱，守不住……”

“下周一叫你爸或者你妈来一趟。”安赫笑笑，看着自己笔记本电脑的屏幕，课件还没弄完。

“不是吧，说你光棍你就叫家长！”张林很不满，想想又晃了晃手里的纸，“还是为这个？”

“都不是。”安赫点着鼠标，“你是不是觉得你除了这个就没别的可以叫家长的事了？”

“不就上课出去转悠了一趟吗？”

“不止一趟。”安赫放下鼠标看着张林，他知道高中还被叫家长挺没面子的，“少年，你这一周下午都没在教室里待过几节课吧？我没让你明天叫家长来就已经很给面子了，这两天你琢磨一下怎么解释吧，行了，回教室去。”

张林还想说什么，安赫却不再理他，他只得“啧”一声，转身往办公室门口走。“叫就叫。”

办公室的门被张林挺大声地关上了。

“这个张林真没治了。”坐在角落里的程雨被吓了一跳，“你直接打电话叫他爸来收拾他一顿就完事了，干吗让他自己叫，你等着吧，下周一你肯定见不着他家长。”

“不至于。”安赫点开电脑屏幕右下角一直跳动着的QQ，张林会叫家长来，他的学生他了解。

QQ上的信息是林若雪发过来的，很简洁明了的一句话。

今晚十点，沸点。

沸点是个酒吧，以前是他们一帮朋友的聚集点，有一阵没去了，安赫回了个“好”。

还有半节课就放学了，安赫伸了个懒腰，起身走出了办公室。

他习惯在放学前去班上转一圈。

这是市里排名稳居倒数前五的高中，生源差，师资弱，不过相比之下压力要小得多，加上校长舍得花钱，这大概是安赫能在这里安心待了四年的原因。

走近高一的教学楼，离着还有二三十米就能听到一楼几个班的声音，还有学生已经逛到教室外边来了，看到他走过来，才又转回了教室里。

安赫看了一眼就上楼了，他的班在二楼。

他班上的声音不比楼下的小，他推开后门看了看，看小说的，睡觉的，聊天的，塞着耳机听歌的，居然还有闲着没事正在擦玻璃的。

安赫从后门走进去，慢慢往讲台走，顺手从俩学生的耳朵上扯下耳机扔到桌上，教室里嗡嗡的说话声慢慢小了下去。

安赫没说话，站在讲台边看了看，相比高二、高三，高一的新生其实还算老实，年纪小，也还没有被高二、高三的同化，只是底子都差点儿。

“快放学了挺激动？”安赫在下面的说话声完全没了之后才开口说了一句，“马上期中考了，玩了半个学期了，愿不愿意复习好歹都装装样子，考完了要开家长会的，到时候你们是改成绩单，还是模仿签字都蒙不过去。”

下面响起一片拖长了的唉声叹气。

“要我说呢……”安赫走上讲台，正想继续说两句，突然发现下面的哀叹声没了，所有学生都带着一脸说不清的表情看着他，前排的还伸长了脖子往讲台上看。

安赫低下头，看到擦得干干净净的讲台上放着个信封，上面写着“安赫亲启”。

“给我的？”安赫拿起信封，信封没有粘口，他搓开封口就能看到里面折得很整齐的一张粉色信纸。

他这些动作看上去随意而漫不经心，实际上很小心，虽然他认为刚高一的学生不至于给他下什么套，但他毕竟曾经在进教室门的时候被从天而降的扫把砸过头。

他刚把信封拿起来，教室里就开始有人起哄，笑声喊声都出来了。

“安总快打开！”

“帅哥打开看看！”

“表白啊——”

安赫看他们这个反应，估计不会有什么陷阱，于是拿着信想放到口袋里，下面又喊了起来：“看啊！”

安赫把信又拿出来，抽出信纸看了看。

粉色的信纸上用彩笔写着一行字，跟张林那张表白 A4 纸的形式差不多，不过内容要火辣得多。

“安赫，从今天开始你是我的了！”

字写得很难看，估计是左手写的，笔画有点儿歪。

安赫挑了挑眉毛，把信纸放回了信封里。“谢谢。”

班上的学生挺兴奋，不依不饶地继续喊，有几个男生的声音特别大。

“这就完了啊！”

“老大给念出来听听啊！”

“就是啊，让我们过过干瘾也成啊——”

安赫回手在黑板上敲了敲。“安静点儿，造反了你们。”

下面的声音小了点儿，安赫把信放进口袋里，他不知道这信是谁写的，但估计也只有他不知道。

“用念吗？”安赫抬手看了看表，还有五分钟放学，“你们全看过了吧？内容挺霸气，震得我一哆嗦。”

“回应呢！”坐在最后一排的张林问了一句，下面又是一片兴奋的附和声。

“要说谁是谁的人，”安赫抱着胳膊笑了笑，“你们都是我的人。”

教室里一下安静了，接着爆发出一阵尖叫，拍桌子跺脚的都有。

“行了，收拾东西等着放学吧。”安赫走下讲台往教室门口走，“考试复习要是也有这劲头，我估计睡觉都能替你们笑醒了。”

安赫回到小区门口的时候，天刚擦黑，保安已经吃完了饭，正站在岗亭里，一看到他的车，保安就开始乐。

安赫把车开到离刷卡感应器还有一米远的地方停下了，他放下车窗，从副驾驶座椅上拿起一个绿色的苍蝇拍伸出去，对着感应器晃了晃，前面的杆抬了起来。

保安笑着趴到窗口问：“安老师，你换拍子了啊？”

“嗯，原来那个断了。”安赫把苍蝇拍扔回座椅上。这保安笑点低，自打上回刷完卡忘回轮，一头撞在岗亭上之后，他把停车卡粘在苍蝇拍上伸出去刷都好几个月了，这人居然还是一见他就乐。

楼下的停车位已经差不多全停满了，他开着车绕到楼后把车停好。

他住在十二层，抬头能看到灯光，是他早上出门的时候开的。

开着灯能让他在开门进屋的时候心里踏实一些。房子不大，两居室，但如果不开着灯，天擦黑的时候回来，还是会觉得很冷清。

安赫一直管自己这套房子叫“房子”，而不是“家”，尽管他觉得是“家”的地方也就那么回事，但感觉上依然会不同。

“安老师下班啦。”电梯门开了，保洁阿姨拿着拖把从里面走出来，跟他打了个招呼。

“嗯，您忙完了？”安赫笑笑，进了电梯。

“还有一会儿呢，今天就我一个人。”阿姨叹了口气。

“您辛苦。”

现在还没到八点，林若雪给他的时间是十点，安赫站在客厅里愣了两分钟，边脱衣服边走进卧室，然后趴到了床上。

一直睡到九点多，他才拿了换洗衣服进了浴室。

这屋里装修得最好的地方就是浴室，当初安赫能看中这套地段挺偏的房子也就是因为浴室很大。

他打开热水开关，打开了放在浴缸旁边的笔记本电脑，坐在浴室里的摇椅上轻轻晃着，还有几天才供暖，感觉现在最暖的地方就是浴室。

没多大一会儿，眼前就已经全是白雾了。

扔在客厅里的手机一直在响，安赫懒洋洋地裹着厚厚的浴衣走出去接起电话。

“大哥，你是不是还没出来？”林若雪的声音冲了出来。

“洗澡。”安赫看了看时间，十点二十，今天泡的时间有点儿久。

“洗完没？”

“我还没吃东西。”

“过来再吃，赶紧的，今儿光棍节，人多呢，别一会儿打不着车了！”

“我开车去，不喝酒。”安赫走进卧室，打开空调吹着暖风，看着衣柜，琢磨着穿什么衣服出去。

“别跟我这儿放屁，”林若雪想也没想地说，“你要不喝酒你就甭来了，在你家浴缸里继续泡着吧！”

说完没等安赫出声，就挂断了电话。

安赫笑了笑，拿了衣服慢吞吞地穿着。

林若雪这性格他已经习惯了，他俩从高中起就关系特好，到现在都联系密切，一开始所有的人都以为他俩在谈恋爱，可惜这么多年他俩也没修成正果。

他还记得老妈听说他俩没戏时怅然若失的表情。

安赫十分钟之后出了门，今天特别冷，但街上的人却比平时多，双双对对的小情侣满街都是。

安赫把外套拉链往上拉了拉，伸手打车。

二十分钟过去都没看到一辆空车，他有点儿郁闷。不说是光棍的节日吗，哪儿来那么多情侣凑热闹，光棍都凑成对了才好意思出门吗……

挥了半天手他总算上了一辆没空调的黑车。

说了去沸点之后，司机看着他笑了笑。“哥们儿，真光棍？去酒吧脱单还是找虐啊？”

“开你的车。”安赫应了声，扭头看着窗外。

沸点是市里比较火爆的几个酒吧之一，每次有个什么节日的都会有表演。

安赫对表演没什么兴趣，他出来的目的就是跟朋友聚聚——固定的几个单身朋友。平时上班他都绷着，只有跟这几个朋友在一块儿的时候才能稍微放松一些。

安赫进了酒吧大厅的时候，表演已经开始有一阵了，台上几个妞扭着。安赫扫了几眼，目光停留在一个腿特别长的姑娘身上。

“这就看呆了？一会儿不得流口水啊，带够纸了没？”身后响起林若雪的声音，接着就被她在屁股上拍了一巴掌。

安赫回过头，他有快俩月没见林若雪了，这暴脾气妞又漂亮不少。“人呢？”

“那边，”林若雪指了指对面场边，“今儿我特地给经理打了电话，占了近点儿的台。”

安赫跟着她往对面走过去，刚坐下，面前就放上了三个空杯子。

“安子，你太不够意思，我们好几个人等你一个！”刘江一边往杯子里倒酒，一边喊着，眼睛还没忘了一直往台上姑娘身上瞟。

“我自己来。”安赫想从他手上拿过酒瓶，“你专心看吧，别一会儿都倒我裤子上了。”

“你少来！”刘江抓着酒瓶不放，“我专心伺候你，你自己倒顶多倒半杯……中间那个腿真漂亮。”

安赫扭头看了一眼，不仅腿长，皮肤也不错。

“赶紧的！”林若雪在他肩上拍了一下。

他转回来拿起杯子，旁边宋志斌叼着烟指着他说：“不许停。”

安赫笑笑，仰头一口气把杯子里的酒都喝了下去，三杯酒都没怎么停顿，全都下了肚，他把杯子往桌上用力一放，皱着眉说："给我点儿吃的，烧死了。"

刘江拿过一碟下酒零食放在他面前。"最近总见不着你，是不是现在有人管着了？"

"那我还用跟你们过光棍节？"安赫笑笑，塞了个苹果派到嘴里。

暗而混乱的灯光，舞台上交错的人影，身边的笑声和尖叫声，混杂着烟味儿和香水味儿的空气。

安赫静静地拿着杯子感受着这些，让人疲惫却又能时刻挑动神经，在兴奋与疲惫之间来来回回。

林若雪他们几个人在玩骰子，输掉的人必须喝酒以示惩罚。她已经输了三把，还是喊得不亦乐乎，跟刘江赛着喊。

安赫在一旁看着，突然听到一直很响的音乐声没了，一串吉他声传了出来。

这声音在被劲爆音乐胸口碎大石一样砸了一晚上的安赫耳朵里如同天籁。

他转过头，看到台上不知道什么时候多了副架子鼓，几个人站在台上，背着吉他的那个人时不时拨拉几下琴弦，等他们都站好的时候，四周开始有人尖叫。

"大家好，我们是鸟人，"站在中间的人对着麦克风说了一句，在一片尖叫和掌声中说，"祝大家光棍节快乐，有伴的继续，没伴的努力。"

鸟人？安赫觉得自己大概是没听清。

"今天这么早！还没到十二点呢！"林若雪一边拿过自己的包掏着，一边凑到安赫耳边喊，"看他们的鼓手！"

"鼓手？"安赫往台上看过去，架子鼓后面的阴影里站着一个人，只能看到那人很长的头发和遮了半张脸的黑色口罩，腿上是紧绷的皮裤和黑色皮靴，“女的？看不清。”

“用这个。”林若雪从包里拿出个东西递到他手上。

是个小望远镜，安赫有点儿无语，但还是拿起来看了一眼。

在他把镜筒对准那人的时候，那人正好往前靠了靠，清楚地出现在安赫眼前。

真是女的？

齐刘海，黑长直。

没被口罩遮住的漂亮眼睛和直挺的鼻梁。

随着吉他声再次响起，鼓槌被轻轻抛起，在空中转了两圈之后落回她手里，接着敲出了第一个鼓点。

帅！

安赫在心里轻轻喊了一声。已经很久没出现过了，这种被一个姑娘吸引着无法转开视线的感觉。

这个乐队叫鸟人，应该不是酒吧的驻唱乐队，安赫以前来沸点从来没见过这个乐队。

不过看林若雪的反应，她不是第一次看鸟人的演出了。

乐队没有停顿地唱了两首歌，主唱嗓子很好，嘶吼着喊出高音的时候能让人感觉到身边猛地一下全空了，如同站在一座荒城里。

安赫喜欢这种感觉。

只是两首歌唱完了之后安赫也不知道主唱长什么样，更不知道旁边的吉他手、贝斯手和键盘手长什么样，他全部注意力都在鼓手身上。

“黑长直”一直盯着鼓，乐队别的成员看着台下尖叫的人群玩得起劲，她始终连眼皮都没抬过。

鼓槌就像她身体的一部分，无论是在空中划过，还是落在鼓面上时，都显得流畅漂亮，加上那种旁若无人宠辱不惊的气场，连着好几首歌，安赫的目光都没离开过架子鼓的范围。

女鼓手安赫不是没见过，但把鼓玩得这么帅气，让人呼吸和心跳都想跟着节奏走的，安赫还是第一次看到。

乐队基本不说话，也没什么停顿，一气儿唱完几首歌，安赫连歌词都没听清一句，看到酒吧的工作人员开始把东西往台下搬的时候，他才回过神，拿了自己的外套穿上，搂过林若雪在她耳边问："那个鼓手叫什么？"

"我帮你问问？"林若雪喝了口酒，看着他笑了，"看上了？"

"还不知道，我自己问吧。"安赫站起来往酒吧后门走，他看到乐队的人都往那边过去了。

"安子很久没对姑娘主动出击了啊……"宋志斌在后面笑着喊了一句。

是吗？安赫笑了笑，没回头。

挤过兴奋的人群走到后门时，乐队的人已经没了影子，后门边只有一对正靠着墙热吻的情侣。

大概是不停地有人从身边经过，热吻一直被打断的那哥们儿有些郁闷地看着安赫。

"继续。"安赫冲他点点头，推开厚重的后门追了出去。

一出门就被迎面而来的深夜里的北风拍了一脸，安赫拉了拉外套。

门外人不多，越过几个出来透气的人，安赫看到路边有人背着吉他站着，应该是乐队的人。

往那边走了两步，他看到了站在一辆摩托车旁边准备跨上后座的"黑长直"。

路灯比酒吧里的灯光亮了不少，安赫盯着"黑长直"的脸，可惜口罩还捂在脸上，除了更清楚地看到了"黑长直"的眼睛和目测跟自己差不多的身高，没有更大的收获。

正琢磨着该怎么上去要个名字、电话的时候，一个人从他身后带着风冲了过去。

安赫看清那人的时候愣了愣，那人手上的一大捧玫瑰很抢眼。

不过这架势把安赫吓了一跳，乐队的人估计也被吓着了，都看着这哥们儿，半天才有人问了一句："干吗？"

"我每天都来，每天都带着花来，就想着能再碰上你。"那人看上去挺激动，往"黑长直"身边靠过去。

看不出"黑长直"的表情，她往后退了一步，有人很快伸手按住了那人的肩。"站那儿说。"

"我们多有缘分啊，光棍节让我等到你了！"那人挥了挥手里的花，两朵玫瑰掉了出来，"我很喜欢你！希望你能收下花！"

乐队的几个人都笑了，笑容意味深长，安赫没看出他们这样笑是为什么，只看到"黑长直"一直没什么反应，眼神冷淡得如同面前的这个人是团空气。

沉默了足有两分钟，安赫被冻得都想扭头回酒吧了，"黑长直"才终于动了动。她跨上了摩托车，接着转过头，向那人伸出了手，估计是准备接过他的花。

那哥们儿一看，顿时激动得手都有点儿哆嗦了，他把手里的花双手捧着递了过去，安赫感觉他下一秒就能跪地上去。

在"黑长直"的手碰到花的时候，那哥们儿激动地说了一句："如果愿意接受我的花，那就做我的女朋友吧！"

"黑长直"想要拿花的手停在了空中，乐队有两个人没绷住，扭开脸乐出了声，笑得有点儿收不住。

那哥们儿被笑得有点儿茫然，但锲而不舍地重复了一遍"做我女朋友吧"，安赫在一边听着都替他急了，这人是傻吗？

"黑长直"没出声，用一根手指把挡在那哥们儿脸前面的花束往旁边扒拉了一下，在他抬起脸之后，冲着他的脸竖了竖中指，手上的一个黑色戒指闪着光芒。

没等那哥们儿反应过来，摩托车发出一阵轰鸣，蹿了出去，几秒钟之后就消失在了街口。

安赫回到酒吧，演出还在继续，有人在台上弹着吉他唱歌，安赫听着没什么感觉，跟鸟人的演出比起来，这就跟学校里元旦晚会上的水平差不多。

“问着了？”宋志斌看到他就问了一句，递过来一杯酒。

“没。”安赫接过酒杯喝了一口，想起来刚才那个冷淡的眼神和竖起的中指，要不是献花那哥们儿抢了先，自己指不定是什么结局呢。

“还有你要不来的号码？”刘江一个劲地笑，“这妞挺厉害啊。”

“我说安子，”宋志斌点了根烟递给安赫，“你看清人长什么样了没？人可是戴着口罩的，真要了电话，转天一见面吓着了怎么办？哪个美女会把脸遮着啊。”

“个性，”林若雪指了指几个人，“尔等俗人不会明白的。”

“看看看，”刘江立马乐了，拿了颗杏仁往安赫身上砸了一下，“安子看到没，这妞让给林大美人得了。”

安赫笑了笑，转脸看着林若雪，林若雪挥挥手。“不用，我讨厌个儿比我高的。”

“是挺高的。”安赫说。

其实安赫对穿着平底靴能有这种个儿的姑娘不是太有兴趣，再说“黑长直”身上一水儿的黑色，他也没看清身材。

之所以会想要追出去要电话，仅仅是因为那种说不清楚的气场。

在酒吧闹够了，安赫打了个车回家，到家快凌晨三点了，他困得不行，胡乱洗漱完，回到卧室就迅速把自己扒光钻进了被窝。

卧室的空调出门的时候没关，屋里很暖，躺下没两分钟他就睡着了。

一直睡到第二天下午才被手机铃声吵醒。

是林若雪的电话，安赫接起来迷迷糊糊地“喂”了一声。

“问你个问题。”林若雪劈头就说，招呼都没打。

“问。”安赫翻了个身趴在枕头上。

“睡了一觉，你对那妞还有兴趣没？”

安赫睁开眼睛，人还是有点儿蒙，但脑子已经可以运转了。昨晚在昏暗交错的灯光里如同全世界只有她一个人，那人专注打鼓的身影在他眼前晃过。

“一般，有点儿吧，怎么了？”

“真不用我帮你去问问？”林若雪想了想，语气变得很诚恳，“不试试？”

安赫轻轻叹了口气，掀开被子坐了起来。“你又不是不知道。”

林若雪没出声。

“我自己处理，你别管了。”安赫站起来拉开窗帘，他知道林若雪想说什么，她大学毕业之后没有再跟家里联系过，火暴性格和笑容之后是很多年没有变过的郁闷。

周末两天，安赫都没有出门，吃饭也是叫外卖。

本来想回家看看，但打电话给老妈的时候，听到电话里老妈叼着烟说话的声音和身边稀里哗啦的搓麻将声，他顿时打消了这个念头。

“你少抽点儿吧。”安赫叹了口气。

“今儿没出去玩啊？”老妈没接他的话，“啪啪”地码着牌，“不出去就过来替我两把转转运，这两天净输了。”

“没空，”安赫皱皱眉，“我下周有公开课，要准备。”

“那我挂了啊，一会儿又出错牌。”老妈说完就挂掉了电话。

安赫把手机扔到沙发上，打开了电脑，他的电脑里存了不少纪录片和电影。

一般不出门的时候，他就窝屋里看电影，看累了就听听音乐睡觉。

电影大多是恐怖片，要不就是阴沉压抑的黑暗系，安赫每次看完都会情绪低落，但下次还是会继续看，实在没东西看的时候，动画片也能拿来凑数。

不过这种整个人沉到最谷底的状态在周一上午被闹钟叫醒的时候就会消失。

周一上午他四节课，排得很满，早上还有升旗和晨会，一气儿忙完到下午的时候，他已经回到正常的节奏里，变回了永远面带微笑，似乎对一切都游刃有余的安老师。

下午最后一节课，张林的父亲到了学校。

这是安赫第一次见到张林他爸，一个一脸不耐烦的中年男人。

“安老师，张林都干了什么你不用跟我说。”他坐在安赫对面，看上去挺生气，“我养出了个什么玩意儿我知道，我就是这阵子出差太忙，要不早收拾他了！”

“张林性格挺好，”安赫笑了笑，不急不慢地开口，“讲义气，热心，人缘不错。”

张林他爸明显愣了一下，似乎是没听清他的话。

安赫看到张林他爸之后，决定暂时不告诉他张林旷课的事。

“这个年纪的男孩儿，要面子，不服管，有点儿浮躁是通病，但如果能好好聊，耐心沟通，还是能听得进去的。”安赫看着他，后半句话加重了语气，这种家长不少见，他们不是不管孩子，而是跟孩子完全不在一个频道上。

“肯定他的优点比抓着他的毛病不放要管用。”安赫也不知道这些话张林他爸能听明白多少，但还是很有耐心地说。

聊了半小时，安赫已经没词了，张林他爸还是挺迷茫地看着他，安赫有些无奈，只能总结了一下：“张大哥，张林毛病不少，但都不是什么大不了的，家长要多跟他沟通。”

张林他爸点了点头，也不知道听没听明白。

张林他爸走出办公室之后，安赫靠到椅子上长长地叹了一口气，他给自己倒了杯热水，对着笔记本电脑开始整理周三公开课要用的课件。

还没弄几分钟呢，他们班的班长就冲进了办公室，小姑娘脸都跑红了。“安总，你快去看看，张林他爸去咱班上了，说要劈了张林！”

“哎！”安赫忍不住喊了一声，跳起来往教室跑。

刚到一楼就已经听到了二楼的吵闹声，张林他爸的咆哮声和旁边上课的老师劝说的声音混成一团，听不清都在喊什么。

安赫跑上二楼，他们班的前后门都关着，张林他爸正在踹门，班上的学生在里面顶着门，外面两个隔壁班的女老师都皱着眉，拉也拉不开，二楼另外三个班的学生全挤到了走廊上看热闹。

“我昨天打你没打舒服是吧！”张林他爸吼着，“你躲个屁！让我丢人！”

安赫有点儿蹿火，冲过去拽着他的胳膊狠狠往后拉了一把，把他从门口甩到了走廊护栏上。

“你干什么?!”张林他爸冲着安赫吼上了。

“你干吗？”安赫压着火，“闹半天我刚跟你说的都白说了？”

“我不懂那些高深玩意儿！我就知道这小子不打就不老实！谁也别拦着我！”

“他背上全是血印子，你还想怎么打！”教室里有女生尖着声音喊了一嗓子。

“老子打儿子，有你们这些小屁孩儿什么事！”张林他爸说着又打算去踹门。

安赫按着他胸口推了一把，皱着眉，声音沉了下去：“你敢动我学生？”

“我儿子，我想打就打！”

“行。”安赫点点头，回手在教室门上敲了敲，“开门。”

里面顶着门的学生犹豫了几秒钟，把门打开了，但一堆人还是堵在门口。

“你打一个试试。”安赫看着张林他爸，把袖子往上推了推，左胳膊上一条长长的刀疤露了出来。

张林他爸瞪着他。“威胁我？”

“你在学校闹事，我没报警是给你面子。”安赫平静地回答。

“闹事？我教育我儿子！老师了不起啊，老师就能威胁家长，不让家长管孩子了?!”

“那你打。”安赫让开一步。

张林他爸愣了愣，两个女老师看他没有进教室的意思，赶紧趁着这机会上来连劝带拉地把他拉开了。

张林他爸骂骂咧咧地下了楼之后被赶到的政教主任请去了办公室，安赫冲堵在门口的学生挥挥手。“行了，都回座位。还兴奋呢？”

“安总，你真帅。”有学生说了一句。

“谢了。”安赫站在教室门口，看到了坐在自己位子上一直低着头的张林，“张林出来。”

张林垂头丧气地跟着安赫下了楼，安赫没回办公室，带着张林到操场边的看台上坐下了。

“谢谢。”张林说了一声，“周扒皮会不会找你麻烦？”

周扒皮是政教主任，所有学生见了都腿软。

“不知道。”安赫看着他，“怎么谢我？”

张林愣了愣，抬起头：“你说。”

“期中考来不及了，”安赫看着他，“期末考吧，不用多，班上排名往前十五名，做到了，你爸再动你，我替你揍回去，做不到就当我什么也没说过，你也别再提谢不谢我这茬儿。”

张林没出声。

安赫也没再说话，他站起来转身就走。

“行。”张林在他身后说。

“那我等着。”

安赫车刚到小区门口，正拿着苍蝇拍刷卡的时候，手机响了，他塞上耳机接了电话。

电话是周主任打过来的，没有多余的话，直接就说了下午的事：“小安啊，今天这个事你太冲动了，我一直觉得你是个很冷静的人，怎么今天这个事处理得这么不妥当？”

“我知道。”安赫找了个车位把车停好，捏了捏眉心，“我以后会注意，这两天我会去张林家做家访。”

“嗯，那我就不多说了，要跟张林父亲做好沟通，面对学生家长还是要注意说话方式。”

“好的。”

安赫挂了电话之后没有下车，放下车窗点了根烟靠在车座上。

今天他是有点儿冲动，但不仅仅是跟张林他爸说了那么多，结果他转头就去教室要打人这么简单。

张林他爸对张林的态度，让他有一瞬间被拉进了回忆里，那些他自己明明已经觉察不到却又一直如影随形的感受。

简单粗暴的打骂，或是完全不在意的忽略，面对父母如同面对着永远无法得到期待中回应的一面墙。

他的确是有些失控了。

“唉——”安赫掐了烟，跳下车，站在冷风里吹了一会儿，让自己不再去想这些，明天去家访吧。

光棍节之后，安赫晚上没再出去过，入冬之后他整个人都变得有些懒，跟要冬眠了似的，每天只想团在沙发上窝着。

偶尔夜里会有些寂寞，安赫分不清这种寂寞是因为身体，还是因为心理，但他的解决办法都一样，看个片，然后上床睡觉。

刘江因为性格外向，有阵子热衷于结交各种陌生朋友，安赫却没什么兴趣，他觉得自己在这方面大概还是有条线勒着的。

林若雪也会寂寞，她对抗寂寞的方式跟安赫不同，她会选择叫上这帮朋友出来聚会。

“平安夜出来聚聚，去夜歌。”林若雪给安赫打电话。

“夜歌？”安赫又确定了一下，他们聚会很少会去那儿。

“夜歌，我跟他们都说了，没异议，还是十点。”

“行。”

这次安赫没有迟到，他不想喝那三杯酒，所以十点还差几分钟的时候他就到了夜歌门口。

夜歌平时人就不少，今天平安夜，人更多，门外还站着不少在等朋友的，他们对每个出现的人都会行个注目礼。

不过当门口所有人的目光齐刷刷投过来并且没有转开的时候，安赫还是愣了愣。

正想低头看看自己是不是出门太急裤门没拉的时候，他听到了身后传来的摩托车发动机的轰鸣，立刻反应过来这些人看的是他身后。

他回过头，想往台阶上迈步时顿住了。

身后是一辆刚刚停下还没熄火的金色庞巴迪。

他还是第一次在街上看到这种他觉得只适合用来装酷的三轮摩托车。

而当车上的人下来的时候，包裹着腿的皮裤和长靴让安赫迅速抬眼往上扫过去，果然，他看到了有些眼熟的黑色长发。

今天“黑长直”没有戴口罩，露出了整张脸。

那天在沸点见到“黑长直”之后他倒是惦记了几天，但也就那几天，要不是今天“黑长直”以这么拉风的方式再次出现在他眼前，他已经把这个打鼓超帅的姑娘忘了。

不过今天的感觉跟那天在沸点有点儿不同，安赫站在台阶上，看着“黑长直”慢悠悠地把那辆庞巴迪停在了酒吧的停车位上，然后向台阶这边走过来，都走到跟前了，他也没琢磨出来到底是哪儿不同。

也许是今天没戴口罩？还是灯光比那天亮了？

“黑长直”很漂亮，有些出乎安赫的预想。

而直到“黑长直”的视线跟他对上了，他才回过神来，这里是夜歌，这妞是来凑热闹还是……

他没转开目光，跟“黑长直”对上之后，他看到了笑意，眼睛里，嘴角边，带着一丝不明显的嘲弄。

他并不介意，勾了勾嘴角，回了一个微笑。

“黑长直”转身走上台阶进了夜歌。

安赫进去之后，没看到“黑长直”的身影，昏暗的灯光，高分贝的音乐声，让他有一瞬间的眩晕。

找到林若雪订的台时，林若雪正叼着烟跟宋志斌比赛吐烟圈，身边坐着个看上去挺清秀的姑娘。

“来，介绍一下，我铁子[①]，安赫。”林若雪拍拍那姑娘的胳膊，笑着指了指安赫，“叫哥。”

“赫……赫，赫哥，”那姑娘“赫”了半天，最后有点儿不好意思地乐了，“我叫李婷。”

“别‘呵呵’了，你跟着他们叫我安子就行。”安赫笑了笑坐下了，又扭头往四周看了看。

“安子，我跟你打听个事，”刘江坐在对面，扯着嗓子冲安赫喊，“我表侄子，快上高中了，去你们十八中，想选班，你们学校有没有好点儿的班主任给我推荐一个？”

安赫指了指自己：“我。”

“你明年还带高一啊?！跟你说正经的呢！”刘江拍了拍桌子。

“你在夜歌跟我说正经的……”安赫掏出烟点了一根叼着，“明天

① 铁子：东北话，指特别要好的兄弟。

给我打电话说吧。”

“行。”

安赫第三次环顾四周的时候，林若雪拉了拉他的胳膊：“哎哎哎。”

“干吗？”安赫拿起杯子喝了口酒。

“看什么呢？是不是进来的时候发现目标了？”林若雪笑着问。

“没，”安赫凑到她耳边，“我进来的时候看见那个鼓手了。”

“真的？”林若雪立马也探着身子往四周看，“进来了？”

“这么急干吗？你还带着人呢。”安赫笑着看了一眼正在跟刘江他们几个扯着嗓子聊天的李婷，“而且她来了也不一定就是……”

“我说了我对个儿比我高的没兴趣，”林若雪“啧”了一声，过了一会儿又开始笑，乐得不行，“我是为你默哀呢，好不容易有个动心的姑娘，居然在夜歌碰上了。”

安赫笑笑，没说话。

“算了，别郁闷，快自我安慰一下。”林若雪拿起自己的杯子在他眼前晃了晃。

“嗯。”安赫拿了杯子跟她碰了一下。

他突然想明白自己之前看到“黑长直”时那种不一样的感觉是什么了。

“黑长直”很漂亮。

也很帅。

没错，就是帅，这种帅劲不属于女人。

有时候安赫也会觉得林若雪帅，但那是骨子里是姑娘的那种帅气。

突然暗下去的光线打断了安赫乱七八糟的思绪，舞台被交错的射灯照亮，一个男舞者开始跳舞。

安赫看了一会儿，又往刘江和宋志斌那边瞅了瞅，这几位都是要看姑娘的，这会儿居然也看得挺起劲。

安赫拿出烟又点了一根。

刚抽了一口，身后传来个腻了吧唧的声音，拉长了叫他："安——赫——"

安赫手抖了抖，烟差点儿掉裤子上，他没回头，这声音回回来夜歌都能听到。林若雪转头冲他身后笑了笑，也拉长声音："小——橘——子——"

"若雪姐，能不叫错我名字吗？"身后走过来的人一屁股坐到了安赫身边的沙发上。

这人叫程漠，是夜歌的客户经理，年纪不大，但在这儿已经做了很多年，熟点儿的客人都管他叫小橙子，就林若雪坚持叫他小橘子。

"好长时间没见你来了。"程漠贴到安赫耳边笑着说，拿过他的杯子喝了一口，看着刘江那边，"你这几个朋友眼生啊，头回来吧？"

"嗯，"安赫笑笑，"你得喝两杯吧。"

"那必须的。"程漠冲身后服务员招招手，"拿酒！"

程漠很能喝，也相当能闹，刘江本来还想跟他拼两把，结果半小时就被连逗带激地灌得舌头打卷了。

"哥，赫赫，"程漠拿着酒瓶坐回了安赫身边，倒了一杯酒，"你朋友不行，咱俩来。"

安赫没多话，拿起杯子仰头全喝下去了，跟程漠喝酒推是推不掉的，干脆点儿还省得他闹自己。"你今儿挺闲啊。"

"闲啥啊！"程漠也把酒喝了，"今天熟人多，也就是看到你了我才在这儿泡着……"

安赫笑了笑没出声，几次想问问他认不认识"黑长直"，但最后还是没开口。

程漠跟他们闹了快一小时，又让人给这桌送了酒，这才起来去别的地儿转了。安赫看这帮人七倒八歪一个劲傻乐的样子，估计再有一小时就得全趴下。

他活动了一下胳膊，伸长腿半躺在沙发里。台上换了节目，开始往上拉客人闹了，台上台下喊成一片。

看了一会儿，他拉了拉衣服站了起来，跟几个看得又喊又笑的人说了声去上厕所，就挤进了人堆里往厕所走。

四周全是人，但光线太暗，他始终没再看到“黑长直”，中途还被人抓了两下，抓得还挺狠，跟练功夫似的，扭头也分不清是谁抓的。

到了往厕所去的走廊上，人才少了一些，声音也小了很多。安赫长长地舒出一口气，到现在他才感觉到整个人都很晕，他刚被程漠灌了不少酒，一直坐着，四周闹哄哄的没什么感觉，现在身边一下空了，才觉得脚下有点儿晃。

他往厕所走，打算洗个脸。

绕过靠在厕所旁边的墙上忘情打啵的两个人，刚要往男厕里走，迎面出来一个人，他低着头差点儿撞上对方。

安赫退了一步刚想说声不好意思，一抬头却愣住了。

他看了看眼前的标志，的确是男厕所没错。

“黑长直”没理他，从他身边擦着过去了，往走廊另一头走。

走廊那边是防火门，出去之后拐两个弯才能到街上，一般不熟悉酒吧的人不会从那里出去。

安赫扶了扶墙，没犹豫地转身快步跟了过去，在“黑长直”身后叫了一声：“嘿。”

“黑长直”停下了，扭头看了看他，脸上没什么表情。

“你……”安赫开了口却突然不知道该说什么了，“黑长直”这表情跟那天在沸点后门面对着送花那哥们儿时一样，冷淡得让人感觉有压力。

“我看过你演出，”安赫想了想，说话的时候他觉得自己舌头也有点儿大了，不得不控制着语速，“在沸点……你鼓打得很棒，能要个电话吗？”

“黑长直”盯着他看了很长时间，扭头拉开了防火门，一边往里走一边说了一句："谢谢。"

这句"谢谢"说得很随意，声音也很低，却让安赫愣了愣。

声音谈不上低沉，但有些沙哑，带着性感的磁性。

这不可能是姑娘的声音。

安赫顿时觉得自己之前乱七八糟的猜想一下都明朗起来了。

"黑长直"开门进了消防通道，而且走得挺快，安赫追进去的时候已经看不到人了。

"等等！"安赫喊了一声，跑了两步拐过弯，想要拉住这人的胳膊。

这人皱着眉回头看了一眼，胳膊抬了一下，躲开了安赫的手。

安赫头晕得很，这一把抓出去本来就没个准头，抓空了之后人没站稳，为了保持平衡又在空中捞了一下，手指钩住了这人的黑色长发。

他赶紧往回收手，他只想拉胳膊，没想去扯头发。

但手指没有及时地从头发里滑脱出来，反倒是钩着往自己这边带了一下。

"对不……"安赫道歉的话只说了一半就出不了声了，愣了好一会儿才又补了一句，"帅哥你……假发掉了。"

漂亮的黑色长发被他从人家头上直接扯了下来，露出了黑色的发网。

假发？

安赫怎么也没想到会出现这种场面，直到还抓在手上的假发被一把拿走的时候他才突然觉得很想笑，于是靠着墙就开始笑："我去，你丫真是男人……"

这人没说话，眼神很冷，盯着安赫看了半天之后，他突然抬起腿一脚蹬在了安赫肚子上。

安赫顿时感觉到一阵剧痛向全身蔓延开来，捂着肚子弯下了腰。

没等他缓过来，这人的胳膊肘已经狠狠地砸在了他背上。

这两下出手很重，安赫喝了酒，本来就晕，这两下之后他眼前闪出一片镶金黑花，腿一软跪在了地上，慢慢往前倒了下去。

“不过你太不敬业了，”安赫脑门儿顶着地，一边喘一边咬着牙说，“好歹垫垫胸啊，这么……平！”

这人一脚踢在安赫肋骨上，钻心的疼痛让安赫咬牙也说不出话来了。

接着他又在安赫身边蹲下，抓着安赫胳膊把脸冲下并弓着的安赫翻了过来。

安赫拧着眉，眼前花成一片，眩晕和半天都过不去的疼痛中，他看到这人扯下了头上的发网，几缕头发搭到了前额上。

“疼吗？”这人很认真地看着他。

安赫没说话，说不出话，每次呼吸都会从肋骨上传来无法忍受的疼痛。

“想要我电话？”这人笑了笑，伸手在安赫身上摸了摸，从他裤兜里掏出了他的手机，低头在手机上按了几下，然后把手机放了回去，拍了拍他的脸，“没死的话明天给我打电话寻仇吧。”

笑起来还挺好看的，安赫闭上眼睛，他有点儿想睡觉。

他能感觉到这人站了起来，在他身边停留了一会儿，接着就从他身上跨了过去，脚步声渐渐消失。

四周安静下来了，疼痛似乎也消失了。

安赫这一觉睡得很沉，梦也做了一堆，乱七八糟的不知道都是些什么。

醒过来的时候睁不开眼睛，窗外透进来的阳光洒得一屋子都是，他拉过被子蒙住头。

刚想翻个身趴着继续睡，突然觉得全身都在疼，酸疼让他翻身的动作只做了一半就进行不下去了。

接着就感觉到了头疼，太阳穴跳着疼。

喝高了？安赫迷迷瞪瞪地想。

他喝酒很少醉，醉了第二天也很少头疼，像这样疼得一炸一炸的更是少见。

他闭着眼捂在被子里躺着，几分钟之后慢慢清醒过来了，但昨天晚上的事还是有些混乱，分不清是梦还是现实。

“黑长直”是个男人。

他扯掉了人家美丽的假发。

发网勒在脑袋上真像尼姑啊。

于是被踹了一脚。

不知道为什么他还要多嘴说一句胸平。

于是又被踢了一脚。

接着就睡着了？

安赫掀开被子，适应了满屋的阳光之后睁开眼睛，确定了这是自己的卧室。

后来发生的事他记不清了，他慢慢坐起来，看到床头柜上放着一张纸，拿过来看了一眼。

你倒在夜歌后门的通道里，是醉倒的还是被揍了，原因不明，我们把你扒光了检查了一下，有淤青，但没有伤口，也没骨折，身材还很好，醒了给我们打电话。

落款是“林若雪”。

安赫对着留言笑了笑，肋骨有点儿抽着疼，他掀开衣服看了看，一片青紫从左肋延续到肚子上，站起来背对着镜子看了看，背上也是青的。

上大学之后他就没再打过架，也没被人揍过，这种被人揍得跟三年没锻炼突然就跑了个五千米一样的情况更是很久没体验过了。

更少见的是，安赫觉得自己居然并没有特别生气。

安赫咬牙切齿地洗了个澡，感觉舒服了不少。打电话叫小区里的小店给他送一份皮蛋瘦肉粥过来之后，安赫打开音响，拿过手机坐到了沙发上。

电话本里有个新存进去的手机号，标记的姓名是“揍你的人”。

安赫按了编辑键，把名字改成了——假发。

“没死的话明天给我打电话寻仇吧。”

这句话在他脑子里飘过，声音嚣张。

安赫捏着手机一下下在手上转着，这个电话要不要打？

如果这人真是个姑娘，他不见得还有兴趣打这个电话，当然，被姑娘这么揍一顿的可能性不大。

但现在这是个男人。

小店的老板把粥给他送过来了，还多送了他一份饺子。

安赫慢吞吞地把粥和饺子都吃光了之后，拿起手机，拨了那个号码。

“假发”正在呼叫……

响了好几声，那边有人接了电话：“喂。”

安赫立刻听出了这声音，不得不说，这人的声音不错。

“知道我是谁吗？”安赫从咖啡机里接了杯咖啡慢慢喝着，问了一句。

那边的人语气很冷淡：“骨头断没？”

“没。”安赫说。

“那就不需要寻仇了，继续睡吧。”那边的意思似乎是准备挂电话了。

安赫笑了笑，不急不慢地问：“你不化妆什么样？”

那边沉默了一会儿才回答：“想看？”

“嗯。”

“过来看吧。”

“骨头没断不表示我没受伤。”安赫慢慢把屋里的窗帘都拉上了，阳光很好，但他不习惯让房间里铺满阳光，莫名地没有安全感。

“我走不开，”那边的声音始终没什么变化，“要复习。”

学生？

安赫愣了愣，没有说话，他对学生没什么兴趣，会联想到自己班上那群半大孩子。

“来不来？”那边的声音突然有了变化，从平淡变回了普通的询问。

这声音在安赫心里轻轻勾了勾，他坐到沙发上。“你哪个学校？”

那边报了个校名，又说：“分校区，北三环上。”

安赫愣了，这个学校他知道，一个很普通的大专，但他们的分校区却相当有名……

他忍不住问了一句：“你什么专业？”

“殡葬。”

第二章 美妙的昵称

安赫没有去过那个北三环的分校区，在北三环上来回绕了好几圈才找到了在一条岔路尽头的分校区，面积不小，门脸却并不显眼，他在路口几次看过去都没注意到这个大门。

他把车停在路边，下了车慢慢走到校门外的花坛沿上坐下。

约的是四点，现在还差十分钟。

今天是周六，学校里的学生很少。

偶尔有一两个走出来，都会有些好奇地盯着他看，大概是因为专业的特殊性，看到在这个只有殡葬专业的校区门口坐着的人会觉得奇怪。

安赫犹豫着是回车上坐着等，还是继续在这儿坐着，齁冷的。但最后他还是没动，从口袋里拿出根烟点上，已经四点了。

又坐了快十分钟，烟抽完了，安赫把烟头在地上按灭了，弹进离他两米多远的垃圾箱里。自己不是被人耍了吧？

正想拿出手机打个电话的时候，校门里走出来一个人。

安赫看了一眼，这人穿着灰色的宽松运动裤和黑色羽绒服，腿挺长，头上戴着个滑雪帽，帽子拉得很低。因为离着还有一段距离，安赫看不清他的样子，只能判断出皮肤挺白。

那人出了校门站住了，往他这边看了一眼，慢慢走了过来。

安赫估计就是他了，站了起来。

这人走得有点儿懒洋洋的，安赫很有耐心地双手插兜站在原地等他。

走近之后，安赫看清了他的样子，个头跟自己差不多，虽然没有化妆，但眼睛和直挺的鼻梁没有变。

“以为你不敢来呢。”他走到安赫面前，勾起嘴角，一个微笑一闪而过，表情恢复了平淡。

“学校有什么不敢来的。”安赫笑笑，这人化不化妆差别挺大，在漂亮和帅气之间转变得界线分明。

“不吉利。”

“我不信这些。”安赫拉了拉衣领，想起来还没问他名字，于是问了一句，“贵姓？”

这人抬眼看了他一眼：“那。”

“那？”安赫愣了愣，“哪儿？”

“……那，”他皱了皱眉，“那辰，姓那，你文盲？”

安赫笑了笑，他的确是没反应过来，不过这个那辰的脾气似乎不怎么样，安赫心里有点儿不爽。

“姓那啊？”他回手指了指自己停在路边的车，“跟我车一个姓，纳智捷，你小名是不是也叫大七？”

那辰笑了，这次的笑容没有一闪而过，而是从嘴角挑起，一直漾到了脸上，安赫甚至看到了他右脸上一个浅浅的酒窝。

但没等安赫在心里感叹完这笑真是漂亮，那辰脸上的笑容突然散去了，眼神也一冷，没说一句话，转身就往校门里走。

安赫站着没动，心想这人脾气有点儿怪，但出于“来而不往非礼也”的原则，他冲着那辰的背影说了一句：“我叫安赫。”

说完他没再等那辰的回应，转身几步走回自己车旁，打开车门上了车。

打着了火正准备开车走人，一抬头却发现那辰不知道什么时候站在了他车头前。

安赫吓了一跳，放下车窗探出头：“怎么着？”

“请你吃饭。”那辰说，他走过来拉开副驾驶的门坐了进来，脑袋靠着椅背，眼睛看着前方。

“行。”安赫没多说，也没推辞，把车掉了头往路口开，“去哪儿？”

“雅园。”那辰说。

安赫扭头看了他一眼。雅园是个挺高端的私房菜馆，一周营业三天，一天只开六桌，预约一顿饭得大半年，安赫没去过。

林若雪跟人去蹭过一顿，说是小桥流水，亭台楼阁，听着戏，听着小曲，吃着看不懂是什么的菜。

“我等穷酸吃完一顿饭出门走路都迈着小碎台步……”林若雪总结。

“换个地儿吧，再说那儿不是还得预约吗？”安赫把车在路口停下，等着那辰换地点。

虽然安赫知道那辰开的是三十多万的庞巴迪，能花这个价买辆摩托车的人，吃顿雅园也不算什么，但他毕竟只是个学生。

那辰没说话，沉默地看着窗外，似乎是在琢磨着该去哪儿，过了好一阵他才转过头看着安赫。“停这儿干吗？”

安赫被他问得莫名其妙，差点儿想回答不知道了。“不是在等你说去哪儿吗？”

“雅园，”那辰说，“右转顺三环一直开。”

安赫有点儿想问你是不是耳背，刚要开口，那辰又说了一句：“我去那儿不用预约。”

看来不是耳背，安赫没再说话，开出路口右转往雅园方向开。去就去吧，也去迈一回小碎步得了，有机会再请回来。

雅园是个挺大的四合院，大门关着，那辰过去把门推开了，安赫跟着往里走，刚迈进去，就听到旁边传来个声音："恭喜发财，万事顺意，恭喜发财，万事顺意。"

安赫扭头看了一眼，门口的一个黑色的木头架子上站着两只鹦鹉，正冲他俩歪着头叫，看到安赫转头看它们了，有一只横着在架子上挪了一步。"贵客里边请。"

一个小姑娘从旁边迎了上来，冲那辰微笑着说："辰少爷下午好。"

"罗叔在吗？"那辰问。

"在的。"小姑娘回答，又冲安赫笑着问，"先生下午好，您贵姓？"

"免贵姓安。"安赫也笑了笑，少爷？够矫情的。

小姑娘相当有礼貌，一直微微弯着腰，做了个请的手势。"请跟我来。"

园子里装修得很有情调，都是小巧精致的山石和绿植，巧妙地把通往里院的路隐藏了起来，转个弯就有可能看不到前面的人，有种曲径通幽的感觉。

安赫踩着青石板的小路跟着往里走，就觉得这石板宽度设计不合理，一步半格感觉是扭着腰走，一步一格又有点儿像蹦着迈正步，忒欢快了。

不过走了几步之后，他看到一块石板上刻着字，不好弯腰去看是什么字，但估计是老青石板，所以没舍得按更合理的步距来裁切。

拐进里院之后，安赫听到了隐隐的音乐声，再细听发现是有人在唱戏，声音很婉转。

绕过一座假山，他看到了里院有个精致的小戏台，台上的人很正规地扮上了正唱着，安赫对京剧完全没概念，不过看着听着都挺美妙。

小姑娘把他俩带到了一间屋子前，这院里有几间屋子安赫看不清，每个屋子之间都设计了花石之类的东西遮挡，进了屋之后完全感觉不到有没有别的客人存在。

屋子里除去考究的桌椅，东西还不少，贴墙还有个书柜，放满了线装书，安赫没过去看，也不知道是真是假。

“我去叫罗先生过来。”小姑娘给他们沏了茶之后退到门外。

“不用了，他这会儿忙吧。”那辰在窗边坐下，看着外面的戏台，“就吃个饭，不用招呼。”

“好的。”小姑娘关上门出去了。

安赫坐在了对着窗的椅子上，屋里很暖和，但没看到暖气片在哪儿。

那辰似乎没有要说话的意思，安赫也没开口，他觉得这人有种说不上来的感觉，冷淡或者漫不经心都不准确，安赫找不到形容词。

不过挺有意思。

“唱的是什么？”安赫拿过杯子喝了口茶，随口问了一句。

“锁麟囊。”那辰往椅子上靠了靠，胳膊撑在扶手上，手指顶着额角往安赫这边看了一眼。

安赫有些意外。“你听戏？”

“嗯。”那辰没动，一直那么偏着头看他。

“以为你应该听摇滚。”安赫笑笑，被这么盯着他没什么感觉，上课的时候被盯习惯了。

“也听。”

对话完毕之后又是长时间的沉默，安赫也没再找话题，靠在椅子上听戏。

他没怎么听过戏，也没兴趣，但现在在这样的环境里听着，觉得还挺享受。

从小家里就没音乐声，更别说戏了，他从小到大听得最多的就是麻将洗牌的声音，在烟雾弥漫的客厅里从早到晚，从晚到早地响着，大学住校的第一个月他甚至因为听不到麻将声失眠了。

老妈对音乐没兴趣，所以他开始学钢琴的时候老妈也相当不满意，说是浪费钱，有那闲钱不如给她多打几把牌。

“你要我电话干吗？”那辰突然开口问了一句。

安赫笑笑，犹豫了一会儿才说：“你们那天在沸点演出，我以为鼓手是个姑娘。”

“是吗？”那辰眯缝了一下眼睛。

那辰眼神里的不屑只有一瞬间，安赫还是看到了。

“嗯。”安赫慢慢地转着茶杯，“你打鼓的样子很帅。”

那辰没出声，闭上了眼睛，过了一会儿，他突然往后一靠，跟着外面的调子慢悠悠地开始唱：“春秋亭外风雨暴……”

安赫正在倒茶，听到他这一嗓子，手抖了一下，赶紧放下壶。

那辰闭着眼继续唱：“何处悲声破寂寥……”

安赫没有打断他，一开始有点儿想笑，他潜意识里已经把那辰划归在了另类摇滚青年里，猛地听到他开口唱戏感觉挺不搭的。

但那辰两句唱完之后，安赫坐回了椅子上，静静地听着。

那辰没有刻意捏着嗓子，只是用他略带沙哑的本嗓直白地唱着，但字字句句韵味十足，上了韵的念白也都一字不差。

几句下来，安赫盯着他逆着光的侧脸出了神，那辰什么时候停下来的他都没注意到。

“好听吗？”那辰转过脸来问了一句。

“你是不是学过？”安赫虽然不听戏，但多少有个概念，会唱不难，想唱出那个味儿来不容易。

那辰笑了笑。“我妈爱唱。”

这是安赫第一次看到那辰不带任何别的情绪的笑容，挺阳光的。

那辰没点菜，也没人过来让他们点菜，安赫吃了几口桌上的茶点，相当好吃，其实他挺想问问那辰是不是忘了点菜。

虽说他吃饭一直没个准点，但毕竟还是很期待吃吃能让人“迈着小碎台步”的私房菜的。

在他吃下第三块小酥饼的时候，门被很礼貌地敲响了，接着就进来了一溜儿漂亮小姑娘，端着托盘挨个围着桌子转了一圈，等她们很礼貌地又退出去之后，桌上多了四个菜一罐汤，碗筷、碟子、杯子什么的也都摆好了。

安赫对吃的没什么特别爱好，但这桌菜色香味俱全，在服务员退出去之后，他立马觉得饿了。

桌上的菜安赫基本能认出来，一盘颜色很诱人的红烧肉，一条炸成了淡金色香气四溢的鱼，一盘绿得很漂亮的西芹，还有一盘不知道是什么炒的肉片，汤罐里是野菌汤。

菜量不大，俩人吃正好。

服务员没报菜名，也没给盛汤，就那么一言不发地退出去了，安赫只能问那辰：“这菜都叫什么？”

“没名字，”那辰给他盛汤，“荤菜叫雅园一三五七九什么的，素菜叫雅园二四六八十，一天就几个，不点菜，吃着哪个算哪个。”

“哦。”安赫在心里“啧”了一声，接过那辰递过来的汤碗，“谢谢。”

那辰话很少，吃饭的时候完全没了声音，安赫也没什么不自在，埋头吃。

虽然跟林若雪他们一块儿吃饭的时候大家都说得很热闹，但大多数时间他就一个人吃饭，不说话也没什么感觉。

再说他跟那辰也没什么话可说。

菜很好吃，再加上这样的环境，就算一直沉默，也算不错。

在那两只鹦鹉“贵客走好”的叫声中走出雅园的时候，安赫虽然没像林若雪说的那样迈着小碎台步，也算是回味无穷了。

“今天谢谢你，很久没吃这么好吃的菜了。”安赫发动车子之后，看着坐在副驾驶座椅上闭着眼的那辰，“送你回学校吧。”

要说那辰长得真不错，但这人的性格跟他实在不合，他连提议再去哪里坐坐的想法都没有了。

“嗯。”那辰睁开眼睛扭过头看着他，“不用这么客气，揍你一顿不能白揍啊……其实我就是想找个人陪我吃饭。”

安赫笑了笑，莫名其妙觉得那辰这话说得透着几分无奈，但看表情又好像不是那么回事。

他没再去细想，每天琢磨学生心里在想什么已经够了。

车拐进那辰他们学校那条小路之后，天色已经完全黑了，安赫发现这条路居然没有路灯，一条只洒着月光的路通往校门口，看着有点儿瘆人。

“路灯坏了，”那辰大概是看出了他的疑惑，在旁边说了一句，“换了灯也会被人打坏，所以现在没人修。”

“打坏？”安赫愣了愣，“营造气氛吗？”

“谁知道。”那辰敲了敲车窗，“要不你在这儿停吧，我走过去。”

“不差这二百米。”安赫开了大灯，没有停车，一直把车开到校门口。

“谢了。”那辰打开车门跳下车。

“不客气。”安赫突然有点儿尴尬，他发现那辰下车之后没有转身走，而是靠着车门看着他。

他跟那辰对视了一会儿之后，干脆把车熄了火。“怎么了？”

“疼吗？”那辰问他。

“什么？”安赫一下没听明白他这句话什么意思，过了两秒才反应过来，“还好，不动就不疼。”

那辰想了想，又上了车，一把拉过安赫的手，不知道从哪儿摸出一支笔来，在他手背上写了一串数字。

那辰的手很暖，大概是打鼓的原因，掌心有些粗糙，但这一握却感觉不明显。

“这是什么？”安赫看了看手上的数字。

“我 QQ 号，你要是觉得得去医院可以找我。”那辰说。

“我有你电话。”安赫提醒他。

“打电话我不一定接，”那辰再次跳下车，关上车门的时候又补了一句，“我讨厌接电话。”

安赫回到小区的时候已经快十点了，路上去了趟超市，买了方便面、方便粉、方便米饭。

两大兜拎在手上让他一直觉得肋骨和后背扯着疼，他一直不知道手里拎点儿东西是需要前胸、后背一块儿使劲的。

进了门，他在浴室里把身上的衣服都脱了，看到早上的青紫变深了，有些暗红，似乎面积也变大了。

他把那辰的 QQ 号抄在了客厅的日历上，然后发现那串数字是用油性笔写的，用洗手液搓了半天都还清晰地停留在他手上，跟打了条形码似的。

最后开了电脑上网查了查才用橄榄油搓掉了。

那个 QQ 号安赫一直没去加，他对那辰的兴趣都败在了那辰跟自己有些格格不入的性格上，再说那辰留 QQ 号的时候说的是如果要去医院就找他，说得就跟没事别加似的，他也就懒得去加了。

他就算伤重不治，不，伤势加重需要去医院，也不打算找那辰。

好在在家睡了一天一夜之后，身体没那么疼了，接着就很争气地每天以肉眼可见的变化慢慢恢复着，大半个月之后，就基本没什么问题了。

年终的事很多，考试，家访，总结，安赫每天都挺忙，但这种忙碌却没办法赶走他心里的空虚和寂寞。

元旦也就那么波澜不惊地滑过去了，那天林若雪照例组织众孤寡老少爷们儿聚会，安赫跟着闹了一晚上，回来的时候依然觉得心里空，没着没落的。

那之后好些天，他这个劲头都过不去。

第不知道多少遍看完《寂静岭》之后，安赫站起来，看了看手机，没到十二点，困，但不想睡。

他拿过新的挂历打开看了看，打算把挂历换上。

他看日期一般用电脑，电脑没开用手机，墙上的挂历除了几个月才想得起来翻一次之外，不会去看，但挂历却一定要挂，看着一个一个排列在格子里的数字，他会有种自虐般的快感。

日子尽管没多大变化，但还是在一天天走着的，不管你这辈子是有意义没意义，值得还是不值，后悔还是无悔，来得及还是来不及，总有过完了嗝屁的那一天。

把旧挂历从墙上拿下来的时候，他看到了上面自己写上去的那串数字，那辰的 QQ 号。

这都快一个月了，他一直没再联系过那辰，那辰也没再找过他。

现在突然看到这串数字的时候，安赫有种过了很久的感觉，犹豫了一下，他把写着号码的那块撕了下来。

他琢磨着那辰请他吃一顿雅园，他怎么也得回请一顿。

换完挂历之后，他坐到电脑前，点开了 QQ。

“吓↘死↙你”。

安赫看着这个昵称，半天没说出话来，又重搜了两遍才确定这不是加错了自己哪个不带火星文就说不了话的二货学生的号。

好友申请过了几分钟就通过了，他看着这个昵称，发过去一个笑脸表情。

干煸扁豆：那辰？

吓↘死↙你：誰(谁)？

干煸扁豆：安赫。

吓↘死↙你：涐苡為伱卺涐咢挵銩孒呢（我以为你把我号弄丢

了呢）。

安赫正想打字，看着这一串字就停了手，浑身难受。他有职业病，看到这种“火星文”或者不规范的标点恨不得把屏幕凿开了改掉，何况他看了三遍还默念了一遍才弄明白内容是什么。

干煸扁豆：你能换个字体吗？

嚇↘死↙伱：怎庅ろ，這嗰卟夠傻庅（怎么了，这个不够傻吗）？

干煸扁豆：不不不，够，太够了，傻得我都扛不住。

嚇↘死↙伱：傷ぬろ莈，媞嘦找涐帶伱呿醫院庅（伤好了没，是要找我带你去医院吗）？

干煸扁豆：看不懂，你什么时候换了字，咱俩再聊吧……

嚇↘死↙伱：你真没劲，什么事？

干煸扁豆：是没你有劲，也没什么事，就请你吃个饭。

嚇↘死↙伱：哘，卟濄蕞近館孑吃誃ろ䆖精濄慜，伱哙做飯庅（行，不过最近馆子吃多了味精过敏，你会做饭吗）？

干煸扁豆：你还能不能行了！

嚇↘死↙伱：会做吗？

干煸扁豆：不会。

安赫说的是实话，他不会做饭，就会烧开水，泡个方便面什么的。

小学的时候，不少同学都能帮着父母煮个饭，做个汤，就他不会，他甚至没怎么见过老妈做饭。

饿了的时候他就扒着麻将桌说一句“妈我饿了”，这话有时候能换几块钱出去买吃的，有时候能换一个巴掌，是钱还是巴掌得看老妈牌桌上的输赢。

不过就算会做饭，他也不可能请那辰到他这儿来吃饭。

嚇↘死↙伱：那我做吧。

干煸扁豆：……这不又成你请客了？

嚇↘死↙伱：你买材料。

干煸扁豆：我这儿没有做饭的工具。

嚇↘死↙你：谁说上你那儿了，来我这儿。

干煸扁豆：宿舍？

嚇↘死↙你：秘密基地。

安赫正在打字问什么秘密基地，那边那辰说了一句“让你看看”，就发了个视频请求过来。

安赫没有马上接，先是低头看了看自己有没有衣冠不整，然后又回头往身后看了看，确定后面没有什么不能见人的摆设之后，才点了接听。

点开了之后他半天也没看清那辰那边是什么情况，黑乎乎一片，隐隐从旁边透出暗红色晃动着的光线，他拿过耳机戴上，正好听到那辰的声音：“是不是看不见。”

“是。”安赫说。

“等我开灯。”那辰又说了一句。

两秒钟之后，那边亮了起来，画面也变清晰了。

视频里只能看到那辰的腰，腰上有文身，安赫看不清是什么。

安赫这时又发现背景并不是常规的房间，“你住在什么地方？”

摄像头拍到的背景是黑色的，很粗糙，不少地方都有些凹凸不平，看着像是喷了漆的铁皮。那辰把摄像头转回来对着自己之后，安赫看到了他身后黑色的墙上挂着两把吉他，还有些看不清的画，横七竖八有些零乱地挂在墙上，黑色的墙上还有很多五颜六色的涂鸦。

墙跟前似乎有张床，被子、衣服堆着，看上去就跟下边还睡着个人似的，旁边还有个谱架。

“来了就知道了。”那辰冲着摄像头笑了笑。

这个笑容很短暂，不过视频卡了一下，那辰的笑容在画面里定格了几秒钟。

他往椅子上靠了靠，把腿伸长了看着那辰。“穿得挺随意啊。”

那辰眯缝着眼没出声，过了一会儿才放低了声音说：“有意见？”

“没。”安赫笑了笑。

“下回视频我换套礼服呗？”那辰没什么表情，挺平静地说了一句，没等安赫回话，他突然扯下了耳机，站了起来，接着就转身走出了视频范围。

离开之迅速，消失之干脆，安赫看着已经没了人的屏幕，半天都没回过神来。

屏幕上只剩了一把形状古怪的黑色椅子，看着像是用什么零件改的，上面堆着几个靠垫，感觉坐在上面会挺享受。

安赫正对着这把椅子出神时，靠墙边堆着衣服和被子的那张疑似床的东西动了动。

安赫吓了一跳，以为是眼花了，没等细看，那堆东西又动了一下，接着就看被子和衣服堆下边坐起来了一个人，顶着个睡成了杀马特的发型。

安赫忍不住小声骂了一句。

那辰又晃回了摄像头前，手里拿着罐啤酒。

“你那儿还有人？”安赫问了一句，同时也看清了那辰腰上的文身是个从腰向小腹探过去的蝎子，文得很精致。

“嗯。”那辰开了啤酒喝了一口，也没回头，“你不听过他唱歌吗？”

鸟人的主唱？安赫想了想，除了一把好嗓子，对那人的形象完全没有印象。

“啊……唱得很好。”安赫应了一声，“要不先这么着？你朋友起来了……”

“嗯？”那辰放下啤酒罐，“不用管他，他昨天跟媳妇吵架被赶出来了，一会儿就走。”

安赫莫名其妙地松了口气，不过因为被突然从被子、衣服下边钻出来的主唱打断了聊天的思路，他一时半会儿不知道说什么了，于是没说话，拿了根烟点上了。

主唱同学跟那辰没有任何交流，沉默着晃了几趟之后，穿上外套离开了。安赫听到耳机里传来“哐啷”一声，应该是关门声，但听着不像，他推断不出来那辰这个“秘密基地”到底是个什么空间。

那辰不肯细说，只说去了就知道，安赫觉得他性格虽然有点儿说不上来的感觉，但骨子里就是个小孩儿，一个破屋子还能卖半天关子，也就没再多问。

约好了周末吃饭之后，安赫下了线，坐在电脑前发愣。

他似乎觉察到自己这段时间怎么也排解不了的寂寞的源头是什么了。

元旦放假之后一直到现在，不少学生的心都收不回来，快期末考了，一个两个还是要死不活的。

安赫每天下午去教室转悠的时候都能看到趴桌上睡得雷都炸不醒的学生。不过让他欣慰的是张林虽然还是有点儿吊儿郎当，但没再旷过课，别的几个任课老师都反映他有不小的改变。

“想着放寒假呢吧。”安赫手撑着讲台，看着下面无精打采的一帮人，“有什么可想呢，就那么二十来天假，有一半时间被老爸老妈逼着收拾屋子、买年货，然后还得拜年，要是考砸了，剩下那一半时间你们也过不舒坦。”

“安总你真打击人。”有学生趴在桌子上说了一句。

“这就打击了？我是为你们剩下的那几天假着想。”安赫笑了笑，拿了根粉笔在讲台上按断了，对着第三排打从他进教室就没醒过来的胡宇弹了过去。

粉笔头准确地打在了胡宇的鼻子上，他直接从座位上蹦了起来，吼了一声。

“梦游呢？”安赫看着他。

教室里笑成一团，胡宇迷迷瞪瞪地坐下了。

“我对你们一直没重话，你们要面子，我就给面子。”安赫等下面没什么笑声了，才又接着说下去，“可我也要面子，你们也得给我面子，别看我成天对你们笑着，就觉得你们弄个年级倒数我还能这么笑。”

安赫收了脸上的笑容。“明天开始，我要再听哪个老师说上课有人走神说梦话的，别说这个寒假，我让你后边的暑假也别想过踏实了，不信就试试。”

走出教室的时候，手机响了，安赫掏出来看了看，老妈的电话。

老妈一年到头给他打电话的次数加一块儿也不够五次的，一般情况下都是有活干了才会找他回去帮忙。

“妈。”安赫接了电话。

“你爸给没给你打电话？”老妈那边依然是稀里哗啦的麻将声。

“没。”

“你张姨说她儿媳妇在街上看见你爸了！”老妈提高了声音，“你爸回来了！”

“哪个张姨？”安赫皱了皱眉，比起老妈，老爸更像云游四海的高人，别说电话，一年到头人影都见不着一次。

“你管哪个张姨啊！我说你爸回来了也不回家！还跟个女人搂着逛街呢！”老妈喊着，突然哭了起来，一边搓着麻将一边哭得特别悲痛，“你说我养你这么个儿子有什么用啊！也没见你心疼过你妈啊！白眼儿狼！”

电话里传出了另一个女人的声音：“安赫啊！你也是的，我可是好几个月没见你回来看你妈了，你这也太不应该了……”

安赫没出声，直接把电话给挂了，心里一阵烦躁。

电话又响了起来，安赫没接，按了静音。

回办公室拿了东西之后，他开着车回了家。

刚到四楼，还没到自己家门口，他在楼道里就听到了熟悉的麻将声。

这声音会让他憋不住火，但这却是他的家，这声音是家里最大的标志。

“哟，安赫回来了。”邻居大妈从屋里走出来，伸手拽了拽他的袖子，一脸看热闹的表情打听着，“是不是你爸回来了？没回家啊？”

“您中午菜做咸了吧。”安赫转身往自己家走。

“啊？”大妈愣了愣。

“有空操这个闲心，多喝点儿水吧。”

大妈冲着地“呸”了一声，小声骂着回了屋。

安赫推开门的时候，屋里的麻将声一下停了，两张麻将桌旁边的人都看着他。

老妈抬头喊了一声：“你还舍得回来啊！跟你爸一样别回家得了！”

“吃饭了没？”安赫没答她的话，走到厨房门口往里看了一眼，冷锅冷灶，垃圾桶里堆着的全是快餐盒。

“你妈哪儿还有心情吃饭啊，”一个女人说了一句，“你这儿子当的……”

“你认识我吗？”安赫回过头看着她。

“哟，不认识你就不能替你妈说你两句了啊。”那女人有点儿尴尬。

“不认识我你就知道我这儿子当得不行？”安赫没给她留面子，他对老妈这些牌友没有一丝好感，看着乌烟瘴气的屋子就蹿火。

老妈放下手里的牌，叫了个人替她打着，把安赫拉到了里屋。

“你别一回来就冲我朋友发火！”老妈关上了里屋的门，很不高兴地说。

“带你出去吃个饭吧，”安赫皱着眉看着老妈，老妈算是个漂亮女人，但每天通宵达旦地打牌，整个人都很没精神，一脸蜡黄，“你吃多少天盒饭了？”

“不吃盒饭吃什么？”老妈白了他一眼，坐到床上，拿出根烟点上了，“反正现在也没人管我，你爸回来了也不回家，你也是！”

“你要我爸回来干吗啊？就这一屋子，回来就吵架得了。”安赫看着窗外，老爸不回家也很正常，从小记忆里就几乎没有这个爸爸，他要是突然回来了才是件神奇的事。

“他不回来就不回来，可他还带个女人逛街！”老妈一边说一边站起来拉开门冲外面喊了一声，“哎，你出牌想着点儿！”

“你不会还觉得他在外面这么多年是一个人吧？”安赫从来不过问父母的事，但他在街上不止一次碰到过老爸，身边女人都没有重样的。

“算了，我又不靠他养，就这么着吧！”老妈站起来挥挥手，急着出去打牌。

安赫本来想带她出去吃个饭，看她这个架势，打消了这个念头。他在屋里站了一会儿，听了会儿麻将声，然后也走了出去。

“走了。”安赫跟老妈说了一句，穿上外套准备开门。

“嗯。”老妈眼睛盯着牌，“唉——输了一天啊——”

安赫停下脚步，拿出自己的钱包，把里面的大票全抽出来放在了她手边，拉开门出去了。

老妈不缺钱，他买房的时候老妈因为心情好还补贴了一些。家里在城中村有一栋小楼，全都出租了，老妈请了个管理员守着，每个月就坐在家里收租金，但每次见到安赫，都还是会要钱。

安赫没什么意见，除了给钱，他也找不到其他什么尽孝的方式了。

出了门，坐在车上，安赫也没了吃晚饭的胃口。每次回家，都是这样，他不知道老妈是不是会这样打麻将过完下半辈子。每次看到家里的情景，他的心情都会落到谷底，没个两三天爬不上来。

他点了根烟，坐在车里慢慢抽完了，然后开着车在城里漫无目的地转悠。

转了两三个小时，又转回了家里那条街，他把车停在路边，走进了一个面馆。

挺久没来这儿吃面了，小时候问老妈要了钱，他一般都会到这里来吃碗面，然后顺着街溜达，累得走不动了才回家。

面吃到一半的时候，手机响了，他慢吞吞地拿出手机看了看，是那辰，备注还是“假发”，他一直忘了改。

“大七啊。”安赫接了电话。

那辰愣了愣才说了一句：“大七你姥姥。”

“什么事，约的不是明天吗？”安赫看了看手机上的日期，确定自己没记错吃饭的日子。

“你在哪儿呢？我过去接你。”那辰说，“去夜歌。”

安赫没出声，他其实挺愿意没事的时候去酒吧泡着，闹到半夜，顶着个发木的脑袋回去睡一觉，第二天感觉跟重获新生了似的。

但今天没心情，吃面的时候他都懒得张嘴，整个人都是泄气状态。

“不了，我明天过去找你吃饭就行了。”他靠在椅背上说。

“你现在不来，明天还去什么去啊。”那辰的语气很不客气，“要玩就玩通宵到明天，要不就别去了。”

说完就把电话给挂了。

安赫拿着手机，心想这人跟林若雪一个德行。

吃完面之后他站在街边，北风刮得有点儿惨无人道，安赫看着被路灯拉长的自己的影子，头发在风里招摇得像个火把。

拉开车门坐进车里的时候，那种无法消灭的寂寞情绪又涌了上来，安赫盯着方向盘发了一会儿呆，掏出了手机，拨了那辰的号码。

“几点？”他问。

“那就十点半，我过去接你。”那辰挂了电话，把手机扔到一边，靠在圈椅里伸长了腿。

李凡坐在门边的地上往自己的吉他上刻字，听到那辰的话，他抬头问了一句："真去接？"

"嗯。"那辰伸手在旁边的木箱里翻了老半天，翻出个指甲剪来，开始认真地剪左手指甲，指甲都不长，他齐着边剪，都快剪到肉里去了。

"为什么啊？是那天跟你视频那人吗？什么来头啊，看着也没什么意思，"李凡拨了几下琴弦，"居然能让你去接？"

"自己长得跟匪兵戊似的还有工夫嫌别人呢。"那辰勾了勾嘴角。

李凡掰着手指头数了一遍甲乙丙丁，愣了愣，乐了："我去！"

"他长得挺顺眼的。"那辰剪完指甲，把指尖顶在自己牛仔裤裤腿上来回磨着，"长得特像好人。"

李凡笑了好一会儿才把吉他放到一边站起来。"小辰辰，那人一看就知道跟你不是一路人。"

"谁跟谁都不是一路人。"那辰把指甲剪扔回箱子里，"打电话叫小卖部老头儿送点儿吃的过来吧，饿了。"

"别吃零食了，不顶饱。"李凡拿出手机，打电话叫了外卖，"对了，跟你说个特逗的事。"

"说。"

"昨天我媳妇她妈的老太太跳舞队，问咱能不能去给她们伴唱，街道的年末表演。"李凡一边说一边乐，"老太太真能琢磨……"

那辰抬眼看了看他。"伴奏什么歌？"

"《草原一枝花》！"李凡嘎嘎地笑完了，站得笔直一脸严肃地开始唱，"我是草原一枝花，才吐露芳华，草原母亲爱护我，我也深爱她……"

"去。"那辰说。

"什么？"李凡愣了。

"咱去给老太太跳舞队伴唱《草原一枝花》。"那辰打了个响指，"哪天？"

“下周六……你没病吧？全都是老头儿、老太太，最年轻的也得五十往上了……”李凡瞪着那辰。

“就这么说定了，去给老太太回话吧。”那辰站起来蹦了蹦，一脚踢开了黑色的铁皮门跳了出去，喊了一嗓子，“咱去跟老头儿、老太太们狂欢！”

安赫懒洋洋地在家里泡完一个澡，出来的时候已经十点多了，他换了套衣服，本来想打个电话问问那辰出来了没，想到那辰说过讨厌接电话，他就没打，看了时间，掐着十点半溜达到了小区门口。

走到门口，就听到远处传来摩托车的轰鸣，他扭头往路那边看了一眼，那辰那辆金色的庞巴迪几秒钟就飙到了他面前，带起一阵风。

安赫缩了缩脖子。“挺准时。”

“挺近的。”那辰冲他偏了偏头，“上来。”

那辰今天没有戴黑长直假发，穿着件黑色的机车皮衣，脚上是双军靴，脑袋上戴了顶灰色的滑雪帽，安赫扫了好几眼才慢慢跨上了后座。

车很大，坐在上面的感觉跟普通摩托车完全不同，安赫把拉链拉到头，这大冷天的开摩托车，一路迎着北风吹到夜歌，不知道还能不能下得了车。

那辰的车开得不快，到夜歌的时候安赫没有被冻僵，下车的时候腿还能打弯。

今天不是什么特别的日子，不过夜歌差不多每个周末都有表演，外面站着等朋友的人还是挺多。

“都叫了谁？”安赫进了夜歌，被火爆的音乐冲了一脑袋才想起来问了一句。

“乐队的。”那辰往他身边靠过来说了一句，“大概还有大卫和东子的媳妇。”

“哦。”安赫应了一声，这俩人就算说了是谁他也不认识。

那辰他们订的大桌是离台子最近的，台上跳舞的人的肌肉都看得一清二楚。

桌边已经坐了几个人，几个男的看打扮应该是乐队的人，不过安赫除了认出了那天在那辰家睡觉的“杀马特”主唱，别的都没认出来。还有俩小姑娘，大概是那俩他没记住名字的人的女朋友。

主唱今天没有“杀马特”发型，看到安赫，他举举手里的杯子，点了点头。

安赫也点点头，旁边几个拿着骰子正在闹的人停了下来，跟那辰聊了几句，目光都往安赫这边看，但那辰没有开口介绍，他们也没多问。

安赫脱了外套坐下，接过那辰递过来的一杯酒喝了一口。

“哎，哥哥，”一个姑娘拿着骰盅在桌上敲了几下，冲安赫抬了抬下巴，“来玩。”

“玩什么？”安赫坐着没动，这姑娘应该挺漂亮，但脸上的妆很浓，眼睛一圈黑，安赫条件反射就想到自己的学生，有想拿个鸡蛋帮她滚滚的冲动。

“你想玩什么？”姑娘挺嚣张地看着他。

“你随便点。”安赫拿了根烟点上叼着。

“冯妮今天兴致挺高啊。”李凡拿过骰盅摇了摇。

“今儿发工资了高兴！”冯妮笑着说。

这一局那辰输了。那辰拿过杯子，仰着头开始灌，眼睛往安赫这边瞅了一眼，眼神里带着一抹笑意。

安赫这会儿才发现，这个罚“酒”的杯子里不是酒，看着像是各种奇怪饮料的混合物，上面还漂着半粒青桔，难为那辰还能笑得出来。

几轮下来，一桌人各有输赢，怪味儿饮料也喝够了，喊着要换个玩法。

李凡旁边坐着的是他们乐队的键盘手，叫严一，小个儿，眼睛老跟在笑着似的弯着，这几轮下来他喝得最多，一边摇着骰子一边喊："来个不要脑子只靠运气的！"

众人表示同意，安赫运气不太好，连着两次都是大满杯，半杯也够受的了，第二个半杯下去，他看到那辰手指撑着额角冲他笑得挺欢。

那辰的眼睛很漂亮，亮而深邃，跟他表现出来的样子不同，他的眼睛给人的感觉很静，看的时间长了，周围的喧闹都开始退了下去。

等到身边的尖叫和笑声突然大起来的时候，安赫才猛地发现，之前还在台上的舞者不知道什么时候已经跳下了台，全围在了他身边。

"看你很久了……"其中一个人抓住了安赫的胳膊往台上拽他，"白衬衣帅哥你太帅了！"

另外几个人也一哄而上拉他。

"等等等……"安赫被拉离了沙发，赶紧一连串地喊。他对这场面太熟悉，以前来夜歌，每次看到有人被往台上拽的时候他们都跟着起哄，林若雪那种玩疯了的还会扑上去帮着推，现在轮到自己了，安赫的心情简直无法形容。

"等什么？上来吧帅哥。"有人贴在他身后喊了一声。

周围起哄的，尖叫的，过来帮着推的，一片乱七八糟，安赫在混乱当中被半抬着扔到了台上。

他扭头想跳下去的时候，被几个人围住了。

"帅哥，"有人把他往台中间的椅子上拉，"配合一下啦，就是个乐子。"

安赫想说"大哥，你们饶了我，换个人乐吧"，但被推得坐到了椅子上。

喧嚣的音乐和尖叫声中，安赫看到了腿搭在桌上、抱着胳膊靠在沙发里的那辰。他一脸很有兴趣的表情，嘴角带着笑。

围着安赫的几个舞者不断示意他跟着他们的动作舞起来，安赫实在配合不上，几次想要站起来，都被按了回去，他也不想弄得太狼狈，只是躲着，目光往下扫去的时候能看到那辰正饶有兴趣地抱着胳膊盯着他看。

这小子看戏呢！

“大七！”安赫喊了一声，他扛不下去了，几个人仿佛不会看人脸色，一边说“帅哥别紧张嘛”一边按着他不让动。

那辰听到了他的喊声，但坐着没动，只是侧过头把手放到耳边，嘴动了动，安赫看出了口型是“什么”。

“那辰！”安赫吼了一声。

“叫你朋友一起跳吗？”站在他身后的人笑了。

那辰慢吞吞地站起来走到台边，接着跳了上来，在台下喊成一片的起哄声中走到了安赫面前。

“让让。”他扒拉了一下台上的人，“我朋友喝大了。”

安赫刚想站起来，那辰突然握着他的手狠狠拽了一把，他被拽离了椅子，整个人晕头转向地往那辰身上撞过去。

那辰偏了偏头，弯下腰搂住了他的腿，很利索地把他扛到了肩上站了起来，转身两步跳下了舞台。

一个非常标准的扛醉汉的姿势。

·第三章·

秘密基地

安赫被那辰扛下了舞台，跳下去的时候猛地一颠，脸在那辰后腰上撞了一下，安赫觉得自己的舌头差点儿被牙给切断，整个人都因为脑充血而发晕，他感觉自己的酒劲这会儿是真的全上来了。

那辰把他扔到沙发上，桌子边上的几个人笑得不行。冯妮一个劲拍着桌子，声音又尖又亮：“哥哥，你是我见到过的被拽上台之后最镇定的人！太牛了！”

镇定？安赫整理了一下自己的衣服，他大概是平时面对着一教室的学生习惯了，被这么多人盯着没有手足无措，但也谈不上有多镇定，刚才要是那辰再不上来，他是打算喊那辰救命的。

“压压惊。”那辰递过来一杯饮料。

“不用了，被你肩膀磕了几下，现在只想吐。”安赫接过杯子放到桌上。

“用去厕所吐一下吗？”那辰靠到他身边小声问，声音里带着笑。

“不用。”安赫转过头，“你喝不少吧，刚没把我扔地上得谢谢你。”

“没喝。”那辰屈起一条腿靠在沙发里。

安赫没出声。

“你这个疤，”那辰手指往他袖口里点了点，“怎么弄的？”

安赫没有回答，过了一会儿才很简单地说了一句：“摔的。”

“哦。”那辰笑了笑。

已是凌晨两点多，四周的人散了不少，这桌的人也终于没再开新的节目，俩姑娘一直在唱歌。

“走吧，”那辰站起来，“去我那儿。”

“他们怎么办？”安赫拿过外套穿上，跟着站了起来。

“不用管，一会儿就都各回各家了。”那辰头也没回地跨过桌边的数条腿，往门口走。

那辰走得很干脆，安赫也没多管，跟着往外走。

出了门，兜头的夜风让安赫全身都张开了的毛孔猛地一收，忍不住缩了缩脖子。

“冷？”那辰转过头，把一直拿在手里的围巾扔了过来，几步跳下了夜歌门口的台阶，“带你去个地方。”

“去哪儿？”安赫把围巾绕在自己脖子上，闻到了淡淡的香水味儿。

安赫看了看路口那边大大的 P 字，跨上了庞巴迪的后座。

“扶好。”那辰发动车子之后，把刚才从车后的皮箱里拿出来的头盔和风镜戴上了，转头递给安赫一个头盔。

安赫仔细闻了闻，那辰身上真没有酒味儿，车已经发出巨大的轰鸣，像箭一样冲下了人行道，蹿到了空荡荡的大街上。

安赫的身体随着惯性猛地往后一仰，顾不上别的，赶紧伸手一把抓住了那辰的衣服。

车开过路口之后转了个弯，穿过一条小路向城外冲了出去，没几秒钟，安赫就觉得整个人如同置身在狂风四起的山顶上，眼睛都有点儿睁不开了。

“别超速！”安赫凑到那辰耳边喊，“稳着点儿！”

“出发——”那辰突然扬起右手大喊了一声，食指冲上指着不知是月亮还是星星什么的，安赫没敢抬头看，也有可能指着路灯。

夜风从耳边带着尖啸疯了一样地掠过，摩托车的轰响在半夜安静的大街上传出很远。

安赫眯着眼，把脸埋在那辰后背上，他没敢抬头往前看，现在这车速要是个轿车肯定没问题，但现在是辆摩托，他要把脸搁风里，估计能吹出一脸狰狞的表情来。

围巾勒得都快赶上自缢了也挡不住冷风一直往外套里灌，他现在的样子应该挺像个刚被捞上来怒不可遏的河豚。

安赫现在全部的注意力都在车速上，他没机会跳车，只能时刻感受速度，判断有没有超速。

“爽吗？”那辰吼着问他。

“不爽！”安赫闷在他后背也吼，“你有病吧！”

“被你看出来了。”那辰开始笑，笑得特别大声，这是安赫头回听到他这么大笑，笑得特开心，握着车把的手都抖了，“眼光不错！”

“要么就停，要么就把好！”安赫喊了一嗓子，汗毛都竖起来了。

“飞吧！”那辰大喊了一声。

车猛地腾空了，突然失去重力的感觉让安赫吓出一身冷汗，五脏六腑都收缩成一团，他迅速地往前看了一眼，车已经开到不知道哪条路上，一个巨大的陡坡让摩托车腾空而起，从空中掠过。

而在安赫还没反应过来的时候，那辰扬起头，又发出了一声嘹亮高亢的尖叫。

虽然滞空时间最多也就一秒，高度估计也就跟公交车赶时间过坑时蹦起来的高度差不了多少，但安赫还是忍不住爆发了一声惊呼，也不知道是不是被那辰这一嗓子吓的。

几分钟之后，车速渐渐降了下来，耳边的风声也小了，夜的寂静开始慢慢回到身边。

安赫的河豚外套回到本来的状态之后，车停在了路边。

那辰没动，坐在车上点了根烟叼着，安赫在他身后坐着回了半天神才跳下了车，跑到路边一棵树下倚靠着，老半天才感觉心跳回到了正常的节奏上。

“你感觉如何？”那辰问，声音没了之前那种亢奋，变得很低落。

安赫听到他的话，火蹿了上来，指着他：“没喝酒也能发酒疯真想给你鼓个掌！以后发疯自己发，别拉着我！”

那辰没什么反应，脸都没扭过来，他盯着自己手指上夹着的烟：“我最喜欢这条路。”

安赫没理他，看了看这条路。

这条路很陌生，安赫从来没来过这儿，只能大致从方向和时间上判断出这条路是东边出城的某条路。

两边已经全是荒地和空着的农田，除了隔着百十来米一盏的路灯，没有别的灯光了，估计白天这条路也没几个人。

这条路的静谧被凭空放大了，截然不同的感受让安赫有些调节不过来，整个人像是被扔进了夜雾中，一路往下沉。

这时他才发现那辰变化了的语调，抬起头往那辰那边看了一眼。

那辰已经躺在了车座上，一条腿屈起踩在油箱上，嘴里叼着烟，手臂垂下来，轻轻晃着，指尖在地上来回划着。

“你一直往前跑，往前跑，”那辰看着黑沉沉的夜空说，“抬头的时候就看到星星了。”

“什么？”安赫没听懂他这没头没尾的话。

“我妈说的。”那辰说。

“哦，是嘛。”安赫笑笑，随口应了一句，“什么时候说的？”

“她犯病的时候。”那辰狠狠抽了一口烟，慢慢喷出来之后坐了起来，拍了拍后座，“上来，马上到了，我慢慢开。”

安赫站着没动，犯病的时候？

“不骗你，我每次都只疯到这儿。”那辰把烟头扔到地上踩灭了。

再往前开，依旧是荒凉，安赫不知道这种感觉是因为现在时间太晚还是这条路本来就这样。

当那辰把车开进路边一个很大的旧车回收场时，安赫又有点儿回不过神了。

旧车场有个挺大的门卫室，听到摩托车的声音，门卫室里的灯亮了，那辰停了车，车灯对着门照着。

“回来了？”门开了，里面探出个头发乱蓬蓬的花白脑袋。

“陆大爷，吵醒您了。”那辰从兜里掏出包烟扔了过去，“赶紧睡吧。”

“我帮你弄了火，还以为你不回来了呢。”陆大爷接住他扔过去的烟。

“谢谢陆大爷。”那辰挥挥手，往车场里开了进去。

车场里没灯，很黑，车灯照亮的地方全是拆成了空壳的各种车，大大小小，完整的，剩半拉的，压扁了的，时不时还能看到堆放在一起的废车胎。

这些奇形怪状的黑影在车灯里影影绰绰地起伏着，让安赫莫名其妙觉得到了另一个时空。

“你住这儿？”安赫在那辰背后问了一句。

那辰没出声，把车一直往里开，车场很大，他们在各种废车铁皮和轮胎之间穿行，拐来拐去一直往车场最深处不断前行。

过了老半天，那辰在一小块空地上停下了，车熄了火，四周立即陷入了浓浓的夜雾里。

那辰在黑暗里下了车，走了几步，声音从前面传过来：“欢迎来到小辰辰的秘密基地。”

安赫也下了车，这是什么扯淡的看都看不见的秘密基地？

前方突然亮起一片灯光，暖黄色，划破了夜色，有一瞬间耀眼得让安赫有些睁不开眼睛。

那辰站在离他几米远的空地中央张开了双臂。

安赫看着他逆光中的黑色剪影，站在原地很长时间都没有说话。

那辰身后有两节被拆下来的大货车厢，很大，并排放着，门对着这边。车厢被全部喷成了黑色，看上去就像两个卧在灯影下的怪兽。

一开始安赫以为这些暖黄色的灯光是那种 LED 串灯，现在才看清，是一个个的灯泡连起来，坠在车厢前的空地上方，车厢上也挂着不少，像一个个发着光的橘子。

“进来吧。”那辰转身走到车门前，掏出钥匙打开了门，“脱鞋。”

安赫慢慢走过去，跟在那辰身后脱掉鞋进了车厢里。

迎面扑来的暖暖的空气让他全身都放松了。

那辰打开了车厢里的灯，灯就挂在车厢的正中间，一个估计是手工做的镂空铁皮灯罩，里面是一个普通的灯泡。

灯光从镂空的灯罩里洒出来，在车厢里投下大大小小的光斑。

这里就是那辰的秘密基地。

另一个车厢里是什么样安赫不知道，这个车厢里铺着挺厚的灰色羊毛地毯，踩上去温暖舒适。

靠墙有台电脑，对面一张木板搭出来的床，墙上是安赫那天视频时看到的各种颜色的涂鸦，还挂了不少无法总结出是什么的东西——链子，涂得乱糟糟的画，挂毯，照片，吉他，还有把二胡。

中间靠门的地上有个铁皮桶，火已经灭了，盖着盖子，但还带着暖意。

车厢的顶上开了两个天窗，大概是放烟用的。

“还冷吗？”那辰踢过来一个充气坐垫，上面垫着厚厚的毛毯，看上去很舒服，“坐吧。”

安赫犹豫了一下，脱了外套，坐了下去，整个人都陷进了坐垫里，软软地靠着，酒劲一点点地包裹上来。

到现在他都没有完全回过神，感觉一晚上都在混乱当中起起落落，那辰带给他的各种冲击似乎一直没停过，现在他被酒精泡过的脑子相当乱，嗡嗡地跟排风扇似的响着。

那辰脱了外套，又一抬胳膊把里面的 T 恤也脱掉了。

安赫的目光从他身上扫过，停在了腰间的蝎子文身上，视频里看得有些模糊，现在他能清楚地看到蝎钳和蝎尾上的钩子。

蝎尾似乎有点儿立体的感觉，是凸起的，安赫还没研究明白是怎么文出来的立体感，那辰转过了身，弯腰从旁边地上的箱子里拿出一盒牛奶。

他后腰跟蝎尾相同的位置，有一道伤疤。

安赫突然明白了蝎尾的立体感是怎么回事。

对穿？

“喝吗？”那辰把牛奶递到他面前。

“谢谢。”安赫坐直身，接过牛奶，抬了抬下巴，“那个是刀伤？”

“嗯。”那辰低头看了看，勾勾嘴角，“厉害吧？”

“什么？”安赫没听懂他这是问刀伤还是问文身。

“我。”那辰说。

“还不错。”安赫笑了笑，从热闹的场合中脱离之后，他一时半会儿找不到合适的话题，“你平时都待在这儿？”

“不一定，不排练的话一周两三天吧。”那辰拿了盒牛奶坐到了另一个充气坐垫上，腿很随意地伸出来搭在床沿上。

“都是自己弄的吗？”安赫又来来回回地看了看屋里，虽然有些凌乱，但还是能看出花了很多心思布置。

“嗯，材料就上外边弄。”那辰从地毯上摸了盒烟，抽出一根点上叼着，把烟盒扔到了安赫身上。

酒有点儿上头，安赫晕得很，拿了烟叼着没点。

沉默了一会儿，他没话找话地又说了一句：“你家在本地？”

“嗯。”那辰吐出一口烟，撑着额角看着他。

他动了动，调整了一下坐姿。“你爸妈是不是以为你住校呢。”

那辰突然没了声音，安赫看了他一眼，发现那辰脸上的笑容消失了，眼神也冷了下去。

安赫有些尴尬。今天他是喝多了，要不按他对学生的了解，那辰这样的性格，不稳定的情绪和行为，加上他在这里的这个“秘密基地”的风格，他早就该想到，这人的家庭十有八九不太正常，那么这样的话他就不会问出口。

安赫没有再说话，那辰也没开口，就那么冷冷地盯着他，屋里本来因为铁桶的余温而一直暖烘烘的温度一点点下降着，最后让安赫开始觉得冷了。

他站了起来，拿过自己的外套穿上了，那辰还是沉默着。

他站了几秒钟，往门口走过去。“要不我回去吧，走到大路上应该还有夜班出租？早班出租也可能已经出来了……”

手刚摸到门，那辰从坐垫上跳了起来，两步跨过来抓住了他的胳膊。“回去？”

“是。”安赫抽出手，“喝多了想回去睡觉。”

“你耍我呢？”那辰靠到门上，抱着胳膊瞅着他。

“什么意思？”安赫双手插兜看着他，他不知道那辰到底怎么回事，这是说错话了要打一架？

“安赫，”那辰放低了声音，沙哑的嗓音跟之前冷漠的样子有了完全不同的感觉，“你是不是觉得喝个酒吃顿饭就是朋友了？”

“没想过，”安赫笑笑，那辰的态度和这句话，让他心里一直藏着的角落被完全没防备地凿开了一个洞，隐隐的疼痛让他也眯了一下眼睛，“我一般也不这么交朋友。”

安赫的话让那辰轻轻挑了挑嘴角，过了一会儿对方才靠着门说了一句：“是吗？”

“晚安。”安赫穿上鞋推开了那辰，拉开门跳了出去，“下回想找人聊天，先把十不准贴脑门儿上，省得不小心戳着哪儿了。”

那辰没再拦着他，只是在他身后笑着说：“你走回去吗？”

安赫头也没回地顺着过来的大致方向走。

走了几步，他被绊了一下，不知道踢到了什么。

他骂了句脏话，又从兜里摸出手机，打开了手电照着路。

头挺晕的，有点儿分不清方向，加上进来的时候基本上没看清可以作为标记的东西，现在往外走只能靠直觉摸索着。

除了眼前被手电照亮的一小片，四周是黎明前死气沉沉的黑色，他走得有些跌跌撞撞，但步子却没有停顿，往前不断地迈着，像是想要摆脱什么。

每个人心里都有那么一个不能碰的地方，那辰有，他也有。

在乱七八糟的废车之间转了半天，安赫也没找到出去的路，他就像走进了迷宫，四面都是墙，转来转去甚至已经分不清自己是在往外走还是在往更深的地方走。

身后突然传来了脚步声，有人从他后面不急不慢地走了过来。

“大七？”安赫有点儿紧张，不知道这么大个车场里除了那辰还会不会有什么流浪汉、流窜犯、闷棍党之类的人跳出来。

他把手机冲身后晃了晃，后面只有一堆生锈了的零部件，没看到人。

“那……”他刚开口想再确定一下，身边突然伸出一只手，一把抓住了他的胳膊，接着就往后一拉。

他在惊悚之中一点儿没犹豫，一胳膊肘往后狠狠砸了过去。

“啊！”搂着他的手立马松开了，那人压着声音喊了一声。

“那辰？”安赫把手机对着他的脸照了一下，看到了弯腰捂着肋骨，眉毛拧成了一团的那辰，“你有病吗？！”

“你看出来了？”那辰笑了笑，还是弯着腰。

“砸哪儿了？伤没伤？”虽然很恼火，但安赫知道自己这一下劲不小，那辰一直弯着腰，他走过去想看看，“我……”

他刚一靠近，那辰突然直起了身，往后让了让。

这个动作让安赫极度不爽，好不容易压下的怒火重新烧了起来。

“刚不好意思了，”那辰说，“太远了，这会儿你回不去。”

安赫没出声。

那辰也没再说话，冲他偏了偏头，转身往回走。

“去哪儿？”安赫用手机照着地面问了一句。

“我还想问你呢，你再往前就到后门了，出去就一条路，通向火葬场。”那辰回手拿过他的手机，把手电关了，“不用这个，摔不着你。”

“火葬场”三个字让安赫后背起了一阵鸡皮疙瘩，不过总算是知道了那辰这个“秘密基地”在什么地方。

那辰对这里很熟，只靠着淡得连面对面都看不清脸的星光，一步冤枉路也没走，几分钟就把安赫带回了车厢旁。

重新回到暖洋洋的屋里，安赫有些疲惫，在充气坐垫上靠坐着，不想说话，不想动，也不知道是该继续发火还是暂时休战，只想着这一夜赶快过去。

“要睡会儿吗？”那辰走到屋子一角，在一台 CD 机上按了一下，屋里响起了轻柔的音乐。

安赫看到旁边还有一台黑胶唱片机和一排码放整齐的黑胶唱片。“玩得挺专业。”

“我妈的。”那辰脱掉上衣，走到他旁边坐下了，又拿了根烟出来点上叼着，“我很少听。”

关于那辰妈妈的话，安赫没有再随便接，之前那句“犯病的时候”还没弄明白怎么回事，他不想再惹麻烦。

那辰前额的头发滑开，露出了漂亮的脑门儿，光滑饱满，从安赫这个角度看过去，他的脸意外地带着几分稚气。

“你脾气挺大。”那辰往上喷了口烟。

“没您有爆发力。”安赫说。

“困吗？去床上躺会儿？”那辰问他。

安赫转头看了看旁边堆得乱七八糟的床，想起了那天李凡顶着杀马特脑袋起床时的情形，顿时觉得无比别扭，连带着觉得这床都杀马特起来了。

“我酒劲过了，不会闹了，放心睡吧。”那辰看他不出声，补了一句。

“你这床……也不收拾收拾。”安赫“啧”了一声。

那辰仰着头笑了半天，起身把烟在旁边地毯上放着的一个小铁盒里按灭了。“来，参观一下我的卧室。”

两个紧紧挨着的车厢中间，在相同的位置被切开了一个门，那辰打开了那扇门，进去把灯打开，冲他招了招手。

从这边几乎都是黑色的车厢走进那边，安赫只看到了满眼的白色，强烈的视觉对比让他在门边站了好一会儿才走进去。

那辰在他身后把门关上了。

这个铁皮车厢屋子就像一个垫满了白色羽毛的小窝。

除了白色的绒毛地毯，茶几，床，圈椅，这些看得出都是手工制品的东西外，其余也全都是白色的，而且无一例外地都包裹着绒毛，长毛短毛。

跟外面截然不同的是，这屋里没有那些稀奇古怪的摆设和物件，干净清爽，也很暖和。

安赫看到墙上和顶上有不少的管子，估计外面应该还有个烧着火的油桶。

“你……”安赫摸了摸旁边圈椅上的厚毛垫子，“怎么保持的？”

“我有时候很闲。”那辰轻声说，“你可以在这里睡。”

“谢谢。”安赫对他变幻莫测的情绪有些摸不清，当然，也并不想摸清。

这一觉睡得挺沉。

安赫醒过来的时候躺着愣了能有五分钟才从迷茫中回过神来。

自己在那辰的卧室里踏实地睡了一晚。

他瞪着被白色绒毛覆盖着的屋顶，心里说不出来是什么感觉。

郁闷。

想发火。

那辰没在，床边的椅子上放着一套那辰的衣服，运动裤和 T 恤，白色的小茶几上有点心和牛奶。

安赫没有胃口，抓过衣服胡乱套上，走出了屋子。

外面的屋子温度挺低，屋里的油桶被拿走了，他穿上鞋走到了外面。

阳光很好，洒在身上有点儿暖洋洋的感觉，安赫往四周看了看，昨天夜里看不清的那些形状古怪的破车、破轮胎都现了原形。

四周很安静，不知道为什么，阳光下的旧车场，相比夜里，反而多出了几分落寞。

黑色的车厢在阳光下也同样显得很孤单，跟那辰那间温暖的白绒毛小屋形成鲜明对比，让安赫本来就因为昨天夜里莫名其妙的不愉快堵得慌的情绪一下摔到了谷底。

他站在阳光里，手脚都有些发冷。

正想转身走人的时候，远处传来一阵口琴声。

他收了腿，站在原地没动。

这是他第一次听到有人用口琴吹《绿袖子》。

简单的没有修饰的旋律让人心里突然一空。

但几秒钟之后他就反应过来了，这是那辰，心里的感受立马就变了，他皱了皱眉。

他顺着口琴声的方向走过去，声音是从车场更深的地方传来的，也就是他昨天走错了路的那个方向。

没走多大一会儿，口琴声就已经很近了，声音在上空飘着，他抬了抬头，看到了那辰。

那辰大概是没听到他的脚步声，背对着他，坐在堆得乱七八糟像座形状古怪的小山一样的废车顶上，拿着口琴很专注地吹着。

阳光洒在他和那堆锈迹斑斑的废件上，反射出星星点点的光。

安赫没有叫他，也没有动。

那辰跟四周的背景一样，哪怕是在阳光下，都透着一股子落寞。

安赫不喜欢这种感觉，消沉和一直往下滑的感觉。

这一瞬间他突然发现自己有些迟钝——这个之前或多或少吸引着他，让他有过不少想法的人，跟自己有着完全不同的生活。

怒火是燃起还是熄灭，都没有任何意义。

他沉默着站了一会儿之后，转身走开了。

顺着来的时候的路走了快一个小时，安赫才回到大路上，找到了一个公交车站。

他跟站牌并排站着，冻得都快与之融为一体了，才等到了一辆公交车，又倒了三趟车，才算是回到了市区。

走进小区，安赫从昨天开始就一直有些恍恍惚惚的状态在看到门口岗亭保安的时候终于消散了。

他第一次觉得这个二愣子保安的笑容这么让人踏实。

进了门，安赫放了一缸热水，把自己连脑袋一块儿全泡进了热水里。

被热水包裹着的感觉才能让他有实实在在的安全感，毛孔一点点张开，热气慢慢进入身体里，他慢慢放松下来，开始觉得加倍的疲惫。

不知道是不是因为周五晚上没怎么睡，周末两天时间他基本都在睡觉，张林他妈打电话来感谢他让张林有了变化的时候，他都一直强忍着哈欠。

好在这种状态到了周一就缓解了，他准点走进校门，回到了平时的生活里。

他还是“安老师”，这个称呼让他安心而平静。

那辰的衣服他洗好了，一直就那么扔在沙发上。

他没再联系过那辰，电话和 QQ 都没有再联系，那辰也没有再出现。

那个嚇↘死↙伱头像始终都是灰色的，没有亮起过。

期末考开始了，安赫坐在讲台边上监考，看着趴在桌上奋笔疾书的学生。

同样都是奋笔疾书，有些是真的在疾书，有些就是在草稿纸上胡乱涂涂，找机会往抽屉里、衣服里或者别人卷子上瞅瞅。

安赫拿了张草稿纸，慢慢撕成小片，再搓成小团拿在手里。他监考很少满教室溜达，有些学生容易紧张，所以他一般都坐着。

第三排的男生拉开自己外套的时候，他抬了抬手，把一个小纸团弹了出去。

男生被突然打在手上的纸团吓了一跳，下意识地抬头往这边看了一眼，安赫冲他笑了笑。

他赶紧低下头趴到桌上在草稿纸上一通划拉。

三天的考试结束之后，对有些学生来说是松了口气，对另一些学生来说，就还得提着气咬牙扛过后边的家长会。

安赫坐在办公桌前，看着林若雪他们几个在群里商量着过年应该如何花天酒地的事，时不时跟着哼哼哈哈应两句。

过年对他来说很没意思，家里过年一般就他跟老妈俩人，除了年夜饭他包完饺子能跟老妈消停吃完之外，别的时间家里依旧是麻将馆的氛围。

如果不是他坚持要包饺子，老妈早就把春节这个节日给取消了。

办公室的门被推开，张林一脸得意地跑了进来，冲到他桌子跟前喊了一声“安总”，底气十足。

“干吗？”安赫看着他。

“今儿家长会我爸来。”张林说完拿了他桌上一块巧克力扭头又带着风似的跑出了办公室。

安赫笑了笑，张林考得不怎么样，不过之前答应他要前进十五名的事是做到了，期中考的时候倒数第一，现在大概能有个倒数十七八了。

安赫正琢磨着这第一次家长会该说点儿什么，一直站在窗边往楼下看的程雨老师突然扭头冲他说了一句：“哇，这是哪个家长的车啊？”

“嗯？”安赫站起来走到窗边。

“那个，”程雨指了指楼下的停车位，“那个三轮车。”

安赫顺着她的手看过去，顿时愣住了。

就算他不看车牌也知道那是那辰的庞巴迪，全市估计就这一辆。

“不知道。”安赫随口应了一声，转身回到了自己座位上。

这是怎么回事？

楼下停车位是学校的，基本都是本校老师和学生家长的车，那辰的车怎么会停在那里？

安赫剥了块巧克力嚼着，细细地把脑浆绞了一遍，确定自己没有跟那辰说过自己的职业，更没说过自己在哪个学校。

那辰不是来找自己的，那就是……家长？

往教室走的时候，安赫一直注意着身边经过的人，没看到那辰。

他突然有点儿紧张，说不上来是为什么。

他跟那辰已经没有交集了，但他会跟那辰有过交集只有一个原因。

他不介意朋友知道自己的秘密，但介意同事知道，所以他一直把私生活和工作严格划分开。

那辰的庞巴迪突然出现在学校的停车位上，让他顿时有种危险逼近的感觉。

一直走到教室门口，安赫也没有看到那辰。

也许只是个巧合？

安赫收回自己乱七八糟的思绪，带着微笑走进教室。

教室里坐满了家长，他走上讲台后站定，带着笑开口："各位下午好，我叫安赫，是高一六班的班主任……"

后面的话他没有说出来，目光扫到教室最后一排的时候，他整个人都愣住了。

那辰坐在最后一排靠后门的位置，脸上也带着一丝诧异，跟他视线对上时，那辰把头靠到墙上，勾了勾嘴角，笑容意味深长。

安赫盯着他看了几秒钟之后移开了视线，尽管心里意外得就差咆哮了，他还是很快调整了自己的情绪，把之前的话继续下去："感谢各位在百忙之中抽出时间参加我们班的第一次家长会。"

下面不知道谁的家长突然带头鼓掌，教室里一片掌声，安赫有点儿想笑，抱了抱拳："谢谢，这还什么也没说呢，不用鼓掌。咱们家长会的主要目的是加强沟通，如果要鼓掌，为你们的孩子鼓掌更合适，个个都不错。"

说完这几句话之后，安赫找回了自己镇定自若的状态，开始按着之前想好的思路往下说。

他没说成绩的事，也没单独点谁的名表扬或者是批评。这次家长会他想要做的只是希望家长能跟学生有更多交流，对他们能有更多的肯定。

家长会的时间不长，说完自己要说的内容之后也就过了半个多小时，安赫冲教室里的家长弯了弯腰。“各位都是我的长辈，觉得我有什么需要改进的都可以提。教育是需要学校和家长相互配合的事，对我来说，每个学生都是可塑之材，我会跟各位家长共同努力，再次感谢大家来参加这次家长会。”

说完这句，掌声又响了起来。安赫笑了笑，没等再说什么，已经被几个家长围住了。

安赫一边跟家长说着话，一边抽空扫了一眼那辰的位置，那辰已经不在了，他松了口气。

又用了快一个小时把要单独跟他聊的家长都聊完，安赫觉得嗓子都有点儿发干了，快步往楼下冲，想赶紧回办公室里灌点儿水。

拐到一楼的楼梯口，一抬眼就看到了靠在墙边的那辰，安赫心里说不上来的滋味全涌上了心头，特别想装没看到似的快步走开。

但犹豫了一下，他还是走了过去，站到那辰面前。“你……”

“许静遥。”那辰笑着说，“她爸妈没空，我就来了。”

许静遥？安赫愣了愣，也笑了笑。“你是她什么人？”

“哥，表哥。”

那辰是许静遥的表哥？

安赫有点儿没办法把安静内敛又带着几分傲气的小姑娘跟那辰联系到一块儿，但还是点了点头。“许静遥很不错，有责任心，做事待人都很好，自控能力也很强。”

那辰没说话，眯缝了一下眼睛。

“家长要让她放松些，她给自己的压力太大。”安赫没理会他，补充了一句，然后看着那辰，“还有什么需要谈的吗？”

“没了。”那辰回答。

安赫没再说话，绕过那辰往办公楼走过去。

“安赫。”那辰在他身后叫了一声。

安赫回过头，那辰站在台阶上冲他笑了笑，声音不高地说：“你还欠我一顿饭。”

·第四章·

草原一枝花

安赫没有说话，转身头也不回地往办公室大步走去。

那辰站在台阶上看着他的背影，过了一会儿才一级级地从最后几级台阶上跳了下来。

家长会时安赫手撑着讲台从容平静地说着话的样子很吸引人，时间不长的那番话透着个性却又并不张扬，有个这样的班主任挺不错。

“哥，你还没走？”许静遥从旁边跑了过来，“有钱吗？我想买瓶奶茶。”

那辰从兜里掏出钱包，抽了张一百的递给她，许静遥没接。“五块就够了。”

那辰又抽了几张一百的直接塞到了她口袋里。“压岁钱。”

“我妈知道会说我的。”许静遥皱着眉看他。

“非得让你妈知道？”那辰双手插兜边往校门口走边说，“你们安老师说你特别优秀，你别整天老绷着担心自己成绩不行了，那架势弄得我一直以为你成绩倒数呢。”

许静遥笑了笑，想想又把钱拿出来，追过去想还给他，那辰按着她的手。“拿着吧，当我存你这儿了。”

“存我这儿干吗啊？”许静遥愣了愣。

那辰捂着肚子揉了揉，转身很快地走开了。“等哪天我被人打了要补身体就来问你要。”

许静遥愣在原地，过了好一会儿才冲他背影小声说了一句：“你神经病啊！”

那辰出了校门，走到自己车边的时候，看到有个穿校服的男生正站那儿瞅着他的车出神。

他跨上车了，那个男生才猛地抬起头，看到他的时候顿了顿：“是你的车啊？”

“嗯。”那辰拿出手套慢慢往手上戴着，一根一根指头整理好了之后发现男生还站在旁边，于是眯缝了一下眼睛，“上来我带你兜一圈？”

那个男生盯着他半天才又说了一句：“你是许静遥什么人啊？”

那辰想了想，嘴角勾了起来：“她叔叔。”

“什么？”那个男生眼睛一下瞪圆了。

那辰没再说话，轰了一把油门儿，车蹿了出去。

今天没什么事，那辰跟乐队的人约好了去排练，排练《草原一枝花》。

车快开到李凡家地下车库的时候，手机响了，那辰的车速降了下来，但没有停，顺着路边慢吞吞地开着。

手机一直响，似乎没有停的意思，一直响到自动断了才停。

那辰松了口气，刚要加速，铃声再次响起。

他有些烦躁地把车停在了路边，对着马路牙子狠狠蹬了一脚，把手机从兜里掏了出来，拿在手里看着。

铃声断了响，响了断，第四次响起的时候，他才接起了电话。

“那辰！你怎么不接电话！”那边传来舅妈很不高兴的声音。

“没听见。”那辰腿撑着地，低头拍了拍裤子。

“你姥姥想你了，非说要上你那儿住两天，我就让她收拾东西过去了。”舅妈换了个挺忧郁的语气，“她最近身体不太好，你可得上点儿心！我跟你舅可不放心了，又劝不住她……”

“嗯。”那辰没等舅妈的话说完就把电话给挂了。

不放心？那辰凑到后视镜前冲着镜子里的自己笑了笑，不放心会让老太太一个人过来？不放心会说半天都没问一句老太太到没到？

“演技太次了。”那辰叹了口气，没再继续往李凡家开，掉了个头。

那辰的车开到离自己家那栋楼还有百十来米的时候，就看到路边围着几个大爷大妈，他在旁边随便找了车位把车停了。

“不给我饭吃！”一个老太太坐在长椅上拍着大腿，“把我赶出来，我现在都找不着家了！”

“您别急……”一个大妈拍着老太太的肩安慰着。

那辰走到老太太面前蹲下，拍了拍她的手，凑到她耳边大声喊：“姥姥！”

“哎！”老太太看到他，很开心地笑了，对旁边的人说，“我外孙来了！”

“是说我不给你饭吃吗?!”那辰把她扶了起来，凑她耳朵边继续喊。

“啊？”姥姥有些迷茫地看着他，“不吃饭，刚吃完。”

“你助听器呢？”那辰有些无奈地拿过姥姥的小提兜翻着，“你怎么不戴助听器出来？”

“我听得见！我不乐意戴那个，难受，嗡嗡的，吵死了。”姥姥一脸不乐意地往前走，到了单元门口很熟练地就拐了进去，伸手就按了电梯。

“你是听得见，我喊得一个小区都能听见了。”那辰站在她身后，“你不是找不着家吗？”

姥姥没理他，不知道是听见了还是没听见。

进了屋，那辰把给姥姥留的那间屋子收拾了一下，正铺床的时候，姥姥跟着进来，拿起床头柜上的一个相框就开始哭。

“你妈可怜啊！”姥姥抱着相框，“你故意的，把她照片放这儿让我难受。”

“你上回自己拿出来放着的。”那辰想把相框拿走，抽了两下，姥姥抱着不撒手，他只好继续铺床。

“姑娘啊……”姥姥抱着相框躺到了床上，抓过枕巾在脸上擦着。

“你能不这样吗？”那辰铺了一半的床单被姥姥压着扯不出来，他趴到床沿上看着姥姥，“我妈没死呢。”

“没人给我送终了。”姥姥继续哭。

“你儿子给你送，”那辰站起来走出屋子，拿了个杯子冲蜂蜜水，老太太爱喝，“他可孝顺了，就盼着快点儿给你送终呢。”

“我知道。”姥姥不知道什么时候跟出来的，在他身后说了一句。

那辰笑了笑，把冲好了的蜂蜜水递给她，弯腰看着老太太的脸。“你这耳朵时不时灵光一次，说坏话都得防着啊。”

姥姥也盯着他看，过了一会儿低头喝了口蜂蜜水，抬起头说：“你今儿是男的啊？”

“嗯。”那辰点点头。

手机有短信进来，他拿过来看了一眼，李凡问他怎么还没到。

他没回，把手机扔到沙发上，在窗边的椅子上坐下了。

姥姥坐到沙发上，开始说话，主要是说她的病，各种病，有些是自己的，有些是从别的老头儿、老太太身上“借”过来的，总之全身上下没有好地方了。

其实上个月姥姥还因为忘了拿钥匙，架着梯子从窗口爬进了舅舅家二楼的房子，汇总病情没事就说自己病得快不行了只是她的爱好。

那辰一言不发地听着，姥姥说病情的时候不需要他接话，听着就行。

说了不知道多长时间，话题突然变了，没什么过渡就突然说到了那辰舅舅身上，姥姥看着他说：“你舅不容易啊。”

“嗯。”

“工资那么低，你舅妈身体还那么差，你弟弟还要上学。”

“嗯。”

“苦哟，我那点儿棺材本还要补贴给他。”

那辰没说话，站起来进了自己屋，从抽屉里拿了个信封出来，抽出一捆还没拆开的钱。

他把钱放到姥姥手上，凑到姥姥耳边提高声音：“这个钱你拿着，多了没有，你愿意给谁给谁，我不会拿钱给你儿子，我手头的钱只有我爸的死亡赔偿金，这钱跟谁都没关系。”

姥姥没接钱，看着他：“你爸公司的钱你没分着？”

“嗯。”那辰皱皱眉，他不想提起这个人。

“为什么?!”姥姥喊了起来。

“因为你姑娘是疯子。”那辰看着她，嘴角勾起一个微笑，“万一她儿子也是疯子呢？谁会把钱留给一个疯子？”

姥姥半天都没说话，然后低下头开始哭。

那辰把电视机打开，遥控器放到姥姥手边，然后坐回窗边的椅子上，看着窗外，把指尖放到嘴边一下下咬着。

客厅里的落地大钟指向六点半的时候，坐在沙发上看电视的姥姥说了一句：“我去买菜。”

“太晚了，出去吃。”那辰站起来，发现不知道什么时候把指尖咬破了，掌心里都是血。他去洗了洗手，贴了块创可贴，走到姥姥身边喊着说：“咱俩出去吃！”

带着姥姥去小区外面的餐馆吃完火锅，姥姥的心情不错，往回走的路上一直在唱戏，不过因为耳背已经很多年了，她说话的调都时高时低，这戏唱完一段，那辰都没听出调在哪儿。

“风流不用千金买……”姥姥进了电梯又开始唱。

那辰心里抽了一下，想说什么，但是没开口，电梯门打开之后，他拉着姥姥的手开门进了屋。姥姥边唱边迈着台步往厕所走。“月移花影玉人来……”

姥姥上完厕所洗了洗脸就回屋睡觉了，她八点半上床睡觉的习惯几十年都没有变过。

那辰坐到沙发上，头向后仰了仰，枕着靠背闭上了眼睛，开口很小声地接着唱了下去：“今宵勾却了相思债，一对情侣称心怀……”

小时候睡觉前，妈妈都会坐在他床边轻轻地唱，他没听过睡前故事——童话，儿歌，摇篮曲，全都没听过。妈妈只唱戏，或悲或喜，浅唱低吟，很动听，却并不温暖。

那辰回了自己房间，没有开灯，就那么一动不动地坐在一片昏暗中看着墙上挂着的一张旧照片。

不知道坐了多长时间，他感觉下巴有点儿痒，抬手抓了抓才发现下巴上挂着水珠子。

哭了吗？

那辰笑了笑，趴到床上把脸往枕头上埋了埋，拿出手机给李凡回了条短信：明天下午三点排练。

李凡很快回过来一条：我是草原一枝花，才吐露芳华，有个小伙爱上我——这歌词我唱出来真能行吗？

那辰对着短信乐了好半天，回他：别让你媳妇听见就行。

姥姥住在家里对那辰来说没有什么太大的影响，姥姥一般就看电视，去楼下遛遛弯，收拾收拾屋子。

唯一让那辰受不了的就是早上姥姥起得早，四五点就起来开始收拾，耳朵听不见，收拾的动静跟打砸抢差不多。那辰睡眠质量一直很差，两三点睡着，四五点就让她给砸醒了，躺床上感觉心跳得都有点儿不利索。

下午到李凡家车库的时候他坐下就想靠着墙睡觉，困得不行。

不过开始排练的时候他就精神了，不光他精神了，乐队几个人都挺精神。

李凡一开口，就有人乐，唱到“草原一枝花呀娇艳美如霞”的时候，大卫的吉他直接弹错好几个音，最后蹲地上冲着地笑得光听见进气声了。

“唉，”李凡挺无奈，“其实这歌小辰辰唱挺合适，头发一甩，大长腿一绷，‘他就要骑上骏马把我带到新的家……’”

“不行，老头儿、老太太一听这姑娘的烟嗓都得吓愣了，”严一靠着墙笑着说，“一开腔就露馅儿。”

“赶紧的。”那辰拿着鼓槌在手里转了几圈，敲出一串鼓点，“李凡你赶紧兴奋起来，我都兴奋了。”

“你兴奋什么？”李凡看着他。

那辰侧着身偏过头，一耸肩膀冲他抛了个媚眼。“想到老头儿、老太太我就兴奋了。”

“抽风吧你就！”李凡“啧”了一声。

放寒假之后，安赫差不多每天都猫在屋里不出门，天越来越冷，出门超过二百米距离他就想开着车过去。

不过还是得出门，他用手指在日历的格子上画了画，如果他不过去帮着老妈收拾一下屋子，老妈能就那么守着一厨房的快餐盒把年给过了。

安赫出门的时候顺便带上了几张购物卡，打算拉着老妈去商场、超市什么的转转，有时候他真的担心老妈每天那么坐着，到最后路都不会走了。

到了家里楼下时，车都停满了，安赫转了两圈，只找到一个很小的车位，以他需要用苍蝇拍刷门卡的技术，挤进去有点儿困难。

每到这种时候他就会后悔当初买了大七，要买辆小车，塞哪儿都方便，这么大的车，平时也就他一个人，一年来他车上唯一的乘客就是那辰。

想到那辰，他又想起了家长会那天那辰靠在教室最后一排墙边的样子，手指在方向盘上轻轻敲了两下，说不上来是什么感觉。

走到家门口时，听到的依旧是熟悉的麻将声，唯一的变化是，家门口放着两个大号的黑色垃圾袋。

安赫凑过去弯腰看了看，都是原来堆在厨房里的那些餐盒，还有些乱七八糟的垃圾。

安赫有些意外，看样子是收拾了屋子？

正要拿钥匙开门的时候，门打开了，有人拎着个垃圾袋走了出来。

是个年轻女孩儿，安赫没见过，拿着钥匙愣了，不至于俩月没回家就走错层了吧？还是老妈的麻友都这么低龄化了？

那女孩儿看到他也愣了愣，有些不好意思地放下垃圾袋，往旁边让了让。“你是彭姨的儿子吧？”

“嗯，你好。”安赫应了一声走进客厅，一屋子人，空气里烟味儿和长时间没开窗换气的怪味儿混杂在一块儿。

老妈正边嗑瓜子边出牌，看到他进门就喊了起来：“哎哟，我们正说你呢，你就回来了！”

这一屋子的人安赫分不清谁是谁，反正有的脸见过几次，有的脸完全没印象。他冲这些人点点头，绕到了老妈身边，凑近了小声说：“你怎么让客人收拾屋子？”

“谁？”老妈抬头往女孩儿那边看了一眼，笑着说，“嘿，那不是客人，那是我干闺女，赵炎，你张姨的女儿，大学放假刚回来就让我抢过来啦。”

赵炎？安赫看了看站在门边挺清秀的女孩儿，差点儿想说“这张姨从来不听相声吧”。

“你不回家，我干闺女就给我收拾屋子呗。”老妈捏着张牌往桌子中间一拍，“二筒！”

“没事，也没什么可收拾的，几分钟就弄完了。”赵炎笑着说，声音挺脆。

“对了，炎炎你不是说买东西没人帮拎嘛，让你安赫哥哥陪你去买吧。”旁边的张姨说，“安赫你开车回来的吧？”

“对，让安赫陪她去。”老妈接了一句。

“不用了，”赵炎摇摇手，“大哥刚进门呢，别往外跑了。”

“嘿，跑就跑呗，这有什么，大小伙子，年轻人一块儿买东西还能有个聊头，”桌边一个安赫见过几次但叫不上名的半老头儿说，“去吧去吧。”

没等安赫出声，屋里的人都跟着说：“去吧去吧去吧。”

安赫挺不爽，他不是不愿意陪着去买东西，就是烦这帮人，但还是往门口走了过去，跟赵炎说了一句：“走吧，你去哪儿买东西？”

赵炎跟在他身后出了门，挺不好意思地搓着手。“不好意思啊哥哥，其实真不用的，我妈老催我买年货，我就说了一句没人帮拎……”

“没事，我帮你拎。”安赫说。

离家几条街就有个大超市，因为四周都是小区，所以节前相当热闹，挤得都是人，大人、小孩儿又叫又闹的。

安赫从停车场走出来的时候还听到了挺大的音乐声，估计是旁边小广场上有活动。

“什么什么……街道……年……”赵炎往那边瞅着，念着小广场上拉着的红色横幅上的字。

“新年文艺汇演。”安赫念给她听，“你近视吧？”

“嗯。”赵炎抓着围巾捂着嘴笑了，一直往那边瞅着，“戴眼镜吧鼻梁太扁挂不住，戴隐形吧眼睛又太小了老塞不进去。”

“要去看看吗？”安赫指了指小广场。

“好啊，我就愿意凑热闹。”

街道上的什么联欢会啊演出的，节目基本都是大妈们包办了，把她们平时跳的广场舞搬到舞台上去就算一个节目，间或穿插着一群小朋友，偶尔出现的男人都是老头儿。

小广场上的文艺演出也是这个模式，舞台倒是搭得挺像样子，还有个比大妈年轻很多的大姐报幕。

安赫跟赵炎挤到台侧，这儿人少，不过看到舞台的同时还能看到背景板后边乱七八糟的后台，大妈们挤成一团往脸上涂涂抹抹着。

前几个节目都挺热闹，大妈秧歌队，大妈鼓号队，小朋友大合唱，还有几个老头儿票友上台唱了一段《智取威虎山》。

音箱离他们太近，安赫被这个一人多高，看上去挺专业，其实有点儿破锣似的音箱震得眼珠子都松动了，正想跟赵炎说要不先去买东西，背景板后面几个穿得很街舞范儿的大妈突然站了起来。

一个大妈很大声地喊了一句：“我们的乐队来了！”声音里透着相当明显的得意。

还有乐队？安赫转过头看了看，一辆皮卡开到了“后台”。

车门打开之后，几个人从车上跳了下来。

安赫看清第一个跳下来的人之后，在心里号了一声，不能吧！

李凡？鸟人乐队？

他盯着车门，虽然那天跟那辰去夜歌的时候灯光昏暗，但他还是认出了下车的几个人都是乐队的成员。

最后一个人下车的时候，安赫看到了熟悉的长腿和皮靴，小声说了一句：“我去。”

那辰的黑长直被风吹起，几缕长发飘到了脸上，半张脸被墨镜遮住了，只能看到他火红的嘴唇。

安赫简直无法形容在街道文艺汇演的时候看到那辰的感觉。

乐队的行头很快被搬上了舞台，广场上本来只是在远处看热闹的人全都围了过来，把安赫挤得离破锣音箱更近了。

“下一个节目很特别哦，”报幕大姐很活泼地拿着话筒，“这首歌，经常跳广场舞的朋友都会很熟悉，但今天我们会看到全新的演出哦，接下来请大家欣赏舞蹈《草原一枝花》！”

安赫一只手捂着耳朵，以为自己没听清，扭头问赵炎：“她说什么？”

“《草原一枝花》！”赵炎的下半张脸捂在围巾里，笑得很欢，“我妈还会唱呢。”

安赫也会唱，晚上他要是下班晚了就能在小区门外的空地上看到大妈们就着这首歌跳舞，天天都这首，好几个月都没换过，听得他有时候一晚上脑子里都跟卡带了似的不断重复，“我是草原一枝花一枝花一枝花一枝花”，痛不欲生。

乐队的人都上了台站好，大妈们穿着绿绸子衣服分两边在台下等着，音乐响起的时候，她们在掌声中挥舞着大红的纱巾扭了上去。

这次的掌声比之前的都要热烈，安赫也跟着鼓了掌，已经被乐队重新编过曲的《草原一枝花》听着还挺有味道。

就是李凡抱着吉他开始唱的时候，他有点儿想笑。

听了几句，他的目光就落在了那辰身上。

安赫不知道那辰他们为什么会跟一帮大妈一起出现在这种场合，但那辰打鼓时的样子跟在酒吧演出时没什么区别，很认真，依然是那种沉醉其中的感觉，让人不自觉地就会把注意力放在他身上。

大妈们跳得很卖力，红纱巾和绿绸子衣服舞成一团，个个脸上都带着舞蹈家的神情。

因为听的次数太多而让人不能忍受，安赫一直觉得这歌很长，总也唱不完。

但今天却没等听够就结束了，他居然有点儿意犹未尽。

“再来一个！”赵炎突然用手圈在嘴边喊了一声。

脆亮的声音把安赫吓了一跳，接着就有不少人跟着喊开了：“再来一个！再来一个！”

虽然这“再来一个”的呼唤明显是对着乐队的，但跳舞的大妈也同样很骄傲，这可是她们的乐队，于是领头的大妈对李凡说了句什么。

李凡犹豫了两秒，回头看了看那辰。

那辰勾着嘴角笑了笑，点点头，接着手一扬，鼓槌被他抛到空中，转了几圈之后落回手里，紧跟着的是一串节奏强烈的鼓点。

乐队的其他人很快就跟上了，李凡抓过话筒，脚跟着节奏轻轻点了几下，开口时整个人的状态都跟“一枝花”的时候不同了。

“Well you think that you can take me on,You must be crazy...”（好吧，你认为你可以驾驭我吗，你简直是疯了……）

广场上的围观群众都喊了起来，年轻的开始跟着拍手，赵炎很兴奋地举起手拍着，尖叫了两声：“我喜欢这歌！”

安赫笑了笑，看着台上的那辰。

那辰低着头，脸被长发和墨镜遮着，看不清表情，他的身体随着节奏摇晃着，打鼓的动作很放松，鼓点却很有力，让人有种想跟着他轻轻晃动的欲望。

这首歌唱完之后，舞台四周已经挤满了人，下面还有人喊着“再来一个”，李凡冲台下鞠了个躬，说：“新年快乐。”

安赫的视线一直停留在那辰身上，看着他拿着鼓槌跳下了台，打鼓时的那种旁若无人的兴奋状态消失了，从音箱旁边经过时，脸上又换上了平时淡漠的表情。

“走吧，去超市买东西。”赵炎拉了拉安赫的胳膊，“真过瘾。”

“嗯。”安赫笑笑，带着她挤出了人堆。

往前走了没几步，身后有人挺大声地叫了他的名字：“安赫！”

安赫愣了愣，回过头，看到李凡站在那辆皮卡旁边正冲他笑，笑容里带着一丝说不清的感觉。

“你认识他们啊？”赵炎在一边挺吃惊地看着他。

“嗯。”安赫应了一声，犹豫着是要过去，还是点点头打个招呼就走。

那辰靠在车门上抱着胳膊，这时候突然抬起手，在安赫看到他之后，对着安赫做了个开枪的动作，安赫能看到他的口型——砰！

这个动作让安赫莫名其妙地觉得很有病，但又担心直接无视了，那辰会有什么更离谱的行为，毕竟还带着赵炎，他扯着嘴笑了笑。

“陪女朋友逛街呢？”李凡跟他打了个招呼。

没等安赫回答，赵炎已经一个劲地摆手了：“不是不是不是……”

“邻居。”安赫很简单地回答，看了那辰一眼。

那辰还靠着车门没动，脸上没什么变化，看不出他在想什么。

“你们刚那歌太棒了！”赵炎冲乐队几个人竖了竖大拇指，“《草原一枝花》都变好听了！”

“谢谢。”李凡笑着转身上了车，他们的东西差不多都已经搬上车了，他坐在车里喊了一声：“走吗？”

那辰终于没再靠着车门，摘掉了墨镜，脸上带着笑慢慢走到了安赫跟前。

“你……”安赫琢磨着该说点儿什么。

那辰凑到他耳边低声说：“安赫，你还欠我一顿饭别忘了，你还穿走了我的衣服，那天晚上把天聊砸锅了还没个说法呢，把这些事了了你再想着躲我吧。”

安赫站着没动，别的不说，衣服的确是他穿走了，他过了一会儿才说：“我晚上联系你。”

那辰退着走到了车门边，冲他俩抛了个飞吻，转身跳上了车。

车开走之后，安赫才轻轻叹了口气。

“你还有这样的朋友啊？”赵炎有些好奇地看着他，“真有性格。”

“不是。”安赫快步往超市走，“走吧，去买东西。”

上了车那辰就往车座上一靠，闭着眼不动了。

乐队几个人商量着一会儿上哪儿吃饭，提到吃的，几个人都兴致高涨，讨论得热火朝天的，在川菜和湘菜之间没完没了地反复折腾。

“你是不是……”李凡靠到那辰身边，小声说，“是不是……”

“嗯？”那辰还是闭着眼。

“你是不是……”李凡试着想问点儿什么。

“我是你叔叔。”那辰打断了他。

“跟你说正经的。”李凡往他身边凑了凑，“你以前不这样，这次不对劲。”

那辰不说话，抬腿踩着驾驶座的靠背一下下蹬着，开车的严一不耐烦地回手扒拉了一下他的腿。“那辰你癫痫犯了吧！”

“快找根擀面杖让我叼着。”那辰又蹬了两下。

“我懒得说你，就提醒你。”李凡继续小声在他耳边说，“这人……不是一路人，咱没必要非得有所谓的‘正常’朋友……”

“宝贝儿，”那辰转过头往李凡脸上用力亲了一口，“闭嘴。”

“我去！”李凡喊了一声，狠狠地擦着自己的脸，“你没救了！”

那辰仰着头冲着车顶一阵狂笑，半天都停不下来。

一帮人讨论了老半天，终于决定去吃鱼头火锅，车开到火锅城停下的时候，那辰跳下车，说：“我回家。”

严一“啧”了一声，并没有留他，那辰一时一个状态他们已经习惯了，只是问了一句：“你不吃饭啊？”

“回家啃脚丫子。”那辰转身就往街边走。

“早说我先送你回去啊。”严一喊。

“你们吃吧。”那辰拉开车门上了一辆停在路边的出租车。

“我们吃，这小子又抽风了。”李凡带头往火锅城走。

那辰回到家的时候，姥姥刚买了菜回来，正坐客厅里一边择菜一边看电视上卖血糖仪的节目。

看到那辰开门进来，她手上的动作停了停。“我以为你妈回来了呢。”

“我今儿出门的时候你就说过一回了。”那辰进厨房看了看，饭已经煮上了，肉也都切好了，还有一大碗猪肚放在案板上。他拿着碗回到客厅递到姥姥眼前，喊着问：“一顿的？”

“嗯！”姥姥点头。

“你不能吃这么多肉，”那辰继续喊，“分两顿！”

“你别跟我喊！”姥姥很不高兴，“活不了几年了！又不让吃肉，还吼我！”

那辰没再说话，回到厨房，把那碗猪肚放进了冰箱里。

他洗完脸换回平时的衣服之后，姥姥已经择好了菜，站在厨房里准备炒菜，那辰把姥姥推回客厅里坐着。

一般情况都是他做菜，他也愿意自己做，但姥姥特别爱在一边打下手，听不见人说话，要什么不递什么，相当添乱。

做牛肉的时候，那辰正准备拿锅盖盖上焖一会儿，伸出手就愣了，在厨房里转了两圈，最后跑到客厅冲着正捧着老妈照片抹眼泪的姥姥喊：“锅盖呢？”

“什么？”姥姥茫然地看着他。

“锅！盖！”那辰扯着嗓子喊，“你把厨房里的锅盖收拾到哪儿去了?!”

姥姥听明白了，很干脆地回答：“卖废铁了。”

那辰没说出话来，姥姥又补充了一句：“在小区门口看到有人收废品，我就拿出去卖了。”

“你想什么呢？正在用着的锅盖你卖废铁？”那辰很无奈，“再说一个锅盖能卖几个钱？”

“还有别的啊……一起卖的。”

“你还卖什么了？”那辰迅速往屋里看着。

“二楼没人住的那屋里那个小提琴。”

“什么？”那辰愣了，一把抓上姥姥的肩，手都哆嗦了，“你说什么？”

没等姥姥回答，他转身冲上了二楼。

这屋放的都是家里不常用的东西，但那辰每天都会收拾，现在一直放在客房桌上的小提琴连盒子带琴都不见了，他手抖得很厉害，在原来放琴的位置摸了好几下，最后靠到了墙上。

“怎么了？”姥姥跟着进来了，看到他的样子，有些担心地过来摸了摸他的胳膊。

“姥姥，”那辰看着她，“你知道那是我妈的琴吗？”

“啊？”姥姥没听清，还是很担心地摸着他的胳膊。

那辰闭上眼睛，狠狠吸了一口气，拍了拍姥姥的手，凑到她耳边：“没事，你坐着，一会儿就吃饭了。”

“啊，好。”姥姥点头。

“谢谢你没把我妈的钢琴扛出去卖了。”那辰轻声说，往厨房走的时候步子都有点儿迈不动。

吃完饭收拾好之后，姥姥准时进屋睡觉了。

那辰把屋里所有的灯都关掉，回了自己房间，戴上耳机，把CD机音量开大，躺到了床上。

“Merry Christmas Mr. Lawrence”（“圣诞快乐，劳伦斯先生”）安静地传进耳朵里，他瞪着天花板，眼睛有些发涩。

随着音乐节奏渐渐加快，他闭上眼，眼泪从眼角滑了出来。

安赫很久没在家里待这么长时间了，老妈难得地下了牌桌，跟他聊天。

虽然聊天的内容主要是听老妈抱怨，谁输不起，谁赢了就闪人，这些天输了多少赢了多少，但对安赫来说，老妈能放下麻将跟他聊天简直就是意外惊喜，他配合着聊了两个多小时，才在老妈要再次上桌的时候出了门。

回去泡了个澡之后，他拿出今天在街边买的对联贴在了门口，然后打开了电脑。

点开QQ上“嚇↘死↙伱”灰色的名字，愣了很长时间也不知道该说什么。

最后发过去两个字：在吗？

快抽完一根烟，“嚇↘死↙伱”的头像亮了。

嚇↘死↙伱：恠(在)。

安赫叼着烟按了按额角。

干煸扁豆：你脑残有周期吗？我等你不残的时候再来。

嚇↘死↙伱：惒换徊莱孓。

嚇↘死↙伱：忘换回来了。

干煸扁豆：你放假了吧？

嚇↘死↙伱：嗯。

干煸扁豆：哪天有空，请你吃饭，顺便把衣服拿给你。

嚇↘死↙伱：随便，哪天都有空，闲得都长绿毛了。

安赫看了看日历，一放假他就弄不清日期了，最近他也没什么事，于是挑了个看着顺眼的日子。

干煸扁豆：后天中午吧，我开车。

嚇↘死↙伱：晚上。

安赫犹豫了一下同意了，拿过手机记下了那辰给他的地址，离他这儿不太远的一个高端小区。

这日子看着顺眼，但早上安赫起床的时候就看到窗外一片白色，下雪了。

安赫站到窗前，这不是今年第一场雪，但雪下得很大，白茫茫一片，估计是下了一夜。

尽管屋里很暖，安赫还是缩了缩脖子，把窗帘拉好。

雪到下午才算停了，安赫把自己裹成个粽子出门，小跑着冲到车上，关上车门就把空调打开了。

手机响了一下，是那辰发来的短信。

“快冻死了，快点儿来。”发件人：假发。

安赫虽然不明白那辰为什么要提前这么久出来冻着，但还是赶着过去了。

大老远就看到了在小区门口雪地里站着的那辰，他按了按喇叭，那辰低头盯着脚下的雪似乎没听见，他慢慢把车靠过去，开了窗喊了一声：“大七！”

那辰抬起头：“叫谁呢？”

“不上来就冻着。”

那辰笑了笑，蹦着跑过来拉开车门，带着一股冷气。

“你不能晚点儿出来？旁边商店里待一会儿也行啊。”安赫看着他，今天那辰穿得很学生范儿，运动服外面一件厚绒外套，脚上是双跑鞋，看起来还挺像个规矩的好学生。

“爽。”那辰把座椅放倒，半躺着打了个响指。

“去吃越南菜吧，”安赫把车掉了个头，“我经常去吃，还不错，挺有特色的。”

“好。”

安赫看了那辰一眼，今天那辰给他的感觉跟平时不太一样，不知道是不是因为这身衣服，那辰显得很乖，笑起来的时候也是挺开心的样子。

这家越南菜馆地段和装修都很低调，客人不多，安赫挺喜欢这种安静吃饭的氛围。

服务员都是穿着越南国服的越南姑娘，会说简单的汉语。

安赫点菜的时候那辰一直看着服务员，人家走开了之后，他小声说了一句：“这衣服不错，挺有味道的。”

安赫笑了笑："打算弄一套扮上吗？"

"嗯，"那辰挺严肃地点了点头，"肯定漂亮。"

"你……"安赫犹豫着问，"这是爱好？"

"不是。"那辰拿过桌上的柠檬水喝了一口。

"那为什么？"安赫看着他。

"你猜。"那辰拿着杯子，在杯口轻轻咬着。

"不想猜。"

"因为我爸特别讨厌我这样。"那辰用牙在杯口磕了几下，笑着说。

安赫没有说话。

虽然那辰比他的学生要大几岁，但他的性格、情绪，包括女装和那些故意打出来的脑残火星文，以及他提到父母时诡异的语气……如果那辰是他的学生，安赫觉得自己大概会跟他好好聊聊，还会跟他的父母也聊聊。

那辰吃饭依旧很安静，一言不发，吃得挺专心。

吃得差不多的时候，安赫正想找个话题说两句，那辰突然低着头说了一句："对不起。"

"啊？"安赫愣了，不知道他什么意思。

"那天的事。"那辰拿过纸巾擦了擦嘴，抬起头。

"哦。"安赫本来已经不再去想那天晚上的事了，现在那辰突然这么一提，他一下不知道要说什么，摆了摆手，"不提了，我也……"

那辰低下头继续吃，安赫靠在椅子上，那辰说对不起时的样子，让他感觉这人大概很少跟人道歉。

安静地吃完这顿饭，走出饭店时才发现又开始下雪了，街上已经没有行人了。

"送你回去。"安赫发动车子。

"嗯。"那辰点点头。

安赫本来已经做好了如果那辰还说去哪儿他就严词拒绝的准备，现在那辰这么顺从地同意回家，倒让他有点儿回不过神来。

把车开到小区门口，安赫停了车，回手准备从后座把那辰的衣服拿给他的时候，那辰突然伸手抓住了他的胳膊。

安赫扭头看着他。

“再聊两句。”那辰靠在椅背上，偏过头说。

安赫没动，保持着伸手去拿后座上衣服的姿势。

那辰也没动，就那么靠在椅背上看他。

这是安赫第一次在清醒状态下近距离地跟那辰面对面，出于化解尴尬的目的，他沉默地一寸寸地打量着那辰的脸，从前额到眉毛、眼睛……目光在那辰的鼻梁上停下了。

“你鼻子上这个洞是……”安赫问。

“鼻孔，”那辰回答他，“你也有，俩。”

安赫用手往他鼻子上指了指：“我是说这个小眼儿，是打过鼻钉？”

“嗯。”那辰摸了摸自己的鼻子。

“那会不会……”安赫想了想还是没问出口，“算了。”

“不会漏鼻涕。”那辰说。

安赫愣了愣笑了：“你确定我是要问这个？”

“确定。”那辰也笑了笑，“太多人问过了。”

几句话说完，车里又恢复了沉默，安赫伸手把衣服拿了过来，放到那辰腿上，那辰的姿势没变过，一直就那么侧着头看他。

“都洗好了。”安赫坐正看着前方在路灯的亮光里飘舞着的雪花。

“那我走了啊。”那辰把装着衣服的袋子塞到自己屁股下边坐着。

“下车回家吧少年。”安赫说，他不知道那辰在想什么。

“你急着回家吗？”那辰还是坐着没动。

“不急。”安赫虽然不打算跟那辰有什么进一步的交流，但也没有想着编借口逃离。

“那聊会儿行吗？我现在不想回去。”那辰的声音很低。

“嗯。”安赫随手拿了张碟塞进CD机里，他从那辰的语气里听出了几分祈求，有些意外，扭头盯着那辰看了几眼。

安赫随手拿的碟是AC/DC（澳大利亚摇滚乐队的名字）的，平时他不常听，开车的时候听老觉得会跟着节奏冲到对面车道上去。

音乐前奏响起之后，那辰打了个响指，用手在腿上一下下跟着鼓点拍着，然后一仰头闭着眼开始唱：“See me ride out of the sunset,on your color TV screen...（在黄昏时骑车出去，在你的彩色电视屏幕上……）”

安赫本来还在想着找点儿什么话题聊，一看那辰这架势，他就放弃了，靠在车窗上发呆。

那辰一开始是在自己腿上拍，到后面唱爽了，手在车窗、车顶、车座上一通拍，脚也跟着一下下地踩着，突然就进入了他站在台上打鼓时的那种状态。

他把纸巾盒一掌拍得差点儿飞到安赫脸上时，安赫没有阻止他，只是把纸巾盒扔到后座，顺便把已经有些松了的香水座也揪下来扔到后面。

那辰唱歌声音很好听，没有李凡那种明显的撕裂感，只是直白中带着沙哑，还有很轻微的鼻音，嚣张而天真。

一首《T.N.T.》[①]唱完，那辰往车座上一靠，不动了，胸口轻轻起伏着。

安赫抬手鼓了鼓掌，那辰笑笑问：“你介意我抽根烟吗？”

“你介意我把天窗打开吗？”

“不介意。”

安赫开了天窗，拿出烟盒，抽了一根递给那辰。

“你是教什么的？”那辰对着天窗慢慢喷出一条细细的烟。

“政治。”安赫说。

---

①《T.N.T.》：澳大利亚的一首歌。

那辰夹着烟，很有兴趣地看着他。“真的？”

“要不要我给你上一节‘走进社会主义市场经济’？”安赫笑笑。

“别。”那辰呛了口烟，咳了好一会儿才笑着说，“要不我给你上一节‘火化机原理与操作’吧。”

安赫看着车窗外面，没出声，如果不是那辰这句话，他都快忘了那辰的专业了，猛地听到这个，再看着车窗外被寒风卷得四处飞舞的雪花，他突然觉得后背有些发冷。

“怕了？”那辰坐直身体，手指在他脖子后面轻轻戳了一下。

那辰大概是想吓他，但指尖却还带着暖意。

“你为什么会选这么个专业？好就业？”安赫捏着他的手指，把他的手按回了座椅上。

“没想过。”那辰的声音冷了下去，低头盯着自己的手，盯了一会儿突然笑了，“我就知道能把我爸气个半死……”

“就为气你爸？”安赫看着他，幼稚。

“嗯。”那辰很认真地点点头，“他生气了，我就高兴。”

“蠢货。”安赫看着仪表盘说了一句。

“嗯？”那辰咬着烟头笑了笑。

“蠢货。”安赫重复了一遍，“不知道原因，不过就算是你爸有错，用别人的错误来惩罚自己，就是蠢货行为。”

“你也这么教育学生吗？”那辰放下车窗把烟头弹了出去。

安赫没说话，他当然不会直接说学生是蠢货，如果那辰是他的学生，他会耐心地找找这种蠢货行为的根源。

那辰弹完烟头没关窗，只是看着窗外出神，冷风呼呼地灌进来，他跟没感觉似的一动不动。

一直到安赫被冻得受不了，关上了窗，他才轻轻叹了口气，声音很低地说了一句：“不过以后没机会气他了。”

安赫转过头。

“我爸死了。”那辰说完这句话，突然抬手在他肩上用力拍了两下，语气又变得欢快起来，“谢谢你陪我聊天，安老师。”

“不客气。”安赫的情绪还在那辰前半句话上，不知道说什么好。

“走了，改天找你玩。”那辰拎着那袋衣服打开车门跳下了车。

下车之后那辰没有往小区大门里走，安赫看着他在车门边站了两秒，然后踩着雪连蹦带跳地从车头绕过来，跳到了驾驶室这边。

安赫正想放下车窗问问他怎么回事的时候，那辰一把拉开了车门，拉过他的手，用力握了握。

“晚安。”那辰关上车门，跑着进了小区大门。

寒假对安赫来说，有点儿无聊，天冷不想出门，过年也没什么喜庆的感觉，除了给自己这边和家里的门上贴了两副春联之外，他几乎找不到过年的痕迹。

但年三十之前的两天，他还是每天都回家，拉着老妈收拾屋子，出去买东西，吃的用的，不管用得上用不上，反正能把老妈拉出来就行。

老妈对他的行为相当不满，耽误了打牌，就跟买卖谈崩了似的，一路上无名火烧得噌噌的。

“你有空拉着我满世界瞎转，不如找个女朋友转转去，”老妈一脸不痛快地快步走着，“闲着没事老折腾我干吗?! ”

安赫不说话，从小到大，老妈对他的事都不过问，也不关心，现在提女朋友，也就是因为不愿意出门。

“干吗不说话？不乐意我管这么多是吧？那不结了。我懒得管你，你也甭管我。”老妈挥挥手，在超市的货架中间来回走着，也不看商品，跟完成任务似的，“哪天我老了你就给我打个包扔养老院去就成，钱都不用你出。”

“你说你生个儿子干吗？”安赫皱了皱眉。

“你当我想生啊！我不早跟你说过吗，意外！我压根儿就没想要孩子。”

安赫胸口一阵发堵，闭上眼吸了口气：“回家吧。”

老妈很痛快地转身就往出口大步走了过去。

年三十上午，安赫还是一大早回了家，家里安静了不少，老妈的牌友大多还没疯狂到在今天这种日子打一天麻将的，但几个资深麻将脑残粉还是在屋里凑出了一桌。

安赫没说什么，进了厨房，剁馅儿、和面，沉默地包饺子。

厨房的窗户正对着楼下，能看到进进出出的人，别人家的儿子、女儿、孙子、孙女都大包小包地赶早回来了，挺热闹。

安赫时不时会抬头往楼下看一眼，尽管不抱什么希望，他还是有那么一丝期待，期待老爸的身影会出现。

但一直到中午他把饺子都包好了，老爸也没出现。

他叹了口气，不回来也好，在对老爸寥寥几次回家过年的记忆里，他跟老妈吵架吵得比放鞭炮还热闹。

有时候他都想不明白，这俩人这算怎么个意思。

“安赫你手机一直响！你倒是看看啊。”老妈在客厅喊。

安赫擦了擦手，回客厅拿了手机回到自己屋里，都是拜年短信，他把手机调成静音，慢吞吞地把短信都回了，然后躺在床上发愣。

这间屋子是他的，但自打他搬出去以后，这么多年，老妈估计都没进来过几次，都是他过年回来收拾一次，把床上的东西换一套。

现在躺在这儿都还能闻到灰尘味儿。

手机又振了一下，安赫懒洋洋地拿起来，有些意外。

消息是那辰发过来的，一本正经的拜年内容。

他笑了笑，回过去一条“过年好”。

几秒钟之后那边又回过来一条：“在干吗？”

“发呆。”

那辰没再回复，安赫把手机扔到一边，听着客厅里洗牌的声音有点儿犯困，于是随手拉过床上的小被子盖上，闭上了眼睛。

那辰站在自己家阳台上，今天太阳不错，晒得人挺舒服。

从早上开始鞭炮就一直响着，隔着两层玻璃，爆竹味儿都还飘得满屋都是，不过那辰挺喜欢这个味儿，从小就爱闻。

手机在响，那辰没动，他不记得自己把手机扔哪儿了，老半天才想起来给安赫发完信息以后放在马桶边上了。

电话是舅舅打来的，他按下接听键："舅舅过年好。"

"唉唉，过年好，过年好。"舅舅干笑了两声，"没出去？"

"去哪儿？"那辰笑笑。

舅舅似乎有些尴尬地顿了顿："小辰啊，本来呢……我跟你舅妈是想啊，叫你过来过个年的，但是……"

那辰对着厕所墙上的镜子勾了勾嘴角："我爸刚死，我知道。"

"啊，就是嘛，所以……"舅舅咳嗽了两声。

"谢谢舅舅。"那辰挂掉了电话。

其实舅舅这个电话打得很多余，他已经好几年过年都是一个人了，以前过年老爸会去爷爷奶奶家，不过老爸不愿意看到他，所以他都会去姥姥家。自打姥姥被舅舅接过去住了，他就没再去过。

"大过年的，那辰到家里来多不吉利啊。"

舅妈这句话是当着姥姥和几个姨的面说的，当然，也当着他的面。

因为他有个疯了的妈，现在理由更好，他爸死了。

"新年好呀，新年好呀，祝贺大家新年好……"那辰叼着烟在屋里转了几圈，换了套衣服，用围巾和口罩把自己裹严实出了门。

这会儿街上已经打不到车了，他开着摩托车飙出了小区大门。

他不太怕冷，大概是小时候经常在冬天的时候穿着睡衣被老妈扔到门外，冻习惯了。现在风刮在身上，他没太大的感觉。

街上并不冷清，但满街的人都是行色匆匆往家赶的状态，这种感觉无端地会让人觉得心慌，就好像走慢点儿就会被一个人隔离在没有人的空间里。

那辰车开得很快，一路往市郊冲，人越来越少，他松了口气。

停车的时候，李凡打了个电话过来，没有客套，第一句话就是：“过来吃饭。”

“不了。”那辰锁好车，他每次都会拒绝，但只要李凡不回家，每年都会打电话来叫他。

“在哪儿呢？”

“五院。”

“晚上呢？”李凡追问。

“睡觉，你甭管我了，赶紧陪完你妈陪你媳妇吧。”那辰抬头看了看五院低调的牌子，挂掉电话走了进去。

今天的五院跟平时差不多，就是来看病人的家属比平时多点儿，窗户上和门上也都贴了福字，电视里播着春晚前戏。

那辰在大厅里看到老妈的时候，她正坐在一个角落里安静地看电视，穿着很厚的大棉衣，大概是焐的，脸色有些发红。

那辰在距离她十来米的地方站着，护士过去蹲在她身边小声跟她说了几句话，等到她的目光转过来之后，那辰才慢慢走了过去，坐到老妈身边。“妈。”

老妈看着他，过了很久才像是突然认出了他是谁，眼睛猛地红了。“辰辰？”

“嗯。”那辰试探着摸了摸她的手，老妈面前的饭盒里放着的饺子还冒着热气，“你吃饺子呢？”

“就吃了一个，”老妈抽出手，在他脸上摸了摸，“我不饿，吃不下，你吃吗？”

那辰点点头，伸手捏了个饺子放进嘴里。

老妈目不转睛地盯着他，等他把饺子咽下去了之后还盯着，那辰犹豫着没去拿第二个饺子，老妈这种眼神他很熟悉，让他不安。

“有毒吗？”老妈问了一句。

“没有。”那辰摇头。

老妈没说话，还是盯着他，那辰正想再吃一个饺子证明没毒的时候，老妈突然一巴掌甩在了饭盒上，一盒饺子全扣到了地上。

“你拿这些毒药来让我吃？”老妈指着他。

“没。”那辰弯腰捡起饭盒，把地上的饺子一个个往饭盒里捡，刚捡了两个，老妈抬起脚，一脚蹬在了他脖子侧面。

这一脚力量相当大，那辰只觉得眼前发黑，赶紧用手撑了一下地才没被一脚踹翻在地上。

没等他站起来，老妈一脚又蹬在了他肩膀上，接着就被跑过来的护士和护工拉住了。

老妈很激动，指着他，嘴里含糊不清地骂着，那辰听不清，也不想听清。

“你先回去，她情绪不稳定……”一个护士推了推他。

那辰没出声，转身慢慢往外走，身后护士低声地劝着老妈，他听到老妈开始哭，他走出大厅的时候，老妈突然带着哭腔喊了一声：“辰辰！”

那辰晃了晃，脖子上被踹过的地方揪着疼，他没敢回头，跑出了医院。

医院外面没有人，北风卷着地上的落叶打在他身上。

他坐在车里，围巾一圈圈绕好，帽子往下拉得差不多遮住眼睛，四周的风声低了下去。

他摸出一根烟叼上，打火机连着打了十几下才打着，点着烟深深吸了一口之后，他一扬手，把打火机远远地扔了出去。

老妈今年的状态一直不太好，之前来的时候，老妈能认出他，会哭着问他过得好不好，但今年他过来的几次，老妈都是这样，上次来的时候是直接拿着小勺往他脸上扎过来，还好是个塑料勺，但断了的勺柄还是在他脸上划出一道口子。

那辰捂了捂腰，那个隐藏在蝎子下的伤口莫名其妙地开始跟着脖子一起疼。

在医院门外一直坐到天色暗了下去，那辰才发动了车子，顺着路往外开，脑子里老妈哭着叫他名字的声音挥之不去。

他有些烦躁，不想回家，也不想去旧车场。

街上已经没有人了，鞭炮声也越来越密集，渐渐响成一片，听着让人觉得孤单。

他想了想，开着车去了夜歌。

时间太早，夜歌里人很少，大屏幕放着春晚，整个大厅里的人加上服务员估计没超过二十个。

那辰找了个角落的卡座窝着，点了瓶酒在黑暗里慢慢喝着。

不知道从什么时候开始，那辰对愣着发呆这个技能已经掌握得炉火纯青，四周的人渐渐多了起来，他才发现自己已经坐了两三个小时。

年三十还上酒吧来的人，大多无聊得紧，开始有人过来搭讪。那辰一直沉默着，只盯着杯子里的酒，过来的几个人坐了一会儿都没趣地走开了。

在这儿坐着也没意思了，那辰站起来走出了夜歌，跨在车上掏出手机，一个个翻着电话本里的名字。

他很少打电话，尤其不愿意接电话，电话铃声响起的时候都会让他心悸，接着就是按捺不住的心烦意乱。

所以他电话本上只有十来个号码，翻来翻去也没有能让他在这个时间打过去的人，要不就太熟，要不就太不熟。

最后他的手指停在了安赫的名字上。

盯着“安赫”两个字看了半天，他按下了拨号。

电话响了很久，安赫才接了电话，听上去很意外：“大七？”

那辰对这个称呼已经懒得再反抗了。“过年好。”

“过年好。”安赫的声音带着没睡醒的鼻音，“你不是发过消息了吗？”

“是吗？”那辰笑笑，听出安赫那边似乎很安静，“你在干吗呢？”

“睡觉。”安赫回答。

那辰愣了愣，年三十晚上十一点睡觉？

安赫的这个回答让他心里动了动，身边居然还有跟他一样在这样的夜里没事可做的人。

他停了两秒钟才开口说：“出来吗？”

“去哪儿？”安赫问。

“不知道，要不来我家睡觉吧。”那辰把烟头弹到地上，用脚踩灭了，四周已经一片鞭炮声，震得他不得不把手机按在耳朵上才能听到安赫说话。

“什么？”安赫愣了愣。

“来我家睡觉，你要不想睡觉，喝酒也行，或者聊天也可以。”那辰咬咬嘴唇，“你要不想到我这儿来，我去你那儿也行，或者你说去哪儿都行，我就是不想一个人待着。”

这一连串的话说完之后，安赫那边没了声音。

那辰正想看看是不是安赫已经挂了电话的时候，安赫说了一句：“我过去吧。”

· 第五章 ·

过年好

安赫躺在床上，屋里所有的窗户都关得很严实，但他还是被外面的鞭炮声震得胸腔都一个劲共鸣，闻到的也都是火药味儿，连着打了好几个喷嚏把鼻子都打堵了，味儿才算是没了。

“安赫你怎么了？”他盯着天花板小声说了一句，都已经泡完澡，舒服地躺下睡着了，现在居然要跑出去？

是的，怎么了？

甚至没问问那辰大过年的为什么会提出这样的要求？

他已经很多年没有过这种可以把自己介意的、不愿意接受的都放到一边，这种放弃好恶地接近一个人的感觉，让他不安。

他把手举起来，叉开手指，从指缝间看着顶上的吊灯。

为什么呢？

那辰比自己的学生大不了几岁。

性格并不算好。

跟人相处有点儿费劲。

偶尔还脑残，想到那辰的火星文他就头痛。

但那辰长得并不脑残，属于一看就挺机灵的那种。

打鼓的时候很帅。

笑起来很迷人。

声音性感。

安赫笑了笑，其实这些都不是重点。

他掀开被子坐了起来，在床沿上发了一会儿呆，然后慢慢走进了浴室，对着镜子看着自己乱七八糟的头发。

重点是，那辰那些不经意间说出来的话，让他对那辰越来越感同身受。

不像父母的父母，不像家的家。

有时候他会想要接近那辰，想知道他背后到底有一个怎样的家，有一对怎样的父母。会不会还有人跟自己一样，曾经有过那么烦躁不安和无助的心情。

是太寂寞了吗？想要找个同类。

安赫在毫无意义的思考和纠结中磨蹭了快一个小时，才抓着一个年货包和一个红色的购物袋出了门。

出了单元往车位走的时候，卷着爆竹屑的北风刮得他有些透不过气来。

已经过了十二点，楼下扎堆放炮的人不少都已经被冻回去了。他瞅了瞅四周，没什么人，于是一路高抬腿地蹦到了自己车旁边。

车上全是红色的小碎屑，得亏是把报警器关掉了，要不这车得叫出“咽喉炎”来。

路过小区岗亭的时候，保安冲他的苍蝇拍傻乐。“哈哈哈，安老师过年好啊，这个时间出门？哈哈哈……”

他把年货包递了过去。“过年好。”

保安接过年货包感动得不行，一连串地说着“谢谢，不好意思，谢谢，不好意思”。

“商量个事，”安赫招招手，保安从窗口探出半个身子，他指着自己的苍蝇拍，“咱能不再为这个乐了吗？这都一年了。”

“哈哈哈，忍不住啊，”保安欢乐地笑得牙都露出来了，“都一年了，你还是没有苍蝇拍就进不了门啊，哈哈哈……”

“……关窗吧，风大。”安赫无奈地把车开出小区。

那辰住的小区比较高端，保安也笑，但笑得一脸严肃。想进去还得有业主的同意。

不过大概是那辰之前打过招呼，保安拿着张字条对着安赫的车牌看了半天，放行了，还很礼貌地给他指了到那辰家的路，安赫对那辰能记下他的车牌有些意外。

其实不用指路也能找到，转角的路牌标得很详细。

小区里这会儿还能看到不少人，裹着厚厚的衣服在放烟花，明亮的路灯下，每个人的脸上都带着笑，老北风都吹不散的笑。

安赫找到了那辰家的那栋楼，到楼下了才发现没有车位，正要打个电话问问那辰他家这个小区车位在哪儿的时候，单元的大门开了，跑出来一个人。

安赫觉得光凭这个身形他就能认出来这是那辰，不知道为什么，他对那辰的动作体态挺熟悉。

但在看清那辰的时候他却愣了愣。

“开门！”那辰已经跑到了副驾驶那边，在车窗上拍了拍，挺大声地喊，“我家车位在地下车库，我带你去。”

安赫开了门，看着那辰跳上了车，车里的温度因为他带进来的寒气而下降了不少，安赫盯着他看了半天。“你这什么打扮？”

“刚洗完澡的打扮。”那辰搓搓手，指着前面的路，“开过去左转。”

安赫看看那辰身上印满蜡笔小新的睡衣和他头上戴着的军绿色雷锋帽，又看看他脚上的两大团绒毛球——拖鞋，那辰冲出来的时候安赫以为他带着两条狗；再看那辰脖子上还套着一圈东西，安赫指指问：“这是什么？”

“围巾。”那辰扯了扯脖子上的东西，扯了几下以后又把胳膊伸了进去，穿上了。

安赫这时才看出来这是件毛衣。

“你平时都这么……”安赫把车慢慢往前开过去，“可爱？”

“嗯。”那辰一点儿都不谦虚地点点头，“还有更可爱的。”

安赫用余光扫了扫他，“你不冷吗？”

“不冷，只有冷的时候才能感觉到自己的存在。”那辰靠着椅背，手指在车窗上很有节奏感地敲了几下。

安赫没出声，直觉告诉他这话可能又是那辰的妈妈说的，这种有点儿跟做梦似的前不着村后不着店的感觉。

把车停好后，跟在头顶雷锋帽，穿着蜡笔小新睡衣，外边套着毛衣，下面还蹦着两条狗的那辰身后往回跑的时候，安赫觉得简直无法形容自己的心情。

多么天真。

多么活泼。

多么有童趣。

多么缺心眼儿。

进了电梯之后，那辰靠在轿壁里指了指他手上拿着的购物袋。“是礼物吗？”

“嗯，送你的。”安赫打开袋子，从里面拎出来一个毛绒兔子，递了过去。

“谢谢。”那辰挺开心地接了过去，看了一会儿就开始乐，很夸张地笑得人都哆嗦了，“你比我可爱多了，安赫，送人这东西。”

安赫笑了笑：“去超市买东西的赠品。”

“这么没诚意。”那辰捏了捏兔子耳朵，还是笑得停不下来。

安赫本来也在笑，但那辰一直停不下来，他反倒笑不出来了，也许是他太敏感了，那辰的这一通笑，似乎并不开心。

那辰家在十八层，出了电梯，开门的时候，他终于不再笑了，回过头捏着手里的兔子晃了晃，很严肃地看着安赫。“真的谢谢。”

“不客气。”安赫也只能很严肃地回答。

那辰打开了门。“欢迎光临小辰辰的家。”

安赫跟着走了进去，暖暖的空气扑面而来。

这是套复式房，客厅很大，家具和摆设全是红木的，中规中矩的风格让安赫猛地有点儿说不上来的压抑，这让他想起了旧车场那个跟这里天差地别的秘密基地。

只有客厅角落里的一架白色的三角钢琴能让人从这种过于严肃的氛围里感觉到一丝轻松。安赫盯着钢琴看了很久。

“你家里人呢？”安赫站了一会儿才想起来，扭头问了一句。

“没人。”那辰冲他伸出手，“就我一个人。”

安赫脱下外套放到他手上，没有说话。

“不是告诉过你我爸死了吗？”那辰把他的外套拿进衣帽间挂好，“我过年都是一个人。”

安赫想问“那你妈呢？为什么不去亲戚家”，但想想又没开口。再怎么说也是过年，这种明显不太愉快的话题还是不要说了，何况上回就提了一嘴，他俩差点儿没打一架。

“你呢？除夕这个点就睡了？”那辰走出来，看了他一眼，指了指沙发，“坐。”

“嗯，困了就睡。”安赫坐下，靠背呈九十度的沙发让他觉得自己挺直了腰坐着的时候，特别像在等着人事部面试的新员工。

“去楼上吧，客厅跟棺材似的。”那辰进厨房拿了壶果茶出来，往楼梯上走，说出“棺材”两个字的时候，他脸上的表情都没变化，就像是说出了两个再平常不过的字。

安赫起身跟着他上了楼，楼上走廊和几个关着门的房间一眼扫过去都是白色的，白色的扶栏，白色的雕花门，白色的地板。

那辰的房间里也是白色居多，但跟秘密基地那个满是白色绒毛的房间不同，这里的白色有点儿冷。

“你很喜欢白色吗？”安赫坐在卧室里的小沙发上，随口问了一句。

“不知道。”那辰倒了一杯果茶递给他，“我妈喜欢。”

楼下楼上完全不和谐的风格，两个卧室都是白色，那辰出门时的衣服却大多是黑色的……安赫眯缝了一下眼睛，那辰的古怪和矛盾的确不仅仅是性格，跟他的家庭也有很大关系。

“你妈妈呢？”安赫问了一句，那辰已经提到了，如果他还避着不问这个已经顶到了眼前的问题，就太不自然了。

“在医院。”那辰倒了杯果茶慢慢喝着，又捏了一小片柠檬放在嘴里嚼着，“五院。”

“……啊。”安赫愣了愣，五院是个精神病院，“不好意思。”

“没事，她病了很多很多年了。”那辰笑笑，“我已经习惯了。”

这句话说完，两个人都没有再出声。

安赫握着杯子，掌心里很暖，果茶的味道不错，菠萝百香果茶，放了几片柠檬，酸甜味儿，很香，看不出那辰能煮出这种水平的果茶，比起只会烧开水泡方便面的自己来说，强不少。

“要喝酒吗？”那辰突然站起来走到了他面前，低着头盯着他的脸。

“不喝。”安赫往后靠着，“为什么突然说这个？”

那辰弯下腰，脸逼到了他眼前，漆黑的眸子带着笑意。“因为你不喝酒特别没劲。”

“你想怎么有劲？”安赫看着他。

“那你是要睡觉还是聊天？”那辰坐在了旁边。

安赫笑了笑，把手里的杯子举起来。“睡觉。”

“真的？”那辰勾勾嘴角，拿过他的杯子，回手放在茶几上，有些不满意，“你是不是五十多岁了，只是长得比较年轻……”

安赫笑了起来，莫名其妙地有些忍不住并且停不下来。

那辰一脸鄙视地盯着他看了一会儿之后也跟着笑了起来。

窗外一挂鞭炮声响起，他俩笑得更加肆无忌惮，一直到鞭炮炸完了，才终于止住了笑声，房间里顿时显得格外安静。

“给我倒杯白开水吧。”安赫打破了沉默。

“嗯，不想喝果茶吗？”那辰起身走到小桌前。

安赫听出了那辰的语气里带着细微的失望，他犹豫了一下：“也来一杯吧，换着喝。”

那辰笑了笑，把白开水和果茶杯子并排放在了他面前。

接下去又是沉默，屋外再次响起鞭炮声，还能听到远处有人在放烟火，安赫在热闹的除夕夜突然感觉到了疲倦，困得很。

不知道愣了多久，他听到身后传来了吉他声，他没转头，听了几耳朵，听出是天空之城。

安赫挺喜欢这首曲子，有段时间老在屋里单曲循环播放来着。

他闭着眼听了一会儿，开始跟着吹口哨。

身后的吉他声顿了顿，很快又接上了，转成了伴奏。

安赫本来吹了两声就打算停，一听那辰这么捧场，只得坚持吹完了一段才停下。

那辰的吉他没有停，一直在间奏循环，似乎在等他继续下一段，他听了半天，回过头说了一句：“没气了，吹不动了。”

那辰没出声，吉他转回了之前的旋律。

几首听过和没听过的曲子弹完，那辰放下了吉他。“困了？”

“你要聊天？”安赫想起了那天在小区门口那辰让他陪着聊天时的情景。

“你困了就睡吧，客卧一直收拾着的，或者你睡我屋也行，”那辰的声音有点儿发闷，“明天你要回家给你爸妈磕头吗？我叫你起床。”

“不用。”安赫闭上眼。

“我也不用。”那辰的声音很低。

“过年不去看看你妈？”安赫侧过脸看了看他。

“今天去看过了，”那辰勾着嘴角笑笑，“被踢了一脚赶回来了。”

那辰说得很轻松，安赫听着却有点儿不是滋味。“踢哪儿了？”

“脖子。”那辰摸了摸自己脖子侧面，“我妈这些年在医院肯定净练下盘功夫了……”

安赫有些吃惊地坐直了身体，看了看那辰的脖子，脖子上有一道暗红色的痕迹，他之前就看到了，以为是被什么勒的。

“踢得够狠的。”安赫靠回沙发里，有点儿感慨。

从小到大，他挨揍的次数也不少，老爸一年到头也见不着几次，但回了家拿他撒气揍一顿是常事，老妈打他没规律，主要取决于牌桌上手气的好坏。

“大概觉得我给她下毒了，想毒死她。”那辰笑着说，语气很平静，“所以先下手为强，不过不总是这样。”

跟提起他爸的时候不同，那辰提起他妈妈时总是很平静，安赫甚至能听出他声音里的包容和依恋。

安赫沉默了一会儿，那辰那句先下手为强，让他想起了去旧车场时那辰说的那句话，憋了半天还是忍不住问出了口：“你腰上那个伤，是……”

“嗯，我妈捅的。”那辰轻声说，屈起腿，用胳膊搂紧了自己。

安赫觉得胸口一阵堵，很长时间都没说出话来。

“你一直往前跑，往前跑，抬头的时候就看到星星了。”那辰轻声说，声音听着有些飘，“你去睡吧，晚安。”

“晚安，”安赫说，“我就在这儿靠会儿吧。”

大概是真的困了，安赫说完没几分钟就睡着了。不过他有点儿择席，睡得不踏实，梦也多。

很久不见的老爸出现在他的梦里，还保持着他上学时的样子，跟老妈吵着他上学时听过的那些架，但内容他却听不清了，只是孤独地坐在门边的小凳子上，等着他们结束战斗。

战斗级别在提升，他有些害怕地退到墙角，怕他俩看到自己会顺手一凳子砸过来。

但老妈还是冲了过来，他顿时觉得自己全身僵硬，像是被什么坚硬的东西包裹着，透不过气来，心里满是惊慌。

他想要挣扎，却动不了。

他张了张嘴，想要叫一声“妈妈”，也出不了声。

“妈……”他听到有人在叫“妈妈”，但不是他的声音。

这让他很害怕，努力地挣扎着。

“妈我错了……我错了……”

耳边的声音越来越清晰，但除了“我错了”这三个字，别的都很含糊，听不明白内容，安赫猛地睁开眼睛，发现那辰的胳膊不安地摆动着，嘴里模糊不清地嘟囔：“我错了……”

“大七？”安赫抓住他的胳膊，又轻轻推了推他，“那辰！”

那辰拧着眉，说的什么已经完全听不清了，变成了低声地哼哼，听上去是做噩梦了。

“喂，”安赫又推了他一把，“你做梦呢？”

那辰皱着眉翻了个身，慢慢睁开了眼睛，有些迷茫地看着他。

窗外已经有些亮了，安赫借着透进来的光，看到那辰脑门儿上全是细密的汗珠。

“你怎么也在这儿睡？”他问，“你做噩梦了？”

“怎么了？”那辰摸了摸自己的脸。

“听到你说梦话了。”

那辰的手顿了顿，声音有些发沉：“说什么了？”

安赫想了想，说：“没听清，大概是‘妈我错……’。”

话还没说完，那辰突然猛地站了起来。

安赫吓了一跳，还没弄明白是怎么回事，那辰已经快步走进了卧室，说话声音也变得很冷：“你睡吧，我九点叫你。”

安赫没说话，那辰也没再说话，直接关上了门。

又抽风了？

安赫叹了口气，靠了回去，拿过旁边的盖毯。

他很困，心情也不怎么好，那辰这种他已经不再感到意外的反应没有太影响他的瞌睡，闭上眼没多大一会儿他就重新进入了睡眠状态。

而且没有再做梦，这让他在朦胧之中相当感动。

“我和我的祖国，一刻也不能分割，无论我走到哪里，都流出一首赞歌……”

音乐声在安赫耳边响起的时候，他感觉自己刚重新入睡没有多长时间，嘹亮动情的女声让他半天都回不过神来。

“我歌唱每一座高山，我歌唱每一条河……”

安赫总算听明白了，这是那辰扔在茶几上的手机在响。他叹了口气，伸手拿过手机看了一眼。

五院陈医生。

“那辰！”安赫喊了一声，他从半睡半醒的状态里清醒过来，拿着手机跑到了卧室门口。

二楼的走廊上没有人，几个房间的门都是关着的，他又喊了一声，没有那辰的回应，他只能又跑下了楼。

刚下楼就看到了坐在客厅宽大的红木沙发正中间的那辰。

“你电话。”安赫说。

“我的祖国和我，像海和浪花一朵……”那辰叼着烟，跟着手机铃声开始唱。

“五院的。”安赫把手机递到他眼前。

那辰低头看了一眼，继续唱：“浪是海的赤子，海是那浪的依托……”

安赫没再说话，把手机扔到他身上，转身往楼梯走，客厅里的落地大钟敲响了，当当当的声音打在人心里一阵发堵。

八点半，该回去了。

“喂，陈医生过年好。”那辰接起了电话。

安赫停了脚步，回过头看着那辰，他的声音里带着颤抖。

“没事，您说……嗯……什么？我知道了……嗯，我马上过去……”那辰一直低头盯着地板，电话打完了他才慢慢抬起头往安赫这边看了看，“本来想给你做早饭的，不过我要出去一趟。”

“去医院？”安赫点点头，想要往门口走，但看到那辰的脸时，他又停下了，那辰的脸色苍白得厉害。

“嗯，我妈早上割脉玩呢。”那辰的声音听着还算平静，但走上楼梯时的步子却很重。

安赫有些吃惊，精神病院里还能让病人拿到刀？但他没多问，跟在那辰身后回了卧室，换好衣服之后那辰说了一句“你回去吧”，然后快步走出了卧室。

“我送你过去吧。”安赫拿着外套，他不是什么热心肠的人，但眼前那辰这个状态，他不可能就这么走人。

“不用，我自己的事。”那辰回答得很坚持。

“我送你。”安赫也很坚持。

那辰猛地转过身，盯着他的脸。“我说了，我自己去。”

“你当我很想送你去吗？”安赫皱了皱眉，也盯着他，“就你现在这个样子出去，撞个人翻个车我还怕警察找我问话呢！”

小区里这会儿很安静，地上都是红色的碎屑，空气里还弥漫着没有散去的爆竹的味道。

“每次过年，”那辰坐在副驾驶座椅上，靠着椅背往车窗外看着，“我都从年前就开始发慌，不知道为什么，就是特别慌，没着没落的，这种感觉你有过吗？”

有过。

安赫没说话，眼睛盯着路上的红色，多么喜庆的颜色。

“大家都往家赶，回家多暖和，还有好吃的，人都聚在一块儿。”那辰似乎并不需要安赫的回应，只是看着窗外一直说，“我看着这些人，就觉得他们都走了，都回家了，外面的人越来越少，谁也顾不上看你一眼……”

安赫沉默地开着车。今天街上几乎没有车，也没下雪，他踩了油门儿，往五院的方向加快了车速。

那辰的声音慢慢低下去，消失了。

不过今天他的话前所未有地多，安静了没几分钟，他又开始说了。

“我讨厌接电话。”他说，往安赫这边看了一眼，“那辰你妈今天又犯病了，那辰你妈今天把邻居的车砸了，那辰你妈疯了，那辰你爸出车祸了，那辰你爸死了……”

“别说了。”安赫吸了一口气慢慢吐出来。

“烦吗？”那辰说。

安赫没说话，他不知道该说什么。

“我爸说我很招人烦，他说：‘那辰，每个人都讨厌你。’”

“别说了！”安赫狠狠地按了一下喇叭。

那辰终于不再开口，他笑了笑，伸了个懒腰，盯着前面的路。

这种说得停不下来的状态，让安赫清楚地感觉到那辰心里的不安和紧张。

“我不讨厌你，也没觉得你烦。”过了很长时间安赫才说了一句。

“谢谢。”

五院门外很干净，没有鞭炮屑，只有门口贴的对联能看出来这里的病人也在过年。

安赫把车停下，准备下车的时候那辰按住了他。“在车里等我。”

“嗯？”安赫愣了愣。

“别进去，在这儿等我。”那辰看着他。

“行。”安赫没再多问，他知道为什么，“有要帮忙的叫我。”

那辰跳下车跑进了医院大门。

安赫随手塞了张 CD 听着，看着五院门外叶子已经掉光了的大树发呆。

尽管不愿意，但那辰之前那些停不下来一直说着的话还是开始在他脑子里循环，这让他的心情很不美好。

大学他学的是心理学，但现在除了学生之外，他不愿意分析任何人的心理，自己一堆不怎么样的情绪还没地儿排解呢。

他不是个太容易被影响的人，但那辰有些阴暗的过去还是让他感到了压抑，他一面想要摆脱这种感觉，一面又习惯性地想要分析更多。

安赫轻轻叹了口气，点了根烟叼着，盯着前方五院的牌子出神。

这段时间够出格的了，他从来没想过自己有一天会这样。

但够了吧，这种什么都可以扔到一边的疯狂，比寂寞更让人不安。

还是……离这个人远点儿吧。

那辰坐在陈医生的办公室里，一言不发地听着陈医生说话。

老妈这段时间的情绪都不太稳定，她割脉的方式也很奇特，医院没有这些工具，玻璃都是特制的，老妈不得不创造条件自杀——她咬破了自己的手腕。

但并不严重，因为咬得不准，而且咬了两口之后就被打扫卫生的护工发现了。

“她很想见你，一直说，但我觉得她现在的精神状态并不适合会客。”陈医生看着那辰，“我们只能约你来谈一下她的情况，聊聊下一阶段的治疗方案，见面只能再找恰当的时间。”

“嗯。”那辰应了一声，眼睛看着陈医生桌面上的书。

陈医生说话语速很慢，用他能听得明白的话给他解释着治疗方案，他时不时点点头，并没有提出疑问。

从他有记忆时起，妈妈就总是不太开心，他几乎没见过妈妈开怀大笑，他一直努力想要逗妈妈开心，可好像从来没有成功过。

这次她会想要自杀，他并不意外，很多年前她就说过，这样活着还有什么意思。

是的，没意思。那辰靠着椅背，目光飘到窗外，那么漂亮的，温柔的，充满幻想的女人，面对自己这样的病情，活着还有什么意思？

“你爸爸的事，我建议还是不告诉她……”陈医生依然不急不慢地说着，“以她目前的状况，这个事没有任何意义了。”

“好。”那辰点点头。

想到那个人，那辰只觉得一阵窒息，下意识地皱了皱眉。

尽管他从来不去细想，但提到的时候还是会像是刚从梦里醒过来似的猛地一阵心悸。

死了啊，已经死了啊。

他的爸爸。

他还没来得及怒吼，没来得及证明……那个人就已经死了。

那辰心里一阵发空，四周的事物都淡了下去。

那辰从五院大门里走出来的时候，安赫刚在车上补了一小时瞌睡，有些迷糊地看着走过来的那辰，觉得脸色苍白、眼神空洞的那辰就像是个放风的时候翻了五院院墙逃出来的病人。

“怎么样？”安赫没有急着开车，把烟递过去问了一句，“你脸色太难看了。”

“是吗？”那辰放下遮阳挡，对着镜子看了看，接过烟叼着，“没事，就是我妈咬了自己两口，但没咬死。”

“送你回去吧。”安赫发动车子，突然有点儿后悔问了这么一句。

“嗯。”那辰看上去挺疲惫，上了车就靠着椅背闭上了眼睛。

一直到安赫把车开到他家小区，那辰才睁开了眼睛，往窗外看了看。“到了啊？”

“到了。”安赫点点头。

“这么快。”那辰没头没脑地说了一句。

“要送你进去吗？”安赫问。

“不用了。”那辰笑了笑，打开车门跳了下去，把着车门站了两秒钟，又回过头，“我有预感。”

“什么？”安赫看着他。

“算了，没什么。今天谢谢你了……”那辰很快地把车门关上了，后面没说完的半句话被隔在了车外。

那辰的声音很低，说得也很含糊，安赫只听到了“改天”两个字，改天怎么样他没听清，但他没有问，跟那辰隔着玻璃对视了几秒钟之后，他掉转了车头。

那辰这句话说得并没有勇气，或者说，他也许并没打算让谁听清。

至于为什么会这样，安赫没有再弄明白的打算。

我有预感。

你不会再联系我了。

改天我再找你约饭，你还会出来吗？

不会了。

那辰，你根本不会让人有接近你的想法！

这个声音在那辰耳边不断地盘旋着，这个永远冷淡地拒绝亲近他的男人的声音，是他从小到大的噩梦。

他的爸爸，连看他一眼都提不起来兴趣的男人，比冷漠的话更让他无法忍受的是那个永不回头的背影。

那辰狠狠一脚踢在小区路边的垃圾箱上，垃圾箱发出一声巨响，旁边的一个摄像头动了动，他转过头冲着摄像头竖了竖中指。

那辰在小区的超市里买了点儿面粉拎回了家。

进门本来想做点儿东西吃，但整个人都有些疲惫，陈医生的话，妈妈的病情，老爸哪怕是死了也挥之不去的如影随形。

还有安赫不动声色的疏离。

累死了。

那辰扑到床上趴着，瞪着眼发了一会儿呆。

安赫送他的兔子就在枕头边上放着，他盯着看，发现兔子耳朵上有根头发，他捏起来，比自己的头发短点儿，应该是安赫的，他把头发塞到枕头下边，闭上了眼睛。

这一觉那辰一直睡到第二天快中午才醒过来，他懒洋洋地洗了澡，换了衣服之后，溜达进了厨房。

他最爱待的地方大概就是厨房了，空间小，有火，有锅碗瓢盆，特别让人踏实。

他洗了手，用了两个多小时和面、发面，把小面包都烤上，拖了把椅子坐在烤箱旁边，等着面包出炉的感觉很棒。

烤箱里飘出面包香的时候，那辰闭上眼睛凑过去狠狠吸了一口气。

刚坐回椅子上，手机响了，他飞快地从兜里掏出手机，从厨房扔到了客厅的地毯上。

手机响得挺执着，四五遍才算是安静了。

那辰站起来，刚想把面包拿出来刷刷蜂蜜，电话又响了。

他按着烤箱门，愣了半天才慢慢转身走进客厅，拿起电话接了起来：“雷哥过年好。”

“我说多少回了，别不接我电话！”雷哥的声音充满怒火，顿了一会儿又补了一句，“过年好！”

“你发短信我会看。”那辰说，夹着电话回到厨房，从烤箱里拿出面包，慢慢地刷着蜂蜜。

“我没那个时间，也按不明白。”雷哥很不爽地说。

“什么事？”那辰刷完蜂蜜，又捏了点儿芝麻撒上去。

“过来我这儿吧，晚上请你吃饭，挺久没见面聊聊了。”雷哥的语气稍微放缓了一些。

“不去。”那辰回答得很干脆。

“别废话，四点之前到，要不我找俩人过去把你架过来！”雷哥说完就挂掉了电话。

那辰慢吞吞地吃完小面包，换了衣服出了门。

雷哥叫雷波，那辰认识他有五六年了，快四十的人，没结婚也没固定的伴，在步行街拐角上开了家装模作样的画廊，一个月大概有那么两三天待在店里看看街景。

那辰把车顶在画廊门口停下了，服务员跑了出来，看到是他，笑着问：“我帮你把车停边上？”

“不用，马上走。”那辰下了车，走进了店里。

“你这成心是来气他的吧？”服务员在他身后小声说。

“嗯。”那辰应了一声。

推门走进雷波办公室的时候，雷波正在打电话。他听到门响回过头，看到那辰的时候，眼睛一下瞪大了，接着脸上的肌肉抽了抽，直接把电话往桌上一砸，指着那辰：“你什么意思？”

“没什么意思。”那辰手指勾起一绺假发慢慢转着圈，凑到雷波眼前，“我说了我不想出来。”

“不想出来就不出来！你扮成这样干什么啊！你不知道我最烦你

这样子吗?!”雷波拿了烟点上，一口烟喷到他脸上，“你别总找不开心成吗？”

“不用找。”那辰用手扇了扇眼前的烟，“我本来就不开心，我就想别人跟我一样不开心，拉一个是一个。”

“那辰，”雷波夹着烟指着他，“就你这阴阳怪气的样子，我没找人把你扔江里算是你运气好，你知道吗？”

“想扔了随时来扔。”那辰勾勾嘴角，靠着雷波的办公桌，手指在桌面上敲了一串节奏，“我走了？”

雷波盯着他半天，一扬手把桌上的烟灰缸扫到了地板上，吼了一声：“滚！”

那辰笑着冲他抛了个飞吻，踢开摔成了两半的烟灰缸，拉开了办公室的门。

“回来！”雷波又吼了一声。

那辰转身回到办公桌前，雷波从抽屉里拿出个红包扔到他面前。“压岁钱。”

“谢谢。”那辰拿过红包放进兜里，转身走了出去。

雷波每年过年都会给他封红包，那辰喜欢这种感觉，收到压岁钱的感觉，从红包里把压岁钱抽出来的惊喜感觉。

老爸以前也会给压岁钱，不需要他磕头拜年，像完成任务一样把厚厚一沓钞票给他，连一句话都没有。

那辰并不在乎钱，他只想像别的孩子那样给父母磕头拜年，然后接过父母的红包和祝福，但一次也没有实现过。

他把手放在外套兜里，捏着雷波给的红包跨上了车，在路边想了很久，没有目的地把车顺着路开了出去。

乐队的人都要过年，没时间排练，他们也不靠这个赚钱，演出也得是大家都有兴致了才去，所以放假的日子对那辰来说很难熬。

他没有地方可去，也没有事情可做，很多时候他就开着车在城里兜圈，一圈圈地沿着路往前开，二环，三环，四环，三环，二环，三环，四环……

手机响了一下，有短信进来。

那辰把车停在了路边，短信是李凡发过来的。

老婆回娘家了，过来玩。

那辰想了想，往李凡家开了过去。

李凡跟他媳妇还没结婚，过年的时候都是各回各家，李凡家不在本地，过年的时候如果他不回家，他爸他妈就会过来玩，当是旅游。

那辰按响李凡家的门铃，门开了，李凡他妈从门后探出脑袋，看到他就笑了起来："小辰今天很漂亮啊。"

"阿姨过年好。"那辰笑笑。

"过年好，过年好。"李凡他妈把那辰拉进屋里，"李凡在屋里玩游戏呢。"

"叔叔过年好。"那辰又跟屋里正看春晚重播的李凡他爸打了个招呼。

李凡他爸笑着递过来一个红包，那辰没有推辞，接过来放进了兜里，很满足的感觉。

李凡正在屋里玩游戏，做游戏里的春节任务，那辰进了屋他才把游戏关了，转过了椅子。

看到那辰的打扮他乐了半天。"说吧，大过年的又硌硬谁去了。"

"我乐意不行吗？"那辰坐到床沿上，"烟呢？"

李凡把烟扔给他。"眼睛有红血丝，昨儿晚上没睡？"

"嗯。"那辰点上烟，走到了阳台上站着。

"怎么了？"李凡用脚蹬着地把椅子滑到阳台上问了一句。

那辰叼着烟看了他一眼，又看着楼下，过了一会儿才回答："我昨天跟安赫过的除夕。"

“在哪儿过的？车场还是……”

“我家。”

“你家？”李凡抬起头，脸上有些说不清的惊讶，“带个刚认识的人去你家？”

“嗯。”那辰对着阳台玻璃整理了一下假发，“你吃醋了吗？”

“我去，我吃醋都吃撑了好吗？打饱嗝了都，我都没在你家过过夜，他凭什么?！”李凡很夸张地喊，往那辰屁股上蹬了一脚。

“那你今天晚上来，我们畅聊一宿。”那辰说。

“你大爷。”李凡骂了一句。

那辰突然笑了起来，李凡愣了愣也跟着笑了，俩人在阳台上乐了好几分钟，眼泪都笑出来了才停下。

“唉……”李凡拉长声音叹了口气，又喘了半天，“到底在笑什么啊?！”

“我哪儿知道。”那辰坐到椅子扶手上，脚蹬着阳台栏杆。

李凡又喘了一会儿，突然开口叫了他一声：“那辰。”

“嗯。”

“你喜欢那个安老师，你没有过那样的朋友。”

“嗯，有什么奇怪的吗？”那辰抽了口烟，在烟雾中眯缝起眼睛，“他是个好人。”

“你这方面思想有点儿幼稚。”李凡挺严肃地说。

“可能吧，反正也不会有下文了，管他呢。”那辰的声音有点儿发沉，但只是一瞬间，他转过头的时候，声音已经恢复了正常，“出去浪会儿吗，凡哥哥？”

“其实没下文了也挺好的。”李凡没有接他的话，还是很严肃，眉头都皱起来了，“我一直说那人跟咱不是一路人，再说你这性格也就我们几个……”

那辰脸上的笑容僵了僵，没有说话，李凡说话一直这样，也是唯一敢随便在他面前这样说话的人。

“我真不知道。”那辰的声音很低。

“知道了也一样。”李凡点了根烟，“看着都跟逗你玩似的，谁愿意搭理你。”

“滚蛋。”那辰笑了。

“离那个人远点儿吧，”李凡很认真地看着他，也不知道是安慰还是说真的，“那个安赫，看着挺好接近的，其实正好相反，你不觉得吗？他脸上什么情绪都看不出来，这种人深着呢。”

那辰笑笑没说话。

“走吧，哥哥带你去打两杆。”李凡站了起来，“就咱俩，到七点回来吃饭，我妈做了你的饭。”

“好。”

李凡家旁边的小区有个桌球室，地方不大，但桌都是新的。他俩经常上这儿来打桌球，是个消磨时间的好去处。

不过今天一进桌球室，酒味儿就扑面而来，靠门口墙边的那桌有四个人，一看就是中午喝大了过来的，地上还放着几个酒瓶子和一兜吃的，也不打球，就叼着烟聊天，看到他俩都转过了头，还有人吹了声口哨。

李凡犹豫了一下想回头，但那辰已经走了进去，他只得也跟着往里走，过年除了这儿也没什么地方可去了。

那辰打桌球的水平跟李凡差不多，不过今天他不在状态，连着两局都输。

“专心点儿行吗？”李凡撑着球桌，“你这样我玩着都没意思。”

那辰笑笑，弯腰瞄了瞄，那边几个人正往这边盯着他瞅，他打出一杆，球落袋的时候，口哨又响了起来，还有人鼓掌。

李凡扭头看了看那边，大年初一跑这儿来待着的都是闲人，这几个人估计不光闲，还闲得想没事找事。

他又看了看那辰，那辰没有动静，手架着杆瞄着，如果是平时，碰上这样的人，李凡不会担心，但今天不一样，他还算了解那辰。

今天那辰是真的心情不好。

“饿了，去超市转转买点儿吃的？”李凡问了一句。

“打完。”那辰轻轻吹了吹挡在眼前的头发，推了一杆，球慢慢滚进了袋口。

那边口哨声带怪笑声就没消停过，大过年的还有人这么找事，李凡听得很烦躁。

那辰没什么反应，站在桌边拿杆比着角度。

不过这杆没有打进，那边几个人跟起哄似的笑成一片，还有人说了一句：“要哥哥教教你吗？”

李凡回头冲那边盯了一眼，说话的人立马站了起来，挑衅似的抱着胳膊。

“走。”那辰直起身，放下杆子往门口走。

李凡赶紧扑到收银台结账，他知道那辰不会是直接走人这么简单，把钱拍到收银台上的时候，他看到那辰冲抱着胳膊的那哥们儿勾了勾手指，然后走出了门外。

那哥们儿愣了愣，但很快就跟了出去。

要揍人了还浪呢！

李凡在心里骂了一句，追着出门的时候只听到了一声惨叫，那人捂着脸摔倒在地上，鼻子里流出来的血糊了一嘴。

那辰慢慢收回腿，从兜里拿出钱包，抽了一沓钱出来，往赶出来的几个人面前一扬手甩了过去，红色的钞票在风里飘得跟下雨似的。

几个人连带地上坐着的那位都愣了。

李凡不想在大年初二就惹出什么事来，趁着这会儿拉了拉那辰的胳膊。“赶紧走吧爷！”

一直到他俩跨上那辰的庞巴迪，那几个人才回过神来，想要追又有点儿犹豫，估计那辰撒出去的钱和这辆车让他们有些迷茫。

那辰轰了一把油门儿，车蹿了出去。

安赫睡得很沉，一直到下午才醒，整个人都睡得有些发闷，脑袋沉得都有点儿抬不起来。

过年期间他家没什么亲戚需要走动，是补睡的好机会。老爸常年失踪，云游四海，老妈常年隐居，修炼麻神第十阶，亲戚之间早就已经没有来往了。

坐在床上发愣的时候，手机响了，他接起来，是许静遥打来的，说是过几天班上的同学要一块儿过来给他拜年，他有点儿犯愁，但还是答应了下来。

打完电话他继续发愣，但因为电话是许静遥打来的，发愣的时候脑子里不由自主地想起了那辰。

他叹了口气，并没有刻意控制自己，任由那辰的影子在自己眼前晃荡了老半天，才站起来走进了客厅。

肚子饿了，但他对着一堆方便食品没什么胃口，反倒想起了那辰的那壶果茶。

犹豫了好一会儿，他毅然决定去超市买点儿材料，煮一壶果茶。

刚要换衣服，手机又响了，看到来电是老妈，安赫有些意外。

“妈？”他接起电话。

“你认不认识杀手?！”老妈在那边咆哮着。

“什么？”他愣了。

“杀手！杀手！多少钱都行！”

“不认识。”安赫皱了皱眉，“大过年的，你杀谁啊？”

“谁让我大过年的不舒服，我就杀谁！”老妈很激动，一直在喊，“我要杀了安志飞！”

安志飞是老爸的名字，不过安赫猛一下差点儿没想起来，他捏了捏眉心。“怎么了？”

“他小小小……不知道小几老婆找上门来了！逼着老娘离婚呢！

我呸！离个鸟蛋！你马上回来！”

安赫拿着手机还在吃惊，那边老妈已经挂了电话。

“这年还过个屁啊。”安赫很郁闷地扔了手机去换衣服，心里的烦闷堵得他一阵阵地想吐。

·第六章· 00:00

安赫赶回家里时，在门口没有听到麻将声，这让他猛地有点儿不习惯。

他掏出钥匙开了门，屋里没有老妈的麻友，但两个麻将桌还没收拾，堆得乱七八糟。

老妈叼着根烟坐在麻将桌边，对面坐着个挺瘦的女人，三十多岁的样子，妆化得很精致。

两个女人不知道是在用意念交流还是在用眼神战斗，安赫进来之后，她俩都没有动。

安赫走到老妈身边，捏了捏她的肩。“怎么了？”

“把她给我赶出去。”老妈弹了弹烟灰，用烟头指指那个女人。

“大姐，事情总要解决的。”那个女人看了安赫一眼，“叫你儿子来也得解决，我不是来吵架的。”

“少给我装有素质，心里憋得不难受吗？大过年的都憋不住要上我这儿闹了，还装呢？”老妈冷笑一声，“当个第三四五六七八者还当出优越感了。”

那女人也笑了笑。“你儿子都这么大了，也该想开了吧，守着个名存实亡的婚姻有什么意思？你连他的电话号码都不知……”

“出去。”安赫打断了她的话，指了指门，“出去。”

“今天事情没解决我不会走的。”女人提高声音，“我跟安志飞有感情！你们都已经这样了，为什么还不放各自一条活路？”

“要离婚让安志飞自己来说。”安赫看着她。

女人没说话。

安赫心里知道这是怎么回事，老爸老妈折腾了这么多年，却从来没提过离婚的事，虽然安赫想不通他们这是为什么，但也很清楚这应该不是老爸的意思。

“出去。”他重复了一遍之前的话。

“我来了就不会轻易走。”女人很平静地说。

安赫盯着她看了几秒钟，走进厨房，再出来的时候手里拎了把菜刀。

没等她明白过来，安赫抬手一刀砍在了她面前的桌子上，菜刀的一角深深地没入了桌子。

“啊！”老妈喊了一声，手里夹着的烟都掉在了地上，“我的桌子！”

那女人整个人都僵在了椅子上，好一会儿都没说出话来。

“出去。”安赫又说了一次，“我脾气不太好，最烦有人在我放假的时候让我没得休息。”

那女人看了看桌上的刀，慢慢站了起来，原地停顿了一会儿之后转身走出了门。

“干得好！”老妈在桌上拍了一巴掌。

安赫看了她一眼，没说话，跟着那女人出了门。

“你还想干什么?!”那女人站在门口扭头看他。

“你要愿意，你就这么跟我爸混下去，不愿意就滚蛋。”安赫的声音不高，每一个字却都很清晰，“想离婚让我爸自己回家来说。”

“这意思是他要肯回来说，你妈就会放他自由？”女人转过了身。

“我不知道。”安赫笑了笑，“他敢回来说，我就敢收拾他。”

女人愣了几秒，脸上写满了惊讶。“你不是小孩子了，怎么能说出这样的话？你有什么权力……”

“他们欠我一个家。”安赫收起了笑容，声音依然不高，“哪怕是个空壳，也必须给我留着，谁敢破坏了，我什么都干得出来。”

女人盯着他，慢慢往后退着，最后转身顺着走廊往楼梯跑过去。“疯子！”

安赫回了屋，老妈还坐在桌边，看着桌上的菜刀出神。

他过去把菜刀拔出来，放回了厨房，穿上外套，没再跟老妈说话，打开门走了出去。

“安赫。”老妈在屋里叫了他一声。

“嗯？”他站在门外没动。

“……没什么，走吧。”老妈扒拉着桌上的麻将，“唉，坏了我一天的心情。”

安赫关上了门，在门外站了一会儿，听到老妈打电话召集麻友过来的时候，他才慢慢溜达着下了楼。

安赫回到自己那儿的时候感觉很闷，路上他把车窗打开，寒风吹得他牙都疼了，也没能缓解那种从身体最深处涌上来的憋闷，气都快透不过来了。

回了屋，他把所有的窗帘都拉好，开了音乐，随便挑了首钢琴曲放着，从柜子里翻出了去年教师节学生送他的那套玻璃茶壶，拎着从超市买回来的材料进了厨房。

他要煮一壶果茶。

菠萝，柠檬，百香果酱，茶包。

安赫没煮过果茶，光是把菠萝切丁就切了好半天，等切好了，他喝果茶的欲望都快被磨没了，菠萝丁大小不一，形状各异，他不知道那辰是怎么把菠萝丁切得那么整齐划一跟一窝出来的似的。

不过好歹也切完了，他把材料全都倒进了壶里，堆了半壶，加上水之后看上去满满当当的，挺有成就感。

可等煮出来之后就不是那么回事了。

安赫举着壶，有些迷茫地研究着壶里诡异的水果糊和深棕色的液体。

这跟那辰煮的果茶似乎完全不是一个东西，他尝了一口，味道……

本着不能随便浪费的原则，安赫把这壶果茶凉凉以后放进了冰箱，打开了一罐果汁。

放假的日子还是这么没劲，安赫昏昏沉沉半梦半醒地在床和浴缸之间消磨了几天时间，老妈没有再打电话来，老爸也依然没有消息，那个找上门来宣战失败的女人也不再有动静。

安赫觉得这日子就跟凝固了一样，黏黏糊糊的没完没了。

一直到班上二十多个学生拥进客厅，才算是把他给拉回了现实，想起来之前跟学生说好了是今天来拜年。

“安总，新年快乐！”学生一个个都挺兴奋，进了门就喊成一片，俩男生把两盆小金橘树放在了他家客厅正中间。

“快乐，谢谢。”安赫把金橘拖到一边，顺手从树上揪了颗金橘，“挺好，我就不招呼你们吃东西了，自己摘吧。”

“渴死了，安总你家水在哪儿呢？”张林拉开了冰箱门，“有冰的吗？”

安赫正想说“你拿果汁喝吧”，还没开口，张林已经把他前几天放在冰箱里一直没动过的那壶果茶拿了出来，也不用杯子，直接仰着头就开始灌，他叹了口气说：“有……”

张林灌了半壶果茶下去，抹了抹嘴，往沙发上坐着的几个男生中间一挤。“爽！”

安赫盯着他看了半天，似乎没有什么不良反应，这小子是不是没有味觉?

过年的时候学生的拜年活动，其实就前五分钟跟拜年本身有关系，然后就变成了他们自己的聚会。

安赫坐在一边，听着这帮半大孩子热火朝天地聊天，一开始的内容是压岁钱，说着说着就放开了，说这个老师有点儿大舌头，那个老师身材五五分还老穿短裙，那谁谁好像喜欢谁谁谁，嗐，那算什么，四班还有谈恋爱谈到家长都见面了的……

“哎哎哎，”安赫打断了他们，“差不多得了。”

一帮学生全乐了，笑了半天换了话题，开始研究一会儿去哪儿玩。

“去唱歌吧。”许静遥笑着提议。

“好！”张林立马喊了一声。

听到许静遥的声音，安赫突然一阵恍惚。

自从那天陪着那辰去了五院之后，他俩一直没联系过，就像之前几次那样。

安赫看着许静遥，小姑娘很清秀，但五官跟那辰没有什么相像的地方。

那辰的长相精致而张扬，带着冷淡，只在他很难得放松的时候，才能看到他舒展的笑容和有些稚气的神情。

他眼前又晃过那天那辰关上车门后的样子，还有那句“我有预感”……

有预感。

什么预感?

虽然已经告诉自己并不需要这样的朋友，不用操这么多心，但安赫的思绪还是有点儿飘，他不得不承认，这不长的几个月的相处，让他受到了影响。

但至于那辰是怎么想的，他不知道。

学生一直闹到快中午了都还一个个坐着没有走的意思，安赫叹了口气，敲了敲桌子。“你们聊得差不多了吧？”

“安总又赶人啊！”有人喊了一嗓子。

“早想赶了，吵死了，这一个寒假都没逮着机会说话还是怎么着？”安赫笑笑，冲他们挥了挥手，“你们不是要去唱歌吗？”

“是啊。”许静遥看着他，“安总一块儿去？”

“我不去，你们玩吧。”安赫在一片吵闹声中又敲了敲桌子，提高声音，“都给家里打电话汇报一下行程，当我面打。”

一帮人都拿出手机给家里打了电话，接着就兴奋地喊着边聊边走出了门，安赫跟在他们身后，喊了一声“唱完就都老实滚回家”，正要关门的时候，张林突然退了回来，手扒着门喊：“安总，提前祝你情人节快乐。”

“……啊。”安赫愣了愣，“谢谢。”

学生们的声音在楼道里回响着，最后人全挤进电梯，声音消失之后，四周又回到了几天以来没有变过的安静里。

窗外偶尔传来的鞭炮声显得特别寂寥。

安赫靠在门后，情人节了？

他走到日历前看了看，还真是，后天就是情人节。

往年的情人节是怎么过的，安赫一下想不起来了，他已经有好几个情人节是在没有记忆的情况下度过的了，他对情人节的感觉，大概还没自己学生深刻。

每年也就是看到满街的玫瑰了，他才感叹一声，情人节了啊，然后情人节就过去了。

对一个单身挺长时间，没目标也没心情的人来说，这个日子除了感叹，似乎也没别的可干的了。

突然有种深深的悲哀。

安赫，你也算是个不错的男人，怎么就这样了呢？

情人节就跟浴缸一块儿过了。

怎一个惨字了得。

想到这里，安赫回到书房打开了电脑，他需要从那帮同样单身着的同伴那里寻求点儿平衡，每次看到大家一块儿哀叹另一半在哪儿的时候，他都会由衷地舒畅起来。

点开QQ，一堆拜年的消息拥出来，还带着动画，一个新年快乐的动画他连着看了十来遍才总算是把聊天框都关了。

他们几个人的小群里有不少聊天记录，好像是进行过情人节单身聚会的讨论，他刚往上翻了一轮，猛地看到两句话。

煎饼果子：情人节我就不出去了。

煎饼果子：我陪她过。

“我去！”安赫盯着这两行字忍不住小声骂了一句，“煎饼果子”是刘江，这小子什么时候有女朋友了?!

下面都是几个人连骂带恭喜的话，安赫看了几眼就迅速地把QQ给关掉了。

林若雪年前打电话跟他聊的时候提起了上回带来的李婷，现在刘江也要跟人过情人节了，看刚才的记录，宋志斌他们也都喊着要努力了。

单身小集团的成员一个个减少，这让安赫突然有种说不上来的滋味。

“唉——”安赫拉长声音叹了口气，起身进了浴室，打开了热水。

草原一枝花：真不出来?

嚇↘死↙伱：卟孓（不了）。

草原一枝花：是不是有人跟你一块儿过啊?

嚇↘死↙伱：莈，伱情亽节哏伱佬嘜過僦吔，幹嘛佬菈着涐（没，你情人节跟你老婆过就行，干吗老拉着我）?

草原一枝花：我老婆不是家里来亲戚出不来吗！再说你一个人待着我多不放心，把你输入法换一下我看不懂。

嚇↘死↙伱：我在家睡觉。

草原一枝花：你给我打电话，现在。

那辰犹豫了一下，翻出手机，拨了李凡的号码。

“你现在在哪儿呢？”李凡接了电话。

“车场。”

“后天大好的情人节，真不出来浪一下？”

“不。”那辰笑笑。

“你大爷。”李凡因为他出人意料的干脆而骂了一句，但也没再多说，“那你改主意了给我打电话吧，或者直接去沸点，我跟严一、大卫他们几个约了沸点。”

“嗯。”那辰挂了电话，把手机扔到一边。

后天就是情人节了啊，他看着贴在铁皮墙上的一张日历。

日历是他画的，每个月他都会很认真地自己画一张日历，用彩笔把日期都填上，心情好的时候他还会对照着皇历把忌宜也一块儿写上。

二月十四日，这个日期上他画了一个小圈标了出来。

不是因为这天是情人节，情人不情人，节不节的他没感觉，这天是他的生日。

小时候他最喜欢的日子，妈妈会在这一天给他订一个蛋糕，还会给他准备一份生日礼物。

“小辰辰生日快乐，又长大一岁了，要乖乖的哦。”

但这种充满着蜡烛和暖黄色光芒的回忆有些模糊，不知道从什么时候开始，他的生日渐渐被所有人遗忘了。

妈妈开始不记得，爸爸……本来就不记得。

那些曾经有过些许温暖的回忆被留在了很遥远的过去，遥远到那辰几乎不再跟任何人提起自己的生日。

那辰叼着烟，鼠标在屏幕上胡乱地点着，点到 QQ 的时候他停下了。

他的好友列表里人很少，但都很细心地分了类，乐队、同学、老师、酒吧，还有“看着就烦”和“见了就想抬脚踹”。

没有分类的名字只有一个，“干煸扁豆”。

他趴到桌上，看着这个名字，只有安赫，他不知道该放到哪一类里。

除了厌烦和愤怒，对甚至没有听到过父母说一句“爸爸妈妈喜欢你”的那辰来说，感情的界定很模糊。

李凡说过，不要去接近安赫，这个人看不清，摸不透。

那辰伸了个懒腰，靠在圈椅里把腿伸长。是的，他能感觉到安赫对他的疏离，甚至在看到安赫带着真诚的笑容时，他依然能感觉到安赫刻意保留着的空间感。

可还是会觉得温暖。

安赫游离在他生活之外的那种宽容和镇定，让他感觉到温暖。

也恰恰是这样的感觉，让他不知道该怎么办，该靠近，该转身，该怎么靠近，又该怎么转身，他全都不知道。

他动了动鼠标，点开了“干煸扁豆”灰色的头像。

对着对话框愣了很久，他才敲了敲键盘。

嚇↘死↙你：在吗？

安赫那边没有回应，那辰等了很久，才站起来离开了电脑。

已经快十二点了，对安赫那种除夕都能十一点睡着的人来说，可能有点儿晚。

那辰站起来活动了一下，出了门，开着车，顺着后门通往火葬场的那条路飙了出去。

风在耳边呼啸着，像是尖叫，又像是有人在哭。

这个时间，这条路上不会有人，那辰慢慢加大油门儿，发动机发出轰鸣，从身边向后掠去的黑影连成了片，如同置身在一条黑色的通道里。

通道的尽头是火葬场的大门。

那辰在这条路上来回飙了两个多小时才回了车场。

进了屋，他把身上的衣服都脱了，暖乎乎的空气在他皮肤上滑过，毛孔里的寒气都一点点地吐了出来。

上床之前他看了看电脑，QQ 上很安静，安赫没有回话。

第二天他醒得很早，陆大爷回家过完年之后带过来一只三个月大的土狼狗，大概是没拴好，一大早就跑到他门外叫，叫了半小时都没有换唱法，坚持着高亢的美声。

那辰无奈地起了床，找了个碗，倒了半碗牛奶端到门外，放在了狗面前。

狗凑过来很警惕地闻了闻，低头一通猛喝，喝完了之后很满意地舔着鼻子转身走了。

那辰回屋拿了牙刷、毛巾打算去洗漱，经过电脑的时候他停了下来，电脑没关，他晃了晃鼠标之后，屏幕亮了。

跟“干煸扁豆”的对话框还在，“干煸扁豆”的头像还是灰的，上面只有自己那句话孤单地待着。

他洗漱完了回来，坐在电脑前对着自己发的那两个字发了半天愣，最后又敲上去一句话。

嚇↘死↙你：明天我生日，你有空吗？请你吃饭，我做饭。

那辰去了趟市区，逛了两个多小时超市，买了一大堆菜和调料，车场这边锅碗瓢盆的挺齐全，没有的东西还可以问陆大爷借，不过他很久没有认真做菜了，有点儿没底，一路都在琢磨该做点儿什么。

回到车场，电脑上“干煸扁豆”的头像还是没有亮起，他发过去的消息也没有回复，那辰拿出手机，翻了翻电话本，犹豫了一会儿又放下了。

回到床上躺了一会儿，迷迷糊糊地睡了一个多小时，那辰起床把菜都洗好收拾好，QQ 上却还是没收到安赫的回复。

那辰心里有点儿说不上来的滋味，坐在绒毛地毯上一下下转着手机。

这种滋味他很熟悉，在他过去的这么多年时光里，这种不断期待着又不断落空的感觉是他最熟悉的体会。

他把手机的电话本打开，关上，再打开，再关上，安赫的名字在屏幕上闪烁着。

发个短信就可以，打个电话也可以。

但他不敢。

他突然开始后悔自己这么傻地想要跟安赫一块儿过生日。

他关掉了电脑，把菜都放回袋子里收好，躺回了床上，闭上了眼睛。

睡不着，但也不想动。

就这么一直躺到了晚上十一点多，那辰坐了起来，看着手机上的时钟。

数字跳到“00:00”的时候，他把手机扔到地上倒回枕头。

“生日快乐，小辰辰。”

那辰起床的时候脑袋有点儿沉，大概是这一夜梦太多了折腾的。

没有固定的规律，但每隔一段时间，那辰就会有一阵子梦特别多，纷繁杂乱，梦到的似乎都是他记忆里的事，但他每次又都像是在看一个别人的故事。

醒来了就不记得。

他躺在床上，看着屋顶的白色绒毛，伸手往床头的一个小按钮上按了一下，屋顶发出很低的电机声音，绒毛毯慢慢皱起，往墙角滑了过去。

耀眼的阳光慢慢从屋顶洒了进来，铺满了整个房间。

那辰闭上眼睛，躺在暖暖的阳光里伸了个懒腰。

这个车厢顶是他用了一周的时间改造的，切掉车顶，换成厚的双层玻璃，装上电机，再拉上绒毛毯。

阳光好的时候，他喜欢就这么躺在床上，陷在长长的绒毛里晒太阳，全身都被暖暖地包裹着，整个人都能晒得发软。

市郊灯光少，晚上能看到很多星星，晚上睡不着时他也会这么躺着看星星。

“好多星星啊，辰辰你有没有看到？妈妈带你一起飞过去好不好？

“我们一起死掉以后就可以飞过去了，妈妈带你飞过去……”

那辰皱皱眉。

妈妈的声音永远轻柔动听，但有时却会让他感到害怕。

他不知道跟在这甜美的声音之后的会是什么。

他不敢动，不敢说话。

任何的举动都可能会让妈妈突然爆发。

可哪怕是这样，也并不是都能躲得过。

“你为什么不说话，为什么不理妈妈？

“你是不是讨厌妈妈了！为什么讨厌妈妈！”

那辰猛地从床上坐了起来，被妈妈拎着扔进漂着冰碴的河里时的那种恐惧和绝望像水一样漫过他的身体。

他仰起头盯着太阳，迎着耀眼的阳光，一直到眼睛被强光刺激得开始发涩，眼前的东西都消失，只剩一片镶着金光的白茫茫了，他才低下头，在眩晕中下了床。

慢慢晃到外屋的时候他拿过手机看了一眼时间，已经中午了，他按了按肚子，昨天到现在都没怎么吃东西，不过大概胃还没醒，所以没什么感觉。

在啤酒和牛奶之间犹豫了一会儿，那辰拿了罐牛奶。

喝牛奶的时候他看到了还没关机的电脑，走过去对着黑了的屏幕愣了半天，伸手动了动鼠标。

屏幕亮了起来，跟“干煸扁豆”的对话框依然是昨天的样子，他盯着“干煸扁豆”的头像，不知道安赫这两天是没上过线，还是上线了也没有回复他。

右下角有头像在跳动，他点开了新收到的消息。

风吹掉你的裙子：晚上十一点陆家村，来不来？

那辰的手指在桌上轻轻敲着，这人被他扔在“看着就烦”的分类里，那辰不知道他叫什么名字，只知道他外号叫“鬼炮”。

他点了根烟，慢吞吞叼着走到了门外。

今天风不算大，阳光很好，四周的破铁皮和零件被阳光一照都闪着白光。

他走到停在空地中间的车旁边，拍了拍车座。

车是他十七岁的生日礼物，他不知道为什么爸爸会突然送他这么个礼物，也许送车的时候爸爸根本不知道他还没到可以考驾照的年龄。

站在车前抽完了烟，那辰回到屋里，坐到电脑前敲了几下键盘，给鬼炮回复了一个“好”，然后退了QQ，关掉了电脑。

那辰随便吃了点儿零食就回床上继续躺着，迷迷糊糊地睡了醒，醒了睡。

下午四点多阳光就淡了，他躺在床上半睡半醒地看着一点点暗下去的天空和厚厚的灰色云层。

再醒过来的时候天已经全黑了，没有星星，也看不到月亮，他看了看时间，快十点了。

还有两个小时，二十岁的生日就这么过去了啊。

那辰笑了笑，起床换了衣服，骑着车离开了车场。

陆家村在城南，前几年市区扩建的时候被征了地，修了很多宽阔平坦的马路，但不少路都是面子工程，修到一半就停工了扔着没人管。

鬼炮约他去的地方离陆家村挺远的，但这片很荒凉，陆家村就算是地标了。

这是一条没修完的断头路，路很宽，没有路灯，也没有行人和车，几个转弯之后就到头了。尽头是一条已经干涸的河床，河床挺宽，经过这里的这一段很深，底部布满了杂草和大大小小的乱石。

那辰的车开到这条路上时，有人按了按喇叭，把一辆哈雷的车头掉转过来，大灯打到了他脸上。

那辰眯缝着眼睛勾了勾嘴角，把车开了过去。

安赫觉得自己挑个情人节的晚上出门吃东西非常失策，满大街搂着的情侣简直让他的眼睛都不知道该往哪儿看了，看哪儿都受刺激。

本来想着到对面快餐店随便吃点儿就回去，结果服务员小姑娘过来就问："要单份还是双人？"

安赫愣了愣，问："双人？"

"我们店的情人节双人餐。"小姑娘说。

"你们老板真有创意啊，"安赫差点儿没说出话来，"情人节双人……快餐？"

"嗯。"小姑娘看了他一眼，"哦，你一个人啊。"

"是啊，你眼神真好，这都被你看出来了。"安赫很无奈。

在快餐店吃完单身快餐，安赫围着小区转了一圈才回去。

这种日子在外面待着有点儿自虐，特别是老受刺激，但安赫有点儿不想回去一个人待着，单身小集团的情人节聚会取消了，他连着几天都没再上 QQ，电话在这个日子里一次都没响过，连来自学生家长的都没有。

真寂寞啊。

经过小区门口岗亭的时候，看着笑呵呵的保安，安赫突然有点儿羡慕他。

情人节过后没几天就要开学了，安赫给几个不省心的学生家里打了电话，做了个电话家访，然后就坐在客厅里发愣。

愣了一个多小时，他打开了电脑，打算玩几把斗地主提提神。

登录 QQ，一堆消息弹了出来，他扫了一眼，在消息提示里看到了“嚇↘死↙伱”。

他有些意外地把鼠标移过去点开了。

在吗？

明天我生日，你有空吗？请你吃饭，我做饭。

安赫看着这两条消息愣住了，那辰生日？

他赶紧看了看日期，消息是十三号发过来的，那辰的生日是情人节？

盯着这两句话看了很长时间，安赫才猛地回过神来，站起来掏出手机。

尽管他已经决定跟那辰保持距离，但面对这条已经被自己错过了的生日邀请，他还是不可能没有回应，至少要说句“生日快乐”。

而且那辰的这个邀请跟他平时的语气有明显的区别。

没用火星文。

似乎还透着一丝……小心翼翼。

安赫按下了那辰的号码，听着一声声的拨号音，琢磨着如果那辰不接电话他是该接着打还是先去 QQ 上给他回复个“生日快乐”。

不过电话意外地很快接通了，那边有人“喂”了一声。

安赫没说话，这不是那辰的声音，他看了看号码，没拨错。

“安老师啊？”那边的人问了一句，“我是李凡，那辰手机在我这儿。”

“哦，我以为我打错了呢。”安赫笑了笑。

“你找他有事？”

“没什么事。”安赫看了看日历，情人节已经过去三天了，“那辰没在吗？”

“没在，你过几天再打吧。”李凡打了个哈欠。

“过几天？”安赫没听懂。

“嗯，拘留所里不让拿电话。”

安赫张了张嘴没说出话来，拘留所？

“没什么事我挂了啊。”李凡说。

“等等，”安赫皱皱眉，“拘留所是怎么回事？”

“飙车被治安拘留了呗，不被收拾一次不知道收敛。”李凡说得很随意。

安赫想起了从夜歌出来那天那辰带着他飙车时的场景，半天才说了一句：“知道了。”

挂了电话之后，安赫坐在电脑前对着那辰那两句话看了很长时间。

最后他回过去一句：生日快乐，前几天没上QQ，没看到留言。

还想再说点儿什么，手指在键盘上摸了老半天也没组织出什么合适的语言来，于是放弃了，关掉了聊天框。

按李凡的说法，那辰是在生日那天去飙的车。

他不知道那辰是在哪里飙的车，跟什么人，又是为什么。

刺激，拉风，还是发泄。

这人过得还真是……疯狂。

安赫轻轻叹了口气，把腿搭到桌上，靠着椅背，把胳膊枕在脑后看着电脑上蓝色的桌面出神。

那辰的这种生活状态，他感到熟悉而陌生。

指尖碰到胳膊上的那条疤，他顿了顿，在伤疤上一下下地勾画着。

这个疤很长，也很深，不太平整，附近的皮肤都没什么知觉，感觉不到指尖的触碰，要很用力地掐下去，才会有钝钝的隐痛。

安赫起身去把客厅里的窗帘拉上了，光线暗下来的屋子让他松了口气，他坐回电脑前继续发愣。

这条疤是他曾经混乱迷茫生活的见证。

他平时已经不太会留意这条疤，但它始终在那里，如同潜伏在他心里最暗处的夜行动物，不经意的时候就会蹦出来，提醒他无论记得不记得都存在过的那些日子。

电话响了，安赫懒洋洋地站起来，拿起手机看了一眼，是林若雪。

“什么指示？”他躺在沙发上，脚搭到沙发背上，这个姿势很舒服。

“没什么特别指示，就微服体察一下尔等小民的生活状态。”林若雪笑着说，声音还是跟平时一样干脆利落。

“小民最近都感受不到组织上的关怀，正郁闷呢。”安赫笑笑。

“刘江说要聚聚，把女朋友带来让我们认识认识，你电话一直打不通。”林若雪“啧”了一声，“你是不是受刺激了？”

“刺激大发了，刺激得我都觉得现在的日子了无生趣。”安赫看了看日历，琢磨着开学前哪天可以拿出来聚会。

“是吗，人老了就开始怀念从前特有生趣的生活了？”林若雪笑了起来。

安赫没说话，林若雪跟他认识的时间长，对他那些已经被埋在过去的事挺了解，提起时也不会有任何顾忌。

“大人，”安赫沉默了一会儿开了口，“你觉得我是个怎么样的人？”

“帅哥啊。”林若雪想也没想就回了一句。

“在我这么深沉的时候你能不能不要把马屁拍得这么显眼？”安赫无奈地说。

“是挺帅的。”林若雪笑了半天，然后突然收了笑声，声音变得很严肃，“安子，你最近是不是碰上什么事了？”

安赫顿了顿才回答：“没。”

“不想说我也不打听。”林若雪没再追问，“你自己的问题自己清楚，你学的就是这个，也不用我这种半路出家的来给你分析，我就说一句，以前我就说过的。”

“嗯。”安赫的胳膊从沙发上垂下去，指尖在地板上来回划拉着。

“你压自己压得太狠了，过头了知道吗？”林若雪放慢了语速，“你分析别人的时候挺在行，你自己给自己分析一下吧，是不是我说的这么回事？”

安赫沉默着，目光落在厚厚的窗帘上，完全隔离了光线的窗帘像一堵墙，让他莫名地觉得安全，就像他曾经想要的，来自“家”的安全感。

父母不曾给过他的安全感。

林若雪没有多说，跟他敲定聚会的时间之后就挂掉了电话。

安赫闭上眼睛。

楼下有人在试摩托车，来回拧着油门儿，车子拿掉了消音器，噪音简直是直冲云霄，听得他脑门儿发木。

他有些烦躁地拿了耳机戴上，把音乐声调大，走进卧室用被子把自己包起来，本来想随便找首歌跟着吼一通，结果蹦出来的是首《天堂》，大概是往机子里放歌的时候一块儿塞进去的。

“蓝蓝的天空……清清的湖水……”

安赫愣了愣，一咬牙一闭眼抖着声音开始喊：“绿绿的草原……这是我的家……哎耶……”

跟着腾格尔大叔憋着嗓子唱完了一首《天堂》之后，安赫猛地掀开了被子，深深地吸了一口气，这连闷带憋的他差点儿喘不上气来。

“哎耶……”深呼吸完了之后，安赫憋着嗓子又喊了一声。

因为耳机已经摘了，他真切地听到自己的声音之后被吓乐了，捧着耳机乐了好半天，然后一边伸懒腰一边拖长声音叹了口气：“唉——”

不出门百无聊赖地过了两天之后，安赫总算给自己找到了件事做。

洗车。

这车上学期他就洗过两回，还有一回是小区旁边路面修整，工人拿着水管冲地面的时候，他把车开过去，让工人帮着给滋滋，工人给他滋了半边之后就收工了，打那以后到现在他都没再洗过车。

“我可知道您为什么买白车了。”洗车店的小姑娘看着他正在冲洗中的车说了一句。

“嗯？”安赫也看了看自己的车。

“白的禁脏呗，就您这洗车的次数，”小姑娘低头看看他的洗车卡，“买个黑色的车这会儿得是灰色的。”

安赫刚想说话，手机响了，他笑了笑，拿出手机看了一眼。

假发。

那辰出来了？安赫迅速地在脑子里算了算时间，差不多。

“大七？”他接起电话，突然觉得自己的心情似乎不错。

“嗯，李凡说你给我打电话了。”那辰的声音传了过来，听着是在街上。

“我前阵子没上QQ，没看到你的留言。”安赫走到一边，找了个没人的角落点了根烟，“生日快乐。”

“谢谢，”那辰笑了笑，“我以为你不想搭理我呢。”

是不想搭理你来着。

“不搭理你也不至于连句生日快乐都不说啊。”安赫冲着墙吐了口烟。

“没事，我本来也不过生日。”那辰的声音低了下去，有点儿发闷，“你不搭理我我也就那么过了。”

“怎么过？”安赫皱皱眉，“飙着过？”

“挺爽的，你不懂。”

安赫刚想说“爽个鬼”，听筒里突然冷不丁地传来那辰一声嘹亮的口哨声，他给惊得手里的烟都掉到了地上，忍不住骂了一句：“神经病！”

“安老师，”那辰的声音变得很欢快，“你不懂。”

安赫闭着眼睛吸了口气慢慢吐出来：“撒欢是吧？”

“嗯。”那辰还是很欢快。

“你是不是觉得自己车技还挺厉害的啊？”

“嗯！”

“你在哪儿？”安赫回头看了看自己的车，快洗完了。

“你要过来吗？”那辰很快地问了一句。

“我洗车呢，你过来，”安赫报了地址，“今儿安老师让你看看什么叫飙车。”

车洗好之后，安赫把车开出来停在路边，一辆出租车在他车后边停了，那辰从车上跳了下来。

“上车。”安赫把胳膊伸出车窗外冲他招了招手。

那辰小跑着过来跳上了副驾驶，脸上带着嘲弄的笑容：“这车？”

“摩托。”安赫发动了车子。

那辰脸上带着些疲惫，不过听了这话之后他打了个响指，看上去挺有兴致。“没看出来啊，那你上回坐我车吓成那样？”

“别废话。”安赫把车拐上了主路。

那辰没再说话，安静地坐在副驾驶座椅上，看着安赫，车开了两条路，他时不时会转头往安赫这边看一眼。

“怎么了？”安赫扫了他一眼。

“这么敏锐吗？”那辰笑笑。

“嗯，每天都有四十来个人盯着我看呢，还有盯一半就睡着了的。”安赫看着前方，两个人就这么一边开着车一边聊着，他感觉还挺宁静。

但前提是那辰不抽风。

“安赫，”那辰看着他，“能再说一次吗？”

“什么？”安赫看着前面的路，“每天都有四十来个人盯着我看呢，还有盯一半就睡着了的。”

那辰盯着他，过了一会儿突然笑了，靠在车座上拽着安全带笑得老半天都停不下来。

安赫在他的笑声里叹了口气：“生日快乐，小辰辰。”

那辰的笑声突然停了，他仰着头看着车顶，过了一会儿他把脸转向车窗，声音很低地说：“谢谢。”

安赫把车开到了市中心，进百货大楼停车场的时候，那辰把车窗放下去，往外瞅了瞅。“这儿？”

“嗯。”安赫盯着路，百货大楼这个破停车场特别小，车位都窄，对他来说比较有挑战性。

车在通道里来回挪了半天也没能倒进车位里，安赫有些无奈地扶着方向盘看了看那辰。“帅哥，你下车帮我看着点儿。”

那辰看着他，嘴角慢慢地勾了起来，笑容一点点在脸上漾开来。“就这水平？”

“嗯，怎么着？”安赫并不介意他的嘲笑，也笑了笑。

“你下车，”那辰开门跳下车，绕到了驾驶室这边拉开了车门，“我帮你倒。”

安赫犹豫了一下，下了车。

那辰上车，两把就把车倒进了车位里，然后跟在他身后出了停车场。

这片就算不是周末，也永远都是人潮涌动。他看着满街的人和车，忍不住又问了一次：“车呢？大马路上？你不要命了别人还要命呢。”

“来吧。”安赫心里莫名其妙地松了半口气，扭头往前走，“我也不是在大马路上。”

几分钟之后，安赫停下了。

那辰抬头看了看眼前的霓虹灯大招牌，半天才说了一句：“安赫你玩我呢？”

“怎么，不敢？”安赫笑笑，扭头往里走了进去。

“玛丽奥电玩城？”那辰跟着他往里走，耳边人声音乐声顿时扑了过来。

安赫去柜台买了游戏币，把他带到了赛车游戏区，停在了双人竞速的两辆摩托车前，跨上了其中一辆。

那辰没动，抱着胳膊盯着他，最后冲他竖了竖拇指。“安老师，你牛。”

“来不来？”安赫偏过头瞅了瞅他，“玩几局随便你，输了的去外边舔灯柱。”

“成。”那辰跨上了旁边的车。

“场景随便你挑。”安赫扶着车把。

那辰忍不住转过头盯着安赫看了好几眼，安赫这状态他从来没见过，不是学校里的安老师，也不是平时跟他在一起时刻意保持距离的安赫。

他第一次发现安赫身上居然带着一丝嚣张的匪气。

“我还是比较喜欢你这个样子。”那辰投了币说。

“我比较喜欢你一会儿舔灯柱的样子。”安赫拧了拧油门儿。

眼前的场景，大大小小屏幕上跳动着的画面，音乐声，叫喊声，笑声，分不清是早是晚，也不知道时间的喧嚣空间。

一切都是安赫曾经熟悉的，属于他漫无目的地在街头游荡的那些日子。

屏幕上倒数的数字跳动着，随着一声“GO”，安赫猛地松开离合，屏幕上的画面向他扑了过来，开始飞快地向后退去。

那辰挑的是城区，窄小的街道，行人，还有各种急转。

不过两条街过后，安赫的车就超了那辰那辆快两个车身。

这是他曾经从早玩到晚的游戏，无论什么赛道，什么路况，他都熟得不能再熟，哪怕是更新之后的地图，他也能玩得很轻松。

上初中之后碰上学校让交点儿什么费的，他从来不问老妈要，怕老妈手气不好钱要不着还挨顿揍，跟人玩两局赌一把就能把平时的开销应付过去了。

这也是他带那辰来这儿“飙车”的原因，不管那辰的车技有多好，对着一台机器，他有十点五成的把握让那辰从头输到尾。

第一局结束之后，那辰盯着屏幕半天没说话。

“再来？”安赫扫了他一眼。

“慢一分钟？”那辰小声说，“再来！”

“你挑场地。”安赫笑笑。

这回那辰挑了公路，车少，人少，路面平整，也直。

第二局结束的时候安赫没说话，只是看着那辰。

“安赫，”那辰皱着眉看他，“你……”

“还来吗？”安赫打断他的话。

“来！”那辰拍了一巴掌车头，“我还不信了。”

安赫其实赢得并不算太轻松，虽然看得出来那辰没玩过几次这东西，只是知道基本的操作，但几把下来，输是输，输得也不是很惨。

那辰聪明，反应快，学得也快。

不过安赫毕竟曾经用这玩意儿赚过钱，就算今天晚上那辰坐车上不下来了，也不可能扳回局面。

一口气玩了七局之后，安赫停了手，抬起胳膊活动了一下。“差不多了吧？”

那辰盯着屏幕不说话。

“什么时候能玩得过我了，再去飙你的车吧。”安赫摸了根烟出来低头点上了，下了车往门口走。

“我赢一把再走。”那辰跳下车追过来拽住了他的胳膊。

“今晚想赢我不可能，”安赫笑了笑，边走边说，“我以前玩这东西玩得都想吐了。”

“那我自己玩！”那辰松了手扭头就往回走。

“出去舔了灯柱再回来玩。”安赫脚步没停，不急不慢地说，“愿赌服输。”

“成。”那辰又扭头回来跟着他一块儿走出了电玩城。

已经五点多了，太阳已经没了，街上的风刮得很猛，出门的时候安赫捂了捂脸，那辰倒是没什么反应，站在风里吹得很自在。

“这回轮到你挑了，挑吧。”那辰站在风里看着他说了一句。

安赫一下没明白：“挑什么？”

“舔哪根灯柱。”那辰抱着胳膊勾了勾嘴角，眼神里全是不服。

安赫把外套拉链拉到头，拉链头搁嘴里咬着，一个个灯柱地慢慢看着，最后挑了个看上去挺白净的，站到旁边指了指：“就这个吧。”

那辰看了他一眼，什么也没说，两步跨过来，对着灯柱凑上去伸了舌头就舔。

安赫在他凑过来的那一瞬间抬手推了他一把。

“傻小子，真舔啊？”安赫呵呵笑了。

·第七章·

存钱罐

“说了舔就会舔。”那辰从烟盒里拿出根烟叼着，递了根给安赫，似乎还没从刚才比赛的氛围里出来，“还来吗？”

“没舔够吗？”安赫接过烟笑笑，“再输就得让你站交警岗亭外边脱裤子了，不落忍。”

那辰勾勾嘴角，突然凑到他身边说：“你这挺敢赌啊？”

安赫笑了笑没说话，拿出打火机侧过身背着风点着了烟，看着身边人来人往。

“进去。”那辰指了指电玩城大门，脸上突然有些不耐烦。

安赫侧身点烟再微微一转身看着街上的这些动作很巧妙，不动声色地避开了自己，这让他猛地有些郁闷。

“不玩了，”安赫拉拉衣领，“我都玩得想吐……”

“随便。”那辰打断了他的话，转身大步走进了电玩城。

安赫看着他的背影轻轻叹了口气，抽了两口烟之后把烟掐了，过了马路，往百货大楼那边走过去。

电玩城里还是人声鼎沸，音乐声也依旧劲爆，砸得人心里带着颤。

那辰一直往里走，一直走到之前玩的赛车游戏区才停了脚步。

摩托车这边就三台机器，两个单人，一个双人，都已经坐了人，他站在一边等着。

他从进来到现在就没回过头，安赫没有跟过来，这个他不用回头也能知道。

双人机是一对小情侣在玩，姑娘一直在笑，开着车来回往墙上撞，单人机上坐着个大叔，心里“看我飙得多帅”的呐喊都写在了脸上。

那辰面前的这台上是个小孩儿，初中生模样，没两下就结束了比赛，但一直坐着，不投币也不下来，对着屏幕发愣。

那辰很有耐心地等了他几分钟，确定这小子没币了之后他说了一句：“不玩下来。”

“谁说我不玩了？”小孩儿转过脸看着他，一脸狠过头了有些扭曲的表情。

“那投币。”那辰抱着胳膊。

“我投不投币关你屁事？”小孩儿松开车把，双手插兜挑衅似的斜眼瞅着他。

那辰没说话，低头慢条斯理地摸着左手中指上的黑色戒指，他轻轻拧了一下戒面，一把小小的刀从中间弹了出来，闪着银色的光芒，然后又很快地拧了回去。

小孩儿看到愣了愣，脸色有点儿变了。

“没币了就下来，”那辰勾着嘴角笑了笑，声音不高，“去买了币再回来玩。”

小孩儿大概是一个人来的，很不爽地从车上下来，盯着他。“你等着！”

“嗯。”那辰点点头跨上车，把币一个一个塞进去，“等你带着你的小伙伴来。”

那辰盯着屏幕，这车开起来虽然车身能动，但操作和感觉跟开真车完全不一样，他开的时候相当费劲。

那辰看着屏幕上往后飞速闪过的画面，安赫玩的时候动作看上去很轻松，看不出是个连车位窄点儿都能七八把还在通道上折腾着进不去的人。

他清楚地记得安赫每一把的成绩，他的目标是超过安赫最慢的那一次。

他挑了自己成绩最好的那一把的公路赛段，反复地跑着。

虽然他知道安赫也许并不在意他跑出什么样的成绩，就算他超过了安赫，也许也没有下一次让他赢回来的机会了，但他还是一次次地跑着。

跑了多久他不知道，反正安赫之前给他买的币都用光了，他也没能超过安赫的最慢速度。

那辰在车头上拍了一巴掌，有些郁闷地从车上下来，往收银台走，打算再去买点儿币。

反正今天也没什么事，饭也没什么心情吃，跑到明天也无所谓。

其实他哪天都没什么事。

百无聊赖呢，每天都是。

没走几步，那辰停下了，旁边一台机子正往外吐可以换游戏币和礼品的小票。

他经过的时候，小票已经吐出来长长的一条，那辰看了看四周，一个人也没有。

大概是谁玩完了潇洒地离去，不带走一张小票？

收银台旁边的礼品区有很多小东西，娃娃，小玩具，等等，那辰进来的时候就看到了，他很喜欢桌上放着的那个半人高的绒毛大白熊。

于是他蹲在了这台机子旁边，等着小票吐完。

他对钱没有什么欲望，对换游戏币也没兴趣，他就是想要那个绒毛大白熊，像是收到礼物一样的感觉。

他喜欢收礼物，尽管没怎么收到过。

最近一次收礼物是过年时安赫给他的那只超市赠品兔子。

机器不紧不慢地往外吐着小票，连成一条的小票在地上慢慢地打着圈，那辰很有耐心地一动不动地蹲在小票面前等着。

不知道那个大白熊要多少票才能换到。

有人走了过来，脚步声在他身后停下了，一个影子从后面投到地面上。

那辰没理会，他要让自己看上去特别像这一堆票的主人。

身后的人没走开，反倒是走到他旁边也蹲下了。

“你玩的？”旁边的人开口问了一句。

那辰愣了愣，迅速转过头，看到了安赫带着笑的脸。

“不是。”那辰很吃惊，他没想到安赫还会出现，“你不是走了吗？”

“不是你玩的你跟这儿等什么啊？”安赫伸手抓了抓小票，已经一大把了，机器还在吐着。

“没人等啊，”那辰小声说，“没人要，我打算拿去换东西。”

“换什么？”安赫往礼品区看了看。

“那个大白熊，就最大的那个。”

安赫看到了那辰说的那个绒毛大白熊，心里说不上来是什么感觉，那辰嚣张而又神经兮兮的外壳下面，究竟有个怎么样的内心？

“那等着吧。”安赫没再多说，跟那辰一块儿盯着小票，安静地蹲着。

“一会儿要有工作人员来问，”那辰小声交代他，“你记得说这是你玩的。”

“为什么要说是我？”安赫笑了。

“因为我都不知道这机子是干吗的。”那辰往他身边凑了凑，“你肯定知道，而且你应该有玩出这么多票的身手。”

安赫低头冲着地上的小票笑了半天才停下，说了一句："成。"

机器终于停下了，小票吐完了。

"好多！"那辰的眼睛很亮，他心满意足地抓了抓地上的小票，"不知道够不够。"

安赫刚想说不够我给你添点儿钱买了就行，还没开口，两个穿着电玩城制服的工作人员走了过来。

"来了来了，记得是你玩的，你玩的。"那辰一连串地交代着。

"知道，知道，知道。"安赫被他这一下弄得跟着紧张起来了，也一连串地说。

俩人站了起来，准备接受工作人员的询问。

但出乎安赫意料的是，俩工作人员走过来，一句话也没问，直接就开始弯腰收拾地上的小票。

那辰愣住了。"干吗呢？"

"我们玩的。"工作人员回答，拿了地上的票转身就走了，都没往他俩身上瞅。

那辰看着俩工作人员潇洒抓着小票离去的背影，好半天才出了声："嘿……"

"大白熊泡汤了啊？"安赫也半天回不过神。

"工作人员还能上班时间玩游戏啊！"那辰很不爽地喊了一声，"破电玩城什么管理啊！"

"找他们经理去！"安赫咬咬牙。

"嗯，找经理！"那辰点点头，扭头就往电玩城二楼的楼梯走。

安赫跟在他身后。"你说找经理说了，他能把小票给咱吗？"

那辰停下脚步，过了一会儿才慢慢转过身。"不能吧。"

安赫看着一脸严肃的那辰想乐，憋了一会儿没憋住，笑出了声。

"笑什么笑。"那辰挑了挑眉毛瞪了他一眼，也开始乐。

俩人站在原地笑了好半天才停下了，安赫抬手揉揉自己的脸，把手里的一个购物袋递到了那辰面前。"送你的，生日礼物。"

那辰接过袋子，定定地看着他，很久才问了一句："送我的？"

"嗯，不就你刚过了生日吗？"安赫笑笑，"走吧，请你吃快餐。"

那辰跟着他往外走，打开袋子往里看了看，一个包得很漂亮的方形盒子。"是什么？"

"拆开看看不就知道了。"安赫说。

"舍不得。"那辰笑了笑，拎着袋子，"我一会儿坐下了再慢慢拆，这么边走边拆没感觉。"

"多少岁了？"安赫问了一句。出了大门，外面的天已经黑得差不多了，街灯都已经亮起来了。

"二十。"那辰站在他身边，霓虹灯光在他脸上闪出各种光芒，"安老师你多大了？"

"二十八。"安赫想了想，"去吃烧烤吧，前面有个烧烤店，我跟我朋友经常去吃。"

"嗯，随便。"那辰又低头往手上的袋子里看了看。

"那先去取车，那边停车免费。"安赫往前走，准备过马路。

电玩城旁边的奶茶店里突然冲出来几个人，其中一个指着那辰喊了一声："就是他！"

安赫回过头，看到其中两个人手里都拎着棍子，快速地挡在了正要过来的那辰面前。

那辰认出喊话的是之前没币了还待在车上不走的那个小孩儿，皱皱眉，说："有病？"

"说了让你等着！抽不死你！"那小孩儿有了人撑腰，说话都底气十足。

几个人逼了过来，那辰退了一步，他平时身上有防身用品，但今天他刚从拘留所里出来，防身用品被警察收走了，正想着退一步直接对着离他最近那人的脸踹一脚的时候，安赫突然声音不高地喊了一声："罗凯。"

站在最前面的人顿了顿，抬头看了一眼，迅速把手里的棍子背到了身后，有些吃惊地喊了一声："安总？"

随着他这声"安总"叫出来，身边几个人都看了过来。

"干吗呢？"安赫看着他们，脸上没什么表情。

"啊，没干什么……"罗凯干笑了两声，往旁边的人肩上撞了一下，那人也低着头撞了他一下。

安赫慢慢走到几个人面前站着。一共七个人，四个是他们学校的学生，罗凯是他班上的，平时话不多，安赫倒是没看出来他是个拎着棍子蹲人的主。

"过年吃的，油都吃脑子里去了吧。"安赫开口，声音挺低，语气却相当严肃，"大街上就想打人？"

"没。"罗凯低着头。

"关你什么事？"其中不认识安赫的人很不爽地说了一句，弄不明白安赫是什么人。

"也不关你事，"安赫看着他，"所以你可以滚了。"

那人眼睛一瞪就想冲过来，罗凯一把拦住了他，拼命往一边推着，小声地说："走走走，我们班头儿，惹不起的……"

那人被推了几下，拉着另一个骂骂咧咧地走了。

"安总……"罗凯低着脑袋回到安赫面前，"我们真没想干吗，就想吓吓……"

"那他要是没被吓着呢？"安赫看着罗凯，"要没吓着呢，你是动手还是跑？嗯？"

罗凯扭开头不出声，安赫用手指戳了戳他下巴，把他脸抬起来。"就这点儿水平还想学人混呢？"

"安总给点儿面子，大过年的……"罗凯小声嘟囔着。

"你给我面子了吗?！"安赫声音提高了点儿，"我说多少回了给我消停点儿！你听了吗？想要我给你面子，你得先给我面子！"

"安总我们错了，"旁边四班的一个学生凑过来，"一时冲动。"

"你们回回都冲动。"安赫扫了他一眼，这小子跟张林关系挺好，也是个不省心的，“你要不要我给你算算你冲动多少回了？”

几个人都不说话了，但光低着头大概又觉得挺没面子，于是避开安赫的目光东张西望。

“行了，走吧，过年我也不想影响自己心情。”安赫也不想多说，那辰一直很有兴趣地看着他，他挥挥手，“我一直让你们的父母理解你们，尊重你们，你们抽空也想想他们，生你们出来，不是为了送到街上跟傻子似的这么混的，你们活得就这么让人瞧不上吗？”

几个人跑开之后，那辰走到了他身边。“安老师。”

“你怎么会跟这么点儿的小孩儿惹出事来，”安赫转身往马路对面走，“抢人棒棒糖了？”

“就那小孩儿占着机子不玩也不走，我给赶下来了。”那辰笑笑，跟着他，“你学生啊？”

“嗯。”安赫应了一声。

“你训人挺带劲的，”那辰拎着袋子，又往里看了看，“哪天也训训我吧。”

安赫扭脸看了他一眼，没说话。

那辰坐到车上之后就开始拆礼物，安赫把车开出停车场的时候，那辰把包装拆掉了，拆得很平整，包装纸都没破。

盒子里装的是个小猪存钱罐，那辰捧着看了半天，笑得很开心。“谢谢。”

“不谢。”安赫也笑笑。

“刚是去给我买礼物了吗？”

“嗯。”

“为什么送个存钱罐啊？”那辰捧着存钱罐来回看着，“这猪挺可爱。”

“不是让你存钱用的，”安赫慢慢开着车，“存开心的事用的。”

“嗯？”那辰转头看着他，有点儿没听明白。

“你今天有开心的事吗？”

“有啊，”那辰打了个响指，“今天你陪我玩，送我礼物，还请我吃饭，都挺开心的。”

安赫伸手在口袋里摸了一会儿，摸出了一个一块钱的硬币，放进了存钱罐里。“有开心的事，就放一块钱。”

那辰想了想，在自己身上又找了两块钱的硬币放了进去。“然后呢？”

“明年生日的时候打开，你会发现里面有很多硬币，然后拿去吃一顿吧，用快乐换来的。”安赫笑着说。

那辰没有说话，很出神地盯着小猪存钱罐，一直到安赫把车停在烧烤店门口了，他才低声问了一句：“就那几块钱够吃一顿吗？”

安赫熄了火，没有下车，手指在存钱罐上敲了敲。“那就得看你能不能记得住这些开心的事了，一整年，再倒霉的人也能攒出一顿饭的开心，相信我，试试吧。”

“嗯。”那辰摸了摸猪鼻子，“安赫。”

“嗯？”

“你攒过吗？”那辰抱着存钱罐靠在椅背上看他，“攒快乐。”

“攒过。”

“多吗？”

安赫打开天窗，点了一根烟。“比我想象的要多一些。”

“你也有很多不开心，对吗？”那辰看着往天窗飘过去的烟，“真正开心的人，是不需要用这样的方法来攒下快乐的。”

安赫沉默了一会儿，把车窗关好，打开了车门。“走，吃饭去。”

那辰也没再说话，捧着存钱罐下了车。

“这个不用拿着了吧，”安赫看着他手上的存钱罐，“放车上。”

“忘了。”那辰把存钱罐放到车座上，笑了笑。

这家烧烤店装修得很好，干净整洁，也没有油烟，生意很好，现在已经过了饭点，但店里还是坐得很满。

进门的时候，正好有一桌人吃完了要走，安赫准备过去，那辰一把拉住了他。“坐窗边。”

“窗边没位置了。”旁边领座的小姑娘说了一句。

那辰没理他，看着安赫又说了一次：“窗边。”

“那等。”安赫有点儿无奈，他挺饿的，进了店，暖乎乎的香味儿扑面而来，更饿了，但那辰这架势似乎是非窗边不坐，他只得停下了脚步。

服务员大概觉得他俩有点儿奇怪，看了好几眼才上一边招呼别的客人去了。

“有什么不同吗？窗边还是不窗边的有什么区别？”安赫扭头看了看那辰。

“咱换个地儿。”那辰没回答他的问题，突然转身就往门外走。

“哎！”安赫愣了愣赶紧跟上去，“怎么了？”

那辰没说话，一直埋头往前走，走回车边上了才停下说了一句：“看到我二姨了。”

“你二姨？”安赫回过头，从街上隔着玻璃往店里看，一片热气腾腾，看不出谁是那辰二姨，“你不想见着她啊？”

“她大概也不想见着我，”那辰笑笑，“大过年的。”

那辰的笑带着一丝不屑，安赫其实没太明白，但他没多问，犹豫了一会儿，他拉开了车门。“那你说去哪儿吧。”

“我们去那种街边的烧烤吧。”那辰伸手往路前方指了指，“那边一直过去，不是有那种有大棉被围起来的烧烤摊吗？我想吃那个。”

“行。”安赫上了车，想起大棉被围起来的烧烤摊……

安赫上大学的时候经常去吃，一帮穷学生大冷天的挤成一团，闹哄哄地就着从旁边缝里灌进来的北风吃烧烤挺有意思，但毕业之后他就没再去过了，何况这种场合得人多，现在就他和那辰俩人，吃一半估计就冻透了。

但那辰看起来兴致挺高，这顿饭本来也算是补给他的生日饭，所以安赫没说什么，开车直奔大棉被烧烤摊。

“我爸去年刚死，”那辰坐在车上沉默了一会儿，低头摸着小猪存钱罐的鼻子说，“我姨他们觉得不吉利。”

“有什么不吉利的？”安赫皱皱眉。

“我爸……”那辰往安赫那边看了一眼，说话的声音很低，“是车祸，大白天的，对着人家停路边的货车就撞过去了，人们都说他疯了。”

安赫没说话，那辰的手指在车窗上一下下地轻轻敲着，笑着说：“我舅妈说，跟精神病人待久了，人会受影响……没准儿我也是，我还能遗传到呢。”

安赫还是没有说话，那辰转过头来冲他龇着牙。“怕吗？”

“怕什么？”安赫转过脸也冲他龇着牙，“我这儿专治各种神经病。”

那辰愣了一下笑了起来，捧着存钱罐笑了很长时间才拉长声音叹了口气。

这是安赫第一次听到那辰叹气，这声包含了太多他分析不出来情绪的叹息让他再次沉默了。

烧烤摊很热闹，边喝酒边扯着嗓子聊天吹牛是特色，掀开棉帘子进去就能被裹着热气的喧闹声给埋了。

他俩找了个角落里的小桌坐下，挑菜的时候那辰的兴致很高，拿了不少肉，安赫发现他对穿成串的各种肉都不认识，每拿一串都得问问这是什么。

“你是不是没吃过烧烤啊？”安赫忍不住问了一句。

“嗯，”那辰点点头，又拿了一串扔到安赫拿着的小筐里，“没怎么吃过，这是什么？”

安赫看着那辰手里拿着的一串东西没说话，那辰又研究了一下。

“这是什么东西的尾巴？肠子？跟弹簧似的。”

“你尝尝吧，挺脆的。”安赫忍着笑。

“是什么啊？”那辰晃了晃手里的东西。

“吃就放过来，问什么啊。”安赫把小筐递给他。

“是什么？”那辰很执着地问着。

“猪鞭。”等着他俩挑菜的大叔笑着说。

那辰盯着手里竹签上绕成一圈圈的猪鞭顿了顿，跟被扎着似的扔回了桌上，有些感叹：“猪鞭就长这样？”

“你以为什么样？”安赫笑着把挑好的东西给了老板，回到了座位上。

“这么细？”那辰坐到他身边小声问。

安赫一直乐，没出声。

“你吃过吧，”那辰“啧”了一声，“要不怎么知道还挺脆的呢。”

安赫还是笑着不说话。

那辰也没说话，眯缝着眼盯着他看了半天。

“我应该让你先吃了再问你，”安赫说，“脆吗？”

那辰拉着椅子往旁边躲了躲。“你还是老师呢！”

“你都没个学生样，还指望我这会儿想着自己是老师？”安赫笑笑，“喝点儿什么？啤酒还是白酒？”

“你开车呢。”那辰很严肃地提醒他。

“车扔这儿就行，离我家很近了，你打车回去就行。”安赫说。

那辰冲老板打了个响指：“红星二锅头！”

吃东西的时候安赫话不多，那辰也不太说话，只是闷头喝酒吃肉。

一直到那辰开始喝酒的时候，安赫才看到了之前自己印象当中的那辰，跟今天始终带着几分稚气的开心笑容的完全不同的那辰。

那辰的酒量很好，喝酒的时候不需要人配合，不跟人碰杯，也不找话让人喝，只是拿着杯子一口口往下灌。

安赫的酒量也不差，不过得慢慢喝，像那辰这样灌，他最多三两就得趴下，但那辰喝光了面前的一瓶二锅头之后，依然看不出醉意。

“怎么不喝？”那辰看了看安赫的杯子，里面还有大半杯。

“喝着呢。”安赫拿起杯子喝了一口。

“你是不是怕自己喝多了坏事？”那辰勾了勾嘴角，拿了串板筋慢慢咬着。

“不喝酒不也坏事了吗？”安赫说出这句话的时候有点儿后悔，自己虽然没喝大，但估计也已经进入说话不经大脑的阶段了。

那辰却出乎意料地没有接他这句话，只是笑了笑，拿过他的杯子喝了一口。

俩人从大棉被烧烤摊出来的时候，喝了不少，安赫把车钥匙给了老板，让老板帮忙把车开到了旁边的停车位上，然后拉着那辰去路边打车。

那辰站在他身后，一只胳膊搭在他肩上，一只胳膊抱着存钱罐，半靠着他低声唱着：“海岛冰轮初转腾……”

“站直。”安赫推了他一下。

那辰没动，还在他耳边唱着：“见玉兔……玉兔又早东升……”

“那贵妃，”安赫拽着他的胳膊想把他拉开，“你这醉得跟立马就要吐了似的，司机见了我们都得踩油门儿。”

“你走回去吗？”那辰终于站直了。

“嗯，我走回去就十分钟路了。”

那辰想了想：“是上回我去接你的那个小区吗？”

“是。”安赫扬了扬手，一辆出租靠了过来。

“啊！”那辰喊了一声，手往旁边灯柱上一撑，弯下了腰，“等我……”

“要吐？”安赫有些吃惊，那辰从出来到刚才都很清醒，连步子都没打飘，这会儿突然就要吐了？

“嗯。”那辰皱着眉一脸痛苦。

靠到路边的出租车还没停稳，司机往他俩这边看了一眼，一脚油门儿就蹿开了。

“真不讲究。”那辰直起身，脸上带着笑，冲出租车屁股竖起中指，接着又把手放到嘴边吹了声响亮的口哨，“这就跑了！”

“那辰，”安赫看着他亮晶晶的眸子有点儿恼火，“你什么毛病？”

“我今儿晚上不回去，”那辰靠着灯柱看着他，迎着光的半张脸被淡黄的灯光勾出明亮的轮廓，“我去你那儿。”

“我过两天开学了，得早点儿休息，没法招待你了。”

“我要去。”那辰说得很简单，语气有些生硬。

安赫盯着他看了几秒钟，那辰有时候挺乖，有时候却让人觉得无法正常交流，他没说话，转身继续扬手打车。

那辰过来抓着他胳膊按了下去。“我说了我不回去！”

“那你别回去。”安赫抽出胳膊顺着路往前走，那辰语气里的霸道让他很烦躁，要换了平时，他可能不会太在意，但现在他喝了酒，情绪挺飘逸，没办法压着自己的脾气。

“你至于吗！”那辰很大声地在他后面说，“跟我在一块儿这么烦你就别叫我过来啊！”

安赫没理他，继续往前走。

“完成任务呢你！”那辰的声音低了下去，“是不是觉得过意不去，所以过来送个礼物，带我吃个饭，然后就跑？！”

“过意不去？”安赫停下步子，转过头，“我有什么可过意不去的？我欠你的该你的啊？”

“那你别叫我过来啊！说什么生日快乐啊！”那辰晃了晃手里的存钱罐，之前扔进去的几个硬币在里面叮叮当当地响着，“这钱能倒出来吗？开心个屁，全抵消了，能拿出来吗？”

安赫没说话，看着低头一个劲晃着存钱罐的那辰。

“你逗我玩吗？”那辰的声音更低了，透着郁闷，“你存了多久的快乐，存了多少？开心完了就生气，这还算开心吗……”

安赫抬起头看了看黑漆漆的夜空，路上已经没有什么行人，身边是偶尔从空荡荡的街上驶过的汽车，看着那辰拧成一团的眉头，他轻轻叹了口气，走回了那辰面前，伸手拿过了存钱罐。

“你喜欢别人叫你什么？”安赫看着手里的存钱罐问了一句。

那辰有些茫然地看了他一眼。“什么？”

“那辰？小辰辰？”安赫继续问。

“不知道。”那辰回答。

“小辰辰，谁这么叫你？”安赫把存钱罐放回他手里，接着问。

那辰沉默了一会儿：“我妈。”

“你喜欢她这么叫你吗？”

“……不知道,”那辰对安赫提的问题有些不明白，但还是回答了，“就是会想起她。”

“你妈妈什么时候病的？”安赫拍了拍他的胳膊，转身往前走。

那辰犹豫了一下跟在他身后。“小学的时候，四年级吧，记不清了。”

“你妈病了以后，还记得你吗？我是说，她知道你长大了吗？不是八岁、十岁，是二十岁。”安赫的声音很轻，语速很慢。

那辰看了他一眼，他不知道安赫为什么要问这些，他从来没想过，但这突然被问起的细节，却让他一阵难受。

“发作的时候不记得，偶尔清醒的时候大概会知道。”那辰回答得有些吃力。

安赫没有说话。

那辰妈妈在久远的小学时期对那辰的称呼，让那辰一直到现在还会牢牢抓着不放。

安赫不清楚那辰对他妈妈是什么样的感情，依恋还是渴望，或者是害怕，也许是迷茫，这些东西跟这个称呼一起，把他困在那段日子里。

欢迎光临小辰辰的秘密基地。

欢迎光临小辰辰的家。

"那辰，"安赫停下了，从那辰手里又拿过那个存钱罐，"生日快乐。"

那辰愣了愣："谢谢。"

安赫把存钱罐重新放回他手里。"生日快乐，大七。"

"谢谢。"那辰笑了笑。

"不想回去，对吗？"安赫看着他。

"嗯。"

"想去我那儿？"

"嗯。"

"跟着我，有些话你得好好说，"安赫转身跟他面对面站着，"安赫，我不想回家，我能去你那儿待会儿吗？"

那辰皱皱眉，犹豫了一下："安赫，我不想回家，我能……去你那儿待会儿吗？"

"这不结了，"安赫笑笑，"走吧。"

一路走回安赫那儿，俩人都没再说话，安赫是因为冷，全身都被吹僵了，上下牙都跟被粘上了似的分不开。那辰倒是看不出冷不冷，安赫只觉得他有些走神。

一直到走出电梯，拿出钥匙开门的时候，安赫才觉得稍微暖了一点儿。他推开门，屋里所有房间里都开着的灯让他一下踏实下来了。"没收拾，有点儿乱。"

"你怕黑啊？"那辰进了屋，站在客厅里往四周看着。

"不怕，你坐。"安赫进了厨房，转了一圈又出来了，他本来想找点儿喝的招待那辰，结果发现除了凉白开，什么也没有。他只好拿了个杯子问那辰："喝水？"

"有牛奶吗？"那辰很随意地问了一句。

"没有。"安赫举着杯子。

"啤酒？"

"没有。"

"咖啡？"

"没有。"

"那有什么？"那辰坐到沙发上靠着。

"水，"安赫指指凉水壶，"而且是凉水。"

那辰看着他，笑了起来。"你这日子怎么过的？"

"要不……"安赫突然想起来上回买来做果茶的材料还有多的，"你弄壶果茶？我这儿有材料。"

安赫把果茶材料都摆到了桌上，看着那辰："齐吗？"

"齐。"那辰手撑着桌子看了半天，最后慢慢抬起头，一抹笑从嘴角慢慢泛起，"安赫，你承认自己是个生活废物了吗？"

"煮不煮？"安赫指着材料。

"煮，"那辰笑着点点头，往厨房走，"拿过来。"

安赫站在那辰身边，这是他买了这套房子以来，厨房里第一次有人这么熟练地用着他那些加一块儿没用过十次的刀具和成套的玻璃碗。

在安赫刀下大小不一的菠萝丁从那辰手里出来的时候都变成了漂亮整齐的小丁，看上去很可爱。

"放壶里。"那辰指挥他。

安赫洗了手，把菠萝丁都捧了起来。"这么点儿就够了？我上回放了俩菠萝。"

那辰看着他的手。"安老师你手挺漂亮，一看就是不干活的人。"

"谢谢啊，"安赫也看了看自己的手，"都这么说。"

那辰笑了。“会弹琴吗？”

“会弹《小星星》算吗？”安赫把菠萝丁都放进了壶里。

那辰没说话，盯着他看了一眼。

“干吗？”安赫莫名其妙地也看着他，“可以煮了？”

“还没。”那辰笑笑，慢条斯理地打开果酱瓶子，往壶里加了点儿百香果酱，又扔了两片柠檬，“你自己煮出来什么味儿？”

“耗子药味儿，”安赫靠在一边看着，“都让我学生喝了。”

“你东西放太多了，”那辰抱着胳膊盯着放在电磁炉上的茶壶，“一样一点儿就够，就像这样。”

“要守着吗？”安赫觉得头有点儿发晕，在外面吹着风没感觉，回来暖暖的空气一裹，人就有点儿发软，想趴沙发里窝着。

“我守着就行。”那辰看了他一眼，“我喜欢看。”

“看什么？”安赫刚想往客厅走，听了这话又停下了。

“什么都喜欢看。”那辰转身从餐厅拿了两把椅子过来，“我就喜欢厨房，有人在做饭做菜煮东西的厨房。”

“是吗？”安赫坐到了椅子上，俩人并排冲着电磁炉。

“你除了会烧开水，还会别的吗？”那辰拿了个长勺子在壶里轻轻搅了搅，菠萝丁和小颗的百香果籽在水里转动着，上下浮沉。

“煮面，”安赫想了想又补充了一句，“方便面。”

“有面条吗？方便面也行。”那辰笑了笑，“明天早上我煮面给你尝尝。”

“什么都没有……”安赫说出这话的时候有点儿郁闷，是的，他这里什么都没有，冰箱是空的，炉灶也永远是凉的。

“没事，我去买。”那辰舔了舔勺子，往壶里加了几粒冰糖。

“那多不好，让客人做早餐还带买的。”安赫靠着椅背。

那辰没说话，继续盯着壶。

安赫懒洋洋地靠着。

这句话说得很随意，但“客人”两个字还是一下让那辰感觉到了安赫身边包裹着的看不见摸不到却无时不在的谁也无法打破的防卫。

“一会儿想洗个澡吗？”安赫问，“看守所里不能洗澡吧？”

“嗯。”那辰盯着壶，“是拘留所。”

“我去放水。”安赫站起来进了浴室，在里面提高声音问他，“你是出了什么事被拘留的？”

“就是飙车，警察隔几个月就会去抓一次，我这回被好好教育了，以后肯定老实，放心吧。”那辰听着浴室里的水声，“泡澡？”

“你不泡就淋浴。”安赫走出来，“我泡会儿。”

“我要泡。”那辰说完了又有点儿担心，怕安赫会拒绝。

“那就泡。”安赫拍了拍他的肩，回了客厅，躺到沙发上打开了电视。

果茶煮好之后，安赫总算用上了跟这个壶配套的那几个漂亮的玻璃茶杯。

那辰煮果茶也就是正常步骤，东西弄好了往里一扔，但喝起来的味道却跟自己弄的完全不同，闻着都很香。

那辰趴在桌上，把玻璃杯顶在自己鼻尖前一圈圈转着。

安赫喝完一杯他还一口没动，一直转着杯子。安赫放下杯子，刚想说话，那辰突然看了他一眼：“你手机里，我号码存的什么名字。”

“……假发。”安赫笑笑，摸过手机放到了他面前，“你改吧。”

那辰拿过手机，安赫的手机锁屏和桌面用的是系统自带的图片，小溪流水花啊叶子什么的，看着没什么意思。

“你手机跟老头儿用的一样，没劲。”那辰“啧”了一声，打开了电话本，里面的分类也很正经：同事、同学、朋友、学生、家长、外卖……

那辰自己的手机电话本没分类，反正一共也没几个号，所有号码都堆在一块儿。

看着安赫的这些分类他有些犹豫，不知道自己是在哪个分类里，朋友？还是……家长？

来回划拉了好几下，他看到未分类里只有一个号码，他的手指落了下去，点开了。

假发。

“我为什么没分类啊。”那辰点开自己的号码，把假发俩字删了，打了个小字，又停下了。

“不知道分在哪类里合适。”安赫点了根烟叼着。

“我能帮你加个分类吗？”那辰想了想又把“小”字删掉了，打了个“那”字，想想又删了。

“嗯，随便。”安赫点点头。

大七。那辰把名字输好，又加了个分类，把自己的号码放到了这个分类里，把手机递回给了安赫。

安赫看了看名字，觉得那辰大概是明白了自己之前在街上那些问题的意思。

新的分类是“最可爱的”，安赫看乐了：“最可爱的大七？”

“嗯。”那辰拿起果茶喝了一口，指着自己的脸，“你不觉得我可爱吗？”

“有时挺可爱的。”安赫看了他一眼。

“什么时候不可爱？”那辰似乎有点儿不服气，在杯子上敲了几下，“说出来让我反驳一下。”

“不会说话的时候。”安赫不急不慢地说，“你要知道，小狗都能正确表达自己的需求。”

“我不是小狗，”那辰眯缝了一下眼睛，手指在自己唇上点了点，“我是小豹子。”

安赫很快地转开了视线。

“你晚上一般都干什么？”那辰笑了笑，转过头看着电视，“就看电视吗？”

“看电影，睡觉，泡澡。”安赫想了想，自己晚上是怎么过的还真不清楚，迷迷糊糊就在无聊当中混过去了。

“泡澡也算？”

“嗯。”安赫点点头，泡澡也算是晚上的活动吧。

“我以为你没事就去泡吧呢，老能碰见你。”那辰站起来趴到了沙发上，“你的沙发真舒服。”

“有时候去。”安赫过去把自己的外套从他身下扯出来扔到一边，“你呢？”

“不知道。”那辰把脑门儿顶在胳膊上趴着，声音有点儿闷，“乐队没事我就没事，待着。”

安赫沉默了一会儿，从茶几上拿了张白纸放到桌上：“会画画吗？”

“会画火柴棍小人。”那辰偏过头，露出一只眼睛，“干吗？”

“做个小游戏，”安赫拿了支笔，“你画张画我看……”

“不画。”那辰打断了他的话，突然从沙发上坐了起来，盯着他，“是想让我画‘房树人’，然后分析一下我的心理？”

安赫看着他没说话，最后笑了笑把笔放下了。

他是想让那辰画“房树人”来着，只是他忽略了那辰因为他妈妈的病，对这些应该很熟悉。

而且似乎还很……抵触。

“有不穿的衣服吗，我去洗澡。”那辰又倒回了沙发上。

安赫进卧室拿了自己的一套睡衣，又找了条新内裤给了他，那辰抱着衣服进了浴室。

安赫刚想坐下来，他又从浴室里出来了。“安老师。”

“嗯？”安赫应了一声，“水不够热？”

“够热。”那辰说，“浴室里的笔记本电脑我能开吗？”

安赫坐下，拿着遥控器换了个台。“能，开吧。”

那辰回了浴室关上了门，安赫拿着遥控器对着电视一通换台，看着电视屏幕上不断跳动的画面，他感觉很愉快。

不过还没愉快多久，他就听到了从浴室里传出来的巨大恐怖电影声。

安赫小声骂了一句，往浴室那边看了一眼。

不知道那辰是不是故意的，估计是把片子的音量开到了最大，尽管电视正好停在戏曲频道上，可安赫还是在一片锣鼓点中清楚地听到了。

“大七！”安赫在客厅里喊了一声，“小点儿声！”

浴室里的动静一点儿没变。

“……神经病。”安赫叹了口气，盯着电视机。

“舒服。”那辰穿着他的睡衣，扣子也没扣，拿着条浴巾擦着头发走了出来，“我帮你换了水，这浴巾能用吗？”

安赫看了他一眼，转开了脸。“这是我擦脚的。”

“瞎说，”那辰笑了，“你用浴巾擦脚啊。”

“要吹头发吗？吹风机在我屋里桌上，”安赫指了指自己卧室，“自己拿吧。”

“安赫，”那辰说，“你还看恐怖片啊。”

“你吹头发去。”安赫从沙发上蹦了起来，跑进卧室里拿了睡衣，也没理那辰，直接进了浴室。

·第八章·

过往

安赫打开了卧室柜子，想找个小被子给那辰。

那辰看到了他柜子里的衣服，扯了一套出来，抖着衣服说："你什么品位，大红的，还 8 号……"

"以前学校的队服。"安赫从柜子里拿出一床小被子，扔到床上。他这儿没有准备客房，出于待客之道，他不能让那辰睡沙发，但他自己也不想睡沙发，所以都睡床。

"篮球队？你还打篮球啊？"那辰把衣服举起来，看到了正面印着的某师大的名字，"我以为你就泡电玩城呢。"

"那是我高二以前干的事。"安赫把被子铺好，拍了拍，"你睡外边还是里边？"

"我睡里边。"那辰想也没想就说了一句，"你高二以后就改邪归正了？"

安赫没说话，坐在床边似乎有些出神。

那辰坐到了他身边。"不睡？"

"睡。"安赫像是猛地回过神来，掀开被子钻了进去，关掉了屋里的灯，"你睡里边吧。"

“外面的灯不关？”那辰撑着胳膊往卧室门那边看了看，门缝里还能透出客厅的灯光。

“不关。”

那辰安静地躺着，屋里只能听到两人起伏的呼吸，不过呼吸都挺精神，一听就知道俩都没睡着。

“你怕黑？”那辰轻声问。

“不怕。”

“那为什么不关灯？”

“你睡不睡？”安赫叹了口气，“你在看守所待好几天，还这么精力旺盛？”

“拘留所。”那辰纠正他，“你是不是……怕一个人待着？开着灯就觉得不是一个人。”

安赫没出声，过了很长时间才动了动，抬起胳膊枕在脑后。“大概吧。”

其实家里永远都有人，很多人，每次安赫回家都能看到一屋子乌烟瘴气的人，听到不绝于耳的麻将声，但他还是觉得孤单。

妈妈就坐在那里，却似乎不属于他，眼里只有输赢，而爸爸，就更遥远了。

他孤单地待在这些或陌生或熟悉的人影里，自己吃力地面对所有生活里会出现的事，老妈几乎不会给他除了耳光之外的任何关注，哪怕只是开个家长会，都能让他在家门口蹲两个小时，反反复复演练着该怎么跟老妈开口能不挨揍。

他就是想要一个干净清爽的家，有明亮温暖的灯光，有电视的声音，有饭菜的香味儿，一个眼睛里有他的妈妈和一个能……见得到的爸爸。

这是奢望，他这辈子也不可能拥有，但他一直觉得自己可以让自己的孩子拥有这样的家，温暖的可以依靠的家。

“安赫。”那辰在他旁边轻轻叫了一声。

“嗯？”安赫猛地从回忆中抽离出来，瞬间整个人都有些空。

“你怎么了？呼吸不对。”那辰凑过来借着微弱的光线看了看他的脸。

“没事。”安赫笑笑，“你还能听懂呼吸啊，真玄乎。”

“我妈，”那辰犹豫了一下，“我妈以前，每次发病……心情不好的时候，呼吸都会变，我能听得出来。”

安赫转过头，那辰的话让他忍不住侧了侧身：“是吗？”

“真的。”那辰点点头，说得有些吃力，“她……我一开始听不出，但是……我得听出来，要不没有时间……躲开。”

安赫看不清那辰的表情，但他平静却又有些犹豫的声音让人觉得压抑。

“你妈妈……打你吗？”安赫试探着问了一句，想起了那辰脖子上的那道伤痕。

“小时候她没怎么打过我，”那辰吸了口气，把胳膊枕到脑袋下面，“我妈特别温柔。”

安赫扯了扯枕头，没说话。

“你困吗？”那辰问他。

“你说说吧，我听着。”安赫把手伸到床头柜上摸到烟盒，“你要烟吗？”

“不怕把被子点着？”那辰笑笑。

“你中风了，抽个烟能把被子点着。”安赫拿过烟递了一根给那辰，又拿了个大铁月饼盒放到了被子上，“用这个你要还能弹被子上，明天我出钱带你去医院。”

那辰点着了烟，靠在床头，似乎是在回忆，沉默了挺长时间之后才开口：“我妈特别温柔，唱歌唱戏都很好听，还会弹钢琴，也喜欢小提琴，我姥姥一直说我妈大概是哪个仙女投错胎了，反正我几个姨和我舅都特别……”

特别什么，那辰没说，安赫想说仙女大概不投胎，但那辰喷了口烟又继续说了下去：“我妈连跟我大声说话都没有过，我要是做错了什么事，她只会哭，特别难受地哭。”

“做错了什么？”安赫皱皱眉。

“不知道，”那辰说得很犹豫，盯着烟看了半天才说，“很多时候是因为我没听懂她弹的曲子。”

“没听懂是什么意思，不知道是什么曲子？”安赫追问。

“就是……没听懂这曲子要表达什么，”那辰狠狠地抽了口烟，“或者是她想表达什么。”

“那时你多大？”安赫不确定自己对那辰妈妈的判断是不是正确，但心里已经有了大致的轮廓。

“还没上学的时候。”那辰屈起一条腿，手在膝盖上一下下敲着节奏，“我要是听不明白，她就会哭，一直一直弹下去。”

那辰的声音低了下去，手在腿上敲得很快。“一直弹一直弹，我不能走开，我要是想走开，她就会用绳子把我捆在钢琴腿上，一直弹一直哭……”

安赫看了看那辰的手，发现他的手抖得很厉害。

“那辰……”他开口想要暂时换个话题。

但那辰打断了他：“我也哭，我特别着急，为什么我听不懂，我想听懂，我想看到她笑，但我就是听不懂，听不懂，就觉得头疼。她每弹一个音，我就疼一下，跟榔头砸似的……”

“那辰，”安赫坐了起来，把两个人的烟都掐灭了，盒子扔到一边，回手又拍了拍那辰的肩，“先不说了。”

“其实我一直到现在也不懂，”那辰没有停下，语速很快地说着，“她唱的歌，她唱的戏，她弹的曲子，她说的话……我都不懂，全都烙在我脑子里了，但我还是不懂！”

“大七，”安赫打开了床头灯，淡淡的暖黄色充满了房间，他看着那辰的眼睛，“每个人的表达方式不同，这不是你的错。”

“可她是我妈！”那辰突然提高了声音，“我听不明白我妈的意思！”

“我知道她是你妈，”安赫抓了抓他的肩，声音很稳地说，“但是她病了，她没有办法让你明白，这不是你的错，她是病人。”

那辰停了下来，呼吸有些急，视线落在安赫身后的某个地方，过了一会儿才轻轻说了一句：“是啊，我妈疯了，那时她就已经疯了，只是谁也不承认。”

“没有谁会轻易承认自己的亲人有精神疾病。”安赫说，拍了拍那辰的背。

他突然觉得很累，面对着迷茫挣扎着的那辰，面对那辰阴暗的过去，他觉得透不过气来。毫无疑问，那辰有心理问题，但他却不知道该怎么去疏导，他面对着那辰时，有太多的个人感情，做不到完全抽离自己，也就没法做出正确的判断。

就算抛开这些不算，那辰面对他妈妈这么多年，对心理学这些东西的认知绝对不是空白，自己之前只是说了画张画，还没说画什么，那辰就已经敏感地反应过来是“房树人”，而自己也能清楚地感觉到那辰的抗拒。

“姥姥说我也会疯的，就跟我妈一样。”那辰突然笑了笑，低下了头，“我以前还挺害怕的，不过后来想想也没什么，我要是也疯了，我就能明白她的意思了。”

安赫没有说话，他曾经因为那辰的特立独行和某些方面感同身受而愿意容忍那辰的接近，但现在他却发现，那辰远比他想象的要复杂，那辰痛苦而纠结的过去正把他一点点往下拉，他跟着那辰忽起忽落的情绪一点点地向他极力想要摆脱的灰暗里沉下去。

他现在甚至连最浅白的安慰的话都说不出来，那辰似乎哪里都是伤，也许就连最简单的触碰都会让他疼。

“你饿吗？”那辰突然抬起头看着他。

“不饿，”安赫愣了愣，“刚吃完不到两小时你又饿了？”

“说话说饿了，”那辰按按肚子，“怎么办？”

“……蒸饺吃吗？”安赫有些无奈地下了床拿过手机，“拌面？”

“沙县吗？”那辰挺有兴趣地问。

“你还知道沙县呢？不是沙县，这个时间就小区后面那个小吃店还送餐了，你吃我就叫他送过来。”安赫看了他一眼，之前包裹着那辰的那些让人窒息的压抑情绪已经看不到痕迹了。

“吃，有汤吗？”那辰抱着被子。

“还挺讲究，要什么汤啊？都是小盅的那种。”安赫把送餐的电话找了出来准备拨号。

“鸽子汤。”

“你怎么不要燕窝啊！贵妃！”

“有吗？小安子，”那辰笑了起来，“他家手艺怎么样？”

“我吃着都一个味儿，不过他家没事就搞创新，情人节的时候还有双人快餐呢。”安赫拨了号，跟老板要了两份蒸饺，两盅鸡汤，一份拌面，再看那辰的表情似乎胃里的空间挺富余，于是又要了份皮蛋瘦肉粥。

那辰看着他挂掉电话之后问了一句：“你情人节跟谁去吃双人快餐了？”

“跟我看不见的情人。”安赫打开门到客厅里倒了杯果茶，本来挺困的，被那辰那么一折腾，瞌睡没了，酒也醒得差不多了。他顺手打开了电脑。“你看片吗？”

“什么片？”那辰跟了出来，“又是恐怖片吗？你这什么爱好。”

“看不看？”安赫又问。

“看，你想看什么我就跟着看。”那辰笑笑。

安赫挑了个很老的恐怖片，他估计那辰这年纪应该没看过，这片是他上初中的时候看的了。

“《超少女玲子》？”那辰坐了起来，抱了个靠垫。

“嗯。”安赫点点头，站起来把客厅的灯关掉了，就留了个地灯，然后坐回了电脑前。

片头演完之后，那辰在沙发上叫了他一声："安老师。"

"什么事？"安赫叼着烟。

"你不坐沙发吗？"那辰往旁边挪了挪，拍了拍沙发。

安赫乐了，按了暂停，回过头来看着那辰说："你是不是害怕？"

"我冷，"那辰抱着靠垫缩了缩，"过来挤挤呗。"

"一会儿送餐的就来了，吃完你就不冷了。"安赫坐着没动，一直看着他乐。

"你笑什么啊！"那辰把靠垫往旁边一扔。

"胆子这么小。"安赫调整了一下姿势，屈起腿靠在了沙发里。

那辰挨着他坐下，抱着垫子缩成一团。"谁还没点儿害怕的东西呢，小时候我姥姥老给我说鬼故事，把我吓哭了，她就乐了，乐得不行。"

"你姥姥……"安赫想说你姥姥这是什么爱好。

"她就愿意给我说。"那辰勾勾嘴角，"她吓不着我表哥表姐，就能吓着我。"

安赫没出声，他发现那辰从来没提过爸爸那边的亲戚，平时聊起的时候都是姨和姥姥什么的，他试着问了一句："许静遥是……"

"我姑的女儿。"那辰说，"一年到头也见不着几回，我都好多年没见着我爷爷了。"

"怎么不去看看？"安赫问，说起来，他自己也有很多年没见着家里的亲戚了，用老妈的话说，有什么可见的，打个麻将都只打两块的。

"没什么可见的。"那辰用手挡着眼睛，从指缝里瞅着电脑屏幕，"我爸当年要娶我妈的时候全家反对，都动手了，再说我爸也不愿意我过去。"

安赫没再问下去，父母和家庭对那辰有多大的影响和伤害，他不想去深究，他怕自己吃不消。

两人都没再说话，沉默地看着电脑。

安赫差不多每天都在看这样的片，恐怖的，压抑的，现在这片对他来说，感觉不太大。

那辰估计是不常看，挨着他越来越近。

电影里，无人的琴房里传来钢琴声，镜头转过去的时候，钢琴上盖着的布轻轻滑了下来。

门铃在这时被按响了，那辰大喊了一声从沙发上蹦了起来。“啊——”

安赫没被电影吓着，倒是被那辰这一声吼吓得差点儿跟他含泪相拥了。

“你……”安赫推了推他，“送餐的来了。”

那辰看了他一眼，跳过去把视频给关掉了。“不看了！”

“嗯。”安赫笑了笑，起身去开门。

门外站着的小吃店老板很警惕地往屋里扫了一眼。“没什么事吧？”

“没，看恐怖片呢，正好你按门铃。”安赫把钱递过去。

“大晚上的……”老板“啧”了两声，接过钱走了。

安赫把送来的吃的都拿到厨房，倒在碗里，摆在桌上，看了看窝在沙发里的那辰。“吃吗？吓得不饿了？”

“一会儿换个喜剧缓缓吧。”那辰过来坐下，拿起筷子。

安赫把汤推到他面前。“吃完就不怕了。”

那辰看着这些吃的，举着筷子半天都没动。

“怎么了？”安赫问。

“我挺喜欢坐在家里桌子旁边吃饭的感觉。”那辰笑了笑，低头喝了口汤。

“是吗，我也喜欢。”安赫夹了个蒸饺放进嘴里，慢慢嚼着，咽下去之后低声说了一句，“不过很久都没这样了。”

或者说，基本就没这样过。

“那你平时怎么吃？”那辰问他。

“就那么吃，泡个面，叫个外卖，就在电脑跟前吃了。”安赫笑着说。

“太对不起饭菜了！”那辰皱皱眉，“不过这东西味道也不怎么样，不如我做的好吃。”

“是吗？”安赫看着他，那辰煮果茶的手艺不错，做饭是什么样就不知道了。

“趁开学之前去我那儿吃一次吧，我给你做，都说了两回了也没做成。”那辰放下筷子，很严肃地说，“安赫，我想请你吃我做的菜，你来吗？”

安赫正要夹蒸饺的筷子停下了，半天都没说话。

“去不去啊？”那辰看他不说话，又追了一句。

理智上安赫觉得不应该去，正常情况下他不可能跟那辰“这样的人”交朋友，这种跟瞎混一样的日子并不健康，何况他也不是太拿得准那辰的想法。

一个孤单的小孩儿？

需要一个一起玩的伴。

安赫拿起碗喝了口汤，想要跟那辰说再过两天就开学了，没有时间出去，一抬眼就跟那辰的目光对上了，那辰眼睛里一点儿也没有掩饰的期待把他这句话堵在了嘴里。

期待某个人，期待某件事，安赫很了解这种感觉，就像他跟老妈说想去公园玩的时候一样，满是期待，等着老妈点头。

但后来也就再也不会抱着这样的期待了，期待落空比没有期待更让人难受。

“我看看。”安赫犹豫了一下说，拿过手机打开了日历，刨去围观刘江女朋友聚会的那天，开学前只有两天空闲了，“后天？”

“行。”那辰打了个响指，“你想吃什么？明天我去买菜。”

“龙肉。”安赫对自己的犹豫不决挺郁闷。

“没问题，”那辰把衣领拉开露出了肩膀，“吃吧。”

安赫笑着看了他一眼。“后天炖好了给我准备着。”

“嗯。”那辰点点头，“还有什么？”

“随便吧，你拿手菜来几个就行，我吃饭不挑，能吃饱就成。”

吃完夜宵，那辰也没再看喜剧，进了浴室说洗个脸准备睡觉，没两秒又扭头出来了。

“都不敢一个人洗脸啊？”安赫收拾着桌上的碗筷。

“你有牙刷吗？”那辰问。

“小吊柜里有把新的。”安赫说。

那辰转身进去了，没两秒拿着牙刷又出来了。“这跟你那把牙刷是一样的啊？”

安赫看了看他手里的牙刷。“怎么了，买一送一，一把的钱买两把不行吗？反正一个月就得换了。”

“没说不行。”那辰笑笑，转身进去刷牙了。

安赫把碗洗完放好，那辰已经洗漱完进屋了，他走进浴室，看到那辰把那把牙刷放在了他的杯子里。

俩牙刷并排站着，非常整齐，一看就像是军训训练过的牙刷，那辰怕不是强迫症。

回到卧室的时候，那辰已经躺好了，看样子是已经睡着了。

安赫刚把灯关了，那辰却又开口了。

“安老师。”那辰说。

“嗯？”

“不聊会儿了吗？”那辰说，“睡前故事会不进行一下怎么睡得着？”

安赫把灯又打开了。“故事会？”

“就是胡扯。”那辰闭上了眼睛。

这么待了一会儿，也没听那辰扯出什么来了，安赫渐渐感觉到了困意。

那辰这会儿才半睡半醒地说了一句：“安赫，你真挺老谋深算的……”

安赫没明白这话的意思，没有出声。

“我什么都说了，”那辰的声音也有些迷糊了，越来越低，“你什么都不说。”

早上醒的时候安赫觉得特别憋闷，身上跟被压了石头似的，他挣扎着睁开眼睛，发现那辰已经不在床上了。

“唉，”安赫伸手把身上的被子掀了下去，立马松快了，“睡得挺晚，起得倒是挺早……”

他又躺了两分钟，拿过手机看了看时间，八点了，他下床伸着懒腰走出了卧室。

那辰没在客厅里，昨天拿出来想让他画“房树人”的纸放在餐桌上，安赫过去拿起来看了一眼，上面是那辰的留言——“我去买早饭材料了”。

他挑了挑眉毛，那辰的字写得相当漂亮，一看就知道是练过的，张扬有力，赏心悦目。

不知道那辰是几点出去的，但安赫刷牙洗脸收拾床全弄完了，从八点等到八点四十，那辰都没回来。

种菜种粮去了吗？！安赫知道那辰不爱接电话，但还是拿出了手机，拨了“最可爱的大七”的号，他总得知道这人留了张字条就从他这里出去快一个小时不见人影是怎么回事。

“我和我的祖国，一刻也不能分割，无论我走到哪里，都流出一首赞歌……”

那辰的手机铃声在他身后响起，他回过头，看到了扔在沙发上的手机，只得挂掉了电话。

“我和我的祖国，一刻也不能分割，无论我走到哪里，都流出一首赞歌……”

电话又响了起来，安赫吓了一跳，看了看自己的手机，已经挂掉了，于是走过去拿起那辰的电话看了看。

显示的名称是“雷哥”。

大概是那辰的朋友，他把手机按了静音，放到了桌上。

客厅里的窗帘全被拉开了，早晨的阳光洒到靠窗的躺椅上，颜色倒是挺好看的，都是淡金色，比中午时要漂亮，但安赫还是过去把窗帘又都拉上了。

窗帘刚拉好，那辰的手机又响了，还是雷哥。

安赫再次按了静音，没过两分钟电话再次响起，依旧是雷哥。

安赫反复按了四五次静音之后开始有点儿担心，这人这么一个接一个不喘气地打过来，该不会是有什么急事吧？

虽然他最不愿意的就是帮人接电话，但这电话连续不停地响了已经快十分钟，他脑浆子都快沸锅了，只得过去接起了电话。

还没等他开口说那辰不在，那边已经传来了一个男人暴怒着吼出来的声音：“我弄死你信不信！”

安赫被吼愣了，没说话。

“你说你不愿意接电话，给你发短信你倒是回啊！玩我呢?！”那边继续吼，也没留给安赫开口的机会。

安赫等他吼累了没声音了才有些尴尬地说了一句：“那辰没带手机。”

那边顿了顿：“你谁啊？”

“他朋友，你晚点儿再打吧。”安赫说完准备挂电话。

“他哪个朋友？叫什么名字？”那边问。

“你不认识。”对方语气里的随意和轻视很明显，这让他相当不舒服，说完这句就把电话给挂了。

快九点的时候，门铃被按响了。

安赫从沙发上跳起来过去开了门，看到那辰拎着两大袋子东西站在门外。

“怎么这么久？你买个早点买出国去了吗？”安赫接过他手上的大袋子放到桌上，发现有个袋子里居然有一袋大米，“你买米干吗？”

“我教你个特别简单的方法，可以有菜有饭，不用吃泡面。”那辰兴致很高地把东西一样样拿出来，除了一袋米，还有个中号的保温壶，“大七秘制保温壶饭。”

“什么？”安赫没听懂。

“你头天晚上烧点儿开水，把米和菜啊肉什么的都扔壶里，开水倒进去盖上盖子，第二天打开就能吃了，我姥姥教我的，特别方便，白痴都能做出来。”

安赫看了他一眼没说话，他又补了一句：“别老吃方便面，有防腐剂，吃多了你死的时候我烧你都费劲。”

“闭嘴。”安赫皱皱眉，想起了那辰的那个什么“火化机原理与操作”的课。

“我买挂面了，给你做个西红柿鸡蛋面吧，吃完我就走了，今天乐队排练。”那辰很麻利地把菜都拎到了厨房，挽起袖子准备洗西红柿。

“刚有个叫雷哥的给你打电话了，打了几十个，我怕这人有急事就帮你接了。”安赫跟进了厨房。

“他没有正事，更不会有急事。”那辰笑了笑，“他说什么了没？”

“没，就骂了你一通，说你不接电话，发短信也没回什么的。”安赫站到那辰旁边看着他熟练地切着西红柿，“你这朋友吃枪药长大的吧。”

“更年期。”那辰“啧”了一声，“跟我爸差不多大了，该更了。”

“你还有这样的朋友？”安赫看了他一眼，跟爸爸年纪差不多大的朋友？

“算是朋友吧，”那辰想了想，“我管他叫哥，他——你拿锅烧点儿水吧。”

“好。”安赫接了锅水放到灶上烧着。

关于雷哥，那辰没有再说下去，他也没问，那辰的事，他轻易不敢多问，不知道哪一句就能让自己很长时间情绪压抑。

那辰做的西红柿鸡蛋面很好吃，出乎安赫的意料，光是在客厅闻到香味儿的时候他就忍不住喝了半杯水。

那辰把面端出来给他的时候，他都没客气，拿过来就开吃。

“怎么样？”那辰勾勾嘴角，“年纪大了就是不行，昨儿晚上也没通宵，还吃了夜宵，现在还能饿成这样。”

“吃你的，我记得你原来话挺少的，现在怎么这么多话？”安赫没抬头，“味道挺好，比门口小吃店的强。”

吃完面条，那辰也没多留，穿上外套就走，临走的时候又交代了一遍：“后天，别忘了，我过来接你去车场。”

“嗯，你走路过来，开我车过去就行，要不你还得送我出来。”安赫点点头。

那辰看着他没说话，过了一会儿才点点头，转身走出去带上了门。

那辰很敏感，安赫知道自己这句话会让他有想法，但他的确是不愿意再跟那辰走得太近了，拉开距离这种事越快越轻松，大家都不会有太多纠结。

今天还是在李凡家的地下车库排练，这车库租下来就没停过车，就是为排练用的，虽然他们一个月也就排练那么几次，一边排还一边聊天扯淡。

有时候那辰也会一个人过来，他的鼓放在这儿，他偶尔无聊了会过来一个人敲一会儿，当作发泄。

他到车库的时候，乐队其他的人都已经到了，正蹲地上围成一圈聊天。

“下周沸点三场啊，”李凡看到他进来，扔过来一根烟，“都记着点儿。”

“你记着就行，团长不就干这个的嘛。”严一笑着说。

“人齐了，”李凡站起来拍了拍手，“开工。”

自打上回唱完《草原一枝花》之后，李凡就爱上了各种广场舞曲，这回非得加上首《火火的姑娘》。

“什么嚯嚯的姑娘？”那辰站在鼓旁边，半天没听明白。

“火！火火的！姑娘！”李凡清了清嗓子，“给我一匹骏马，我越过高高山岗，换上我的红妆，我一路放声歌唱……”

几个人听一半全乐了，大卫刚点的烟笑得掉地上了，捡起来抽了一口又接着乐。“凡哥，我们会被赶下台的。”

“笑什么笑啊，一点儿情趣都没有。”李凡一脸严肃地绷着。

“妈呀，”那辰没笑，靠着墙接着唱了下去，“天地间，一幅画，我在画的中央，我是草原上，火火的姑娘……是这个？”

“对头！就这个，唱不唱？”李凡一挥手。

“唱。”那辰一抛鼓槌，一串鼓点从他手下蹦了出来，“谱呢？”

“咱改名吧，”东子抱着贝斯，一脸伤感，“改名叫杀非，点，广场鸟。”

“给解释解释？”李凡很有兴趣地凑到他面前。

“杀马特非主流广场舞鸟人乐队。”东子一个字一个字地说了一遍。

“我去，高端，还是缩写。”严一鼓了鼓掌。

“‘点’是什么？”那辰问。

“‘点’就是‘点’，‘杀非’和‘广场鸟’中间的一个点！就跟老外名字中间加个点一样，显得洋气！”

那辰没说话，抬手啪啪一阵鼓掌。

“行了，回回排练之前都说一小时废话！”李凡拿过吉他扫了两下，“开工！广场鸟们！”

排练的时候这几个人都还是很认真的，一旦开始，就都能进入状态，中间都没怎么休息，练到了一点多，矿泉水瓶子扔了一地。

“涮羊肉吧今儿？”李凡一边收拾一边回头问那辰。

这几个人里，那辰年纪最小，就他一个还在上学的，情绪又多变，所以有什么他都会先问那辰。

“行。”那辰搓搓手，其实他一点儿都不饿，早上面煮多了。

“那走，涮羊肉！”

吃饭的时候那辰没怎么下筷子，李凡给他夹了点儿羊肉到碗里。“怎么了？”

“早上吃撑了。”那辰摸摸肚子。

“吃什么了？你平时早上不都吃水果的吗？”李凡知道那辰的习惯，早上就是牛奶加水果。

“面条。”那辰犹豫了一下，“今儿早上在安赫家吃的。”

“我……”李凡筷子里夹着的羊肉掉回了锅里，他赶紧一通捞，没捞着。

“怎么了凡大人？”对面大卫问了一句。

“没事没事，吃你们的。”李凡又夹了一筷子羊肉放在锅里涮着，偏过头小声跟那辰说，“你怎么还跟他混一块儿呢？不跟你说了这人摸不明白离远点儿吗?!”

那辰没说话，捏了根蒿子秆放在嘴里嚼着。

“你跟哥说，你跟他混一块儿就为寻找温暖吗？”李凡把羊肉夹到碗里，裹着芝麻酱一圈圈地转着。

那辰笑了笑，喝了好几口酒之后才说了一句：“我不知道，就是想跟他待一块儿，这算寻找温暖吗？”

“我也不知道你这算什么想法，咱就算你是吧，你也有个交朋友的样子啊，你现在跟他这什么节奏啊？”李凡有点儿无奈，“他那人本来就不好接近，你再给他弄个不真诚的感觉，你有什么想法也没用。”

“嗯？”那辰拿着杯子轻轻晃了晃，酒在杯子里转出个小漩涡。

李凡没再说话，那辰也沉默着。

他虽然从来没有对谁有过像对安赫这样的信任感，也弄不清这到底算不算是信任，但还是知道现在他俩恐怕连真正的朋友都谈不上。

只是他根本不知道还有什么方法能让安赫对他解除防备。

或者说，他也许并不需要安赫对他不设防，只想跟他能接近一些就行，哪怕只是聊个天。

一直到吃完涮羊肉出来，那辰也没琢磨明白。

吃完饭一帮人都不愿意散，说是去李凡家窝着打牌。

“我走了。”那辰说了一句，转身拦了辆出租车。

“那事你也想想吧。”李凡挺担心地追了一句。

“什么事？”那辰拉开车门，转过头挑起嘴角，“你要给我上课的事吗。”

“……你大爷。”李凡指了指他不知道该说什么了。

那辰跳上车关了车门，跟司机说了雷波画廊的地址。

雷波给他发的短信他看了，让他中午过去吃饭来着，碰上个节啊假的，雷波都会请他吃饭。以前他过年没地儿去的时候，不管他愿意不愿意，雷波都会带着他出去吃饭。

不过今天他没回短信，雷波肯定得发火。

走进画廊的时候，服务员见了他就往楼上指：“刚摔了椅子。”

“我去堵枪眼儿。”那辰笑了笑，顺着楼梯走了上去。

雷波办公室关着门，他过去推了推，锁了，于是他敲敲门。

“谁！”雷波在里面吼了一声。

“我。”那辰说。

门很快打开了，雷波一看就心情很不好的脸出现在那辰眼前，他走进办公室，雷波把门摔上。“你不接电话也就算了，短信都不回什么意思？！”

“没听见。”那辰说。

雷波在他刚想往沙发上坐的时候一把抓住了他的衣领，狠狠地把他往墙上一推。“那辰，你别在我这儿放肆得过头了！”

“你可以不理我。”那辰皱皱眉。

“你手机呢？”雷波松了手，在那辰身上摸着找手机。

那辰把手机掏出来递给他，雷波拿过手机直接砸在了地上。“你拿着这玩意儿也没什么用！”

那辰走了之后，安赫在屋里坐了很长时间，他都不知道自己是在发呆还是在想事。

厨房里那辰买来的各种调料在架子上放得很整齐，就好像这屋子的主人是个特别热爱生活还特有条理的人。

他把保温壶洗了洗，烧了开水，打算按那辰教的方法做一次保温壶饭。

说实话他连看人做饭都没看过几次，老妈做得最多的是炒饭，偶尔一次做饭都是中午煮一锅饭，炒一个菜，饭多煮点儿留着晚上炒饭。

大概因为操练太少，老妈的饭菜做得都很难吃，那辰随便煮的面条都能秒杀，安赫希望她下厨仅仅只是希望吃到“家里的饭菜”而已。

冰箱里有那辰买的菜，腊肉、香肠、萝卜、白菜什么的，安赫扶着冰箱门对着里面的菜思考了好几分钟，拿出土豆和胡萝卜，还有一块腊肉。

米洗好了放进了保温壶里，该放多少水他不知道，估摸着放了大半壶水，然后把菜和肉切成了奇形怪状的丁和条一块儿扔了进去，再很抽象地放了点儿生抽、味精、盐什么的。

他对用半壶开水能焖熟饭和菜有些怀疑，保险起见，他找了条毛巾把壶给裹了起来然后拿到卧室，塞到了衣柜里。

床上的两床被子乱七八糟地摊着，那辰也是个早上起来不叠被子的主。安赫打算收拾一下，扯着被子抖了两下，一个东西掉到了床上。

是条链子，安赫拿起来看了看，吊坠看上去是颗暗红色的小石子，被打磨得很光滑，不过看不出材质。这是那辰的，安赫把链子放到了桌上，打算吃饭的时候给他拿过去。

被子叠好之后没到一小时，他又重新把被子铺开了，太无聊了，不如睡觉。

这一觉直接睡到了晚上七点多，起床的时候脑袋很沉，整个人都有些发软，屋里黑得厉害，他起来把一个个灯打开的时候，脚下还有些打飘。

睡得太久了，他经常睡下去就醒不过来，最严重的一次睡了两天，起来的时候直接冲进厕所对着马桶吐到天荒地老，要不是难度实在太大，他觉得肠子都快吐出来了。

屋里的灯都亮起来之后，安赫舒服了很多，洗了个脸就进了卧室。

按照那辰提供的时间，衣柜里的保温壶饭应该差不多了，他把用毛巾裹得严严实实的保温壶拿了出来。

打开壶盖的时候，一阵腊肉香飘了出来。

他一阵激动，就跟走在路上踢块石头低头一看顺手就捡到一百块钱似的。

他拿了个大碗把保温壶里热气腾腾的饭都倒了出来，水搁多了，饭有些软烂，但看上去还挺像那么回事的。

安赫夹了一筷子放进嘴里，仔细尝了尝，发现这饭意料之外地相当好吃。

“安大厨你好厉害。”他笑了起来，把碗放到桌上，很正式地坐在桌旁开始吃，吃了几筷子忍不住又说了一句，“好厉害。”

这饭比他平时买的方便米饭好吃，主要是菜可以随便放，安赫决定一会儿出去买点儿鸡翅。

第二天跟林若雪他们几个聚会的时候，安赫把保温壶饭大法告诉了林若雪，结果遭到了鄙视。

“帅哥你这都不知道？”林若雪“啧啧啧”了半天，“小时候我妈就用这个煮粥，开水往暖水瓶里一灌，放上一把米，早上起来就是粥了，还能煮绿豆粥、红豆粥什么的。”

“啊？”安赫愣了愣。

“他不知道正常，”宋志斌扔了根烟给安赫，“他妈不是不做饭嘛。”

“啊对，你妈估计也不知道。”林若雪笑了笑，凑到他耳边小声问，“说，谁教你的？”

安赫犹豫了一会儿，拿起茶杯喝了一口，含糊不清地说：“那辰。”

“那个……小孩儿？”林若雪似乎有些吃惊，“他还知道这种生活技能呢？不过你俩怎么关系就好到人家还给你做饭了？”

“做饭就关系好吗？”安赫没有跟林若雪细说过那辰的事，只是之前提起过几回，这事哪怕是面对林若雪，他也不知道该怎么说，“就那样吧。”

林若雪看出来他不想多说，也没再问，迅速地换了话题：“哎，刘江呢，打个电话催一催，带着媳妇请客吃饭居然迟到！简直是逼着我们当他媳妇面不留情面！”

“我打，不说他女朋友比他大三岁吗？我还等着学习怎么抱金砖呢！”宋志斌一拍桌子拿出电话，“简直是不把我们放在眼里了！”

安赫跟着一帮人傻乐了一会儿，发现林若雪正瞅着他，于是做了个口型：干吗？

“安老师，”林若雪笑着一拍他肩膀，勾着他的脖子压低声音说，“你不觉得你这些年明面上积极向上，背地里趴地上半死不活的日子特别可怕吗？”

“滚。”安赫冲她也笑了笑。

“我昨天碰到老莫的女儿了，说他出院了，恢复得还不错。”林若雪说，“要去看看他吗？”

“去。”安赫点点头。

“不跟我们一块儿去？”

“我自己去。”

林若雪笑了：“就知道你得一个人去。”

老莫是安赫的高中班主任，对安赫来说，这个小老头儿曾经是他最迷茫的那段日子里亮着暖黄色光芒的一盏灯。

安赫中考前老妈说：“就你成天混着的样子念个中专就行了，早点儿出来上班，别老让我白养着你，我又不欠你的。”

但他还是顶着老妈的巴掌和连续一个月的唠叨以及各种听着比扇耳光还难听的话坚持填了普高，他不是犟，也不是有多大潜力想要发奋图强，他唯一的理由是害怕。

害怕中专毕业之后就会被老妈赶出家门，失去他和“家”之间最后的一丝联系。

整个高一他都过得很混乱，抽烟，打架，旷课，去别的学校门口蹲人，全身心投入电玩大业，一直到有一天他在电玩城后门跟人干了一架，叼着烟晃晃悠悠穿过小巷的时候，老莫拦住了他。

“我找了你一晚上。”老莫说。

“找我干吗？吃撑着了就去散步，别烦我。”安赫擦着他身而过，想继续往前走。

“就是在散步呢，”老莫一把拽住他的胳膊，“一块儿吗？”

“撒爪！”安赫看着他，“信不信我揍你。”

“小伙子打老头儿？”老莫笑了起来，摇摇头，“我不信。”

“你快信吧。”安赫抽了抽胳膊，但老莫抓得很紧，小老头儿花白头发，劲却不小。

“你要是这样的人，刚才打架就不会放那人走。”老莫继续笑着说。

“我跟你说，”安赫夹着烟指着他的脸，“别分析我，我不吃这套。”

但老莫大概是拿死了他不会对一个只到自己肩膀的小老头儿动手，硬是拽着他从电玩城走到了护城河，快一个小时的时间里，老莫并没有说几句话，只是抓着他的胳膊不放，最后安赫都走不动了，老莫还健步如飞。

“缺乏锻炼。”老莫说，“你这体质还打架，迟早是被人收拾的命。”

“你大爷。”安赫非常不爽。

“我侧面了解了一下你的情……”

“侧你大爷。”

“安赫你挺聪……”

“聪你大爷。”

“父母对每个人的影响都很大，但父母是父母，你是你……”

“你闭嘴！”安赫终于发了火，狠狠甩了一下胳膊。

老莫被他甩了个踉跄，但还是把后面的话说完了：“用别人的错误惩罚自己，是最傻的行为。”

安赫没说话，老莫指着他的鼻子：“安赫你是个傻子。”

那是安赫第一次被人指着鼻子骂傻子，也是第一次被骂了傻子之后没有发火，也没有动手。

他就像被点了穴一样站在黑得只能看见老莫白头发的护城河边。

风吹过的时候，老莫那为了盖着秃顶而一九分的白发被吹得在黑夜里迎风飘荡，安赫说：“你秃顶了啊莫老师。”

“秃好多年了，你要愿意有什么事的时候跟我聊聊，没准儿我一高兴还能长出几根来。”老莫拿出烟盒，摸出一根，“聊聊？”

安赫已经记不清，自己的改变到底有多少是因为老莫，只知道他有什么事慢慢会跟老莫说，他的家，他的父母，他的恐惧，他的愤怒，他的不解……

现在看来，老莫并没有多么高深的本事，对心理学也没什么研究，凭的只是耐心和愿意倾听，永远不会轻易否定一个人的态度。

毕业之后安赫从来没有跟同学一块儿去看过老莫，他愿意一个人去，跟老莫对着茶盘东拉西扯地聊。

老莫去年胆结石住院了，不让人去看，现在总算是出院了。安赫拿出手机看了看日期，打算开学以后找个周末去看看他。

老莫对安赫来说，很重要。

因为老莫，他考了师大。

老莫说，永远不要让自己不开心的情绪影响到你周围的人，没有人会一直包容你。

这一点他做到了，虽然也许方式有些……不那么对头。

刘江带着个姑娘进包厢的时候，一帮人一块儿举手热烈鼓掌，掌声把安赫从回忆里拽了回来，他有些恍惚，也跟着鼓掌。

“我女朋友，吕叶。”刘江把姑娘介绍给大家，一脸阳光灿烂。

不过吕叶这名字让安赫愣了愣，抬起头看过去的时候，吕叶正好也在看他，两秒钟之后，吕叶指着安赫笑了笑：“安老师？”

“吕老师。”安赫站起来点了点头，吕叶是教科所的教研员，安赫跟她并不熟，只是见过几面。

“认识？”宋志斌挺吃惊。

吕叶笑着坐下了。“安赫上学期的公开课我去参加评课了，课上得特别好，之前不还是全区一等奖吗？”

“哟，没有看出来！”林若雪拍着安赫的肩膀。

安赫笑了笑，没有多说。

吕叶的出现让他突然有种强烈的不安，他看了刘江一眼。

刘江跟他一块儿玩了这么多年，对他这个眼神立马心领神会，一边看着菜单一边笑着说：“早知道你俩认识，我就应该先跟安赫偷摸打听一下你。”

“你得了吧。”吕叶也笑了起来，“早知道你是安赫的朋友，我怎么也得跟他打听一下你这人什么情况啊。”

安赫松了口气，刘江之前没有跟吕叶提起过他，那也就更不会说起他别的事。

这顿饭吃得还是挺其乐融融的，吕叶性格挺开朗，跟大家能聊到一块儿，关键是还特别给刘江面子。

林若雪冲刘江一举杯子。“你小子这回眼光是真的好！”

吃完饭，唯一没有喝酒的安赫把一帮人挨个都送回了家，才慢慢地绕了条远路往回开。

每次这么热闹一通完了之后，他都有会有些发空。

刘江很甜蜜，一晚上就他喝得最多，自觉自愿，这帮人里好几个都带着人，全都乐在其中。

安赫也跟着乐，为朋友高兴，也为自己默哀。

安赫你可怎么办呢？

进小区的时候，保安探出半个身子，手里拎着个塑料袋。“安老师你尝尝！”

“什么东西？”安赫接过袋子。

“我妈从老家带过来的香肠，我老婆做的，比外面卖的好吃多了，你尝尝！”保安笑得特别开心。

“谢谢啊，”安赫打开看了看，很香，颜色也挺亮堂，“我这两天正好学做饭呢。”

“你就煮饭的时候放一根进去一块儿蒸着，饭熟了就能吃了，加点儿拌饭酱什么的就行，我就这么吃。”保安大概是因为提到了老婆，心情特别好，话也比平时多。

安赫又用手机记下了他教的好几种做香肠的方法，这才挥着苍蝇拍进了门。

连小保安都能吃上老婆做的香肠了。

安赫你可怎么办呢？

那辰吃完晚饭才发现自己脖子上的链子不见了。

“是不是你给我拽掉了？”他看着雷波。

“瞎讲，”雷波没好气地说，“我拽的是衣服，还没舍得使劲呢。”

“那怎么没了？”那辰在自己身上拍了拍。

“什么链子，我给你买个一样的。”雷波还有半杯酒没喝完，那辰满包厢里拍着衣服来回转，他都没法吃了。

“买不着一样的。”那辰皱皱眉，“上回我回我妈老家，在河里找的红石头。”

“红石头？”雷波不明白一块红石头有什么稀奇的。

“嗯，红石头。”那辰用手在脖子面前横着划了一下，“就跟静脉血一个颜色。”

雷波刚拿起酒杯，听了这话把杯子放回了桌上，扫了那辰一眼。

“雷哥，”那辰笑着凑到他耳边压低声音，“我的血没了……”

“你就让我消停地吃完一顿饭行不行？”雷波夹了根西兰花放嘴里慢慢嚼着，“什么红石头，你说，明天我叫人上你妈老家河里给你捞去！”

“不用了。”那辰挥挥手，坐回椅子上，给自己盛了一碗汤，“大概掉别人家里了。”

“那个帮你接电话的人家里？”雷波看了他一眼。

“嗯。”那辰点点头，“手机借我用用。”

“新认识的？”雷波喝完那半杯酒，把自己的手机递了过去。

那辰没回答，拨了安赫的号码，他虽然不爱接电话，但号码却都记得很清楚。

那边安赫估计正在玩手机，很快就接了电话：“喂？哪位？”

“那辰。”

“你换号码了？”

“没，手机坏了，用别人的。”那辰站起来走到窗边靠着，窗外是个湖，“你接电话这么快。”

“正要打电话，顺手就按了。”

“给我打吗？”

“你不是不爱接电话吗？”安赫笑笑。

那是给谁打的？那辰突然很想问，但还是压了下去。“我链子是不是落你家了？”

“嗯，是那个红石头吗？我还说明天给你拿过去呢。”安赫说。

“行。”那辰说完之后安赫没说话，他等了一会儿不知道该说什么，于是直接把电话给挂掉了。

“一会儿去唱歌，我约了人。”雷波点了根烟，“好久没听你唱歌了。”

“不去。”那辰回答得很干脆。

“都是你见过的人，随便唱唱就走。”雷波把烟扔到他面前。

“我不去。”那辰抬眼看着他，把面前的烟扔进了汤罐里。

“什么意思？”

“没什么意思。”

“那辰，”雷波夹着烟，在烟雾后面盯着他，“你最近是不是吃错什么药了，你别以为我什么事都能忍着你……”

那辰没说话。

“要是没有我，你觉得你现在是什么样？嗯？”雷波把烟掐了。

·第九章·

看我的厉害

有人敲了敲包厢的门，雷波“哼”了一声之后，门被推开了，一个人探了半个身子进来。“雷哥，车我开过来了……”

大概是看到雷波脸色不太好看，他的话说到一半就没了声音，迅速地退出去关上了门。

这人叫葛建，比那辰大四岁，虽然那辰觉得自己跟他关系一般，但两人认识的时间却很长，因为葛建，那辰才认识了雷波。

在他上初二的那年暑假，妈妈被送进五院的第二年。

对那辰来说，他跟雷波的关系很难定义。

家里一下变得空荡荡的，他一直害怕跟妈妈独处，但也会强烈地想要待在有妈妈的地方，妈妈去了五院之后，他开始不愿意回家。

葛建和一帮永远都很闲的人，每天带着他到处游荡，想方设法让他掏钱，买吃的，买衣服，买烟。

那辰可以支配的零用钱很多，爸爸跟他唯一的联系就是每月给钱，不问钱都用哪儿了，也不问还有多少，每月固定扔给他一个信封。

这些钱怎么花掉的，那辰记不清，他无所谓，葛建跟他在一块儿是不是就为了花钱，他也无所谓，他只需要一个跟他一块儿待着的人。

他第一次见到雷波，是通过葛建。

“雷哥想认识你。”葛建说，脸上的表情不太自然，脸色有些苍白，目光也一直落在远处。

那辰拒绝了，雷波让他觉得不舒服，他下意识地想要躲开。

但几个月之后，他还是坐在了雷波的车上。

他很少打架，葛建带着他出去打架的时候，他一般也只是远远地站着，只在葛建他们招架不住的时候才会上去帮忙。

不过那次不一样，不是平时街上时不时能碰到的小混混，不是逃学的学生，葛建被人按在桥墩旁的河滩上打得爬不起来，满脸都是血。

那辰捡起一块石头时，葛建喊了一声：“你跑！”

就为这句话，那辰拎着石头冲向了那几个按着葛建的人，石头砸在骨头上的感觉不怎么美妙，震得他手发麻。

之后的事很混乱，他已经记不太清，只有在眼前晃动的杂草和石头，还有自己的脸重重磕在乱石堆上时的钝痛。

接着袭来的是恐惧。

他被按进了河水里，冰冷的水灌进了他的耳朵、鼻子、嘴，灌进他的身体里，曾经让他极度绝望的寒意和窒息再次袭来，他无法呼吸，眼前是混杂着河底淤泥的水。

“右手对吧？”有人说。

声音听不清楚，但在混乱的水波里他却真切地看到了踩在自己右胳膊上的鞋和锋利的斧刃。

雷波的车开到了桥上，喇叭被按响，一直没有松开。

那辰不知道葛建是在被逼到桥下之前给雷波打的电话，还是在那辰被围攻之后脱身跑开打的电话。他只知道浑身是血的葛建把他从水里拽上岸时，雷波那辆车的喇叭还在响。

他躺在河滩上瞪着天空，全身的疼痛和喘不上气的感觉让他无法动弹，胃缩成一团，狠狠地翻搅着。

最后只吐出一口带着碎草屑的泥浆水。

他管雷波叫“哥”，但除去这个称呼，他对雷波不知道该怎么定义。

雷波对他很不错，救过他，带他吃饭，由着他的性子，给他压岁钱，那几年他惹出的大大小小的麻烦，都是雷波给他收拾的。

没错，如果没有雷波，他现在是什么样，在哪里，是死是活，都说不定。

他不傻，雷波收小弟的方式看上去都特真诚，但那种被人重视和迁就着的感觉，让他一直跟雷波保持着不近不远的关系。

“走吧。”雷波站起来拿着外套说了一句。

那辰没说话，把自己杯子里剩的最后一口酒喝了，站起来跟在雷波身后走出了包厢。

葛建正在包厢门外打电话，看到雷波出来，挂了电话跟在了雷波身边，压低声音：“雷哥，我……你消消气……”

雷波看了他一眼，没吭声。

“雷哥你何必跟他置气呢，”葛建回头看了那辰一眼，“他这德行也不是头一天了。”

“你废话挺多。”雷波说。

葛建闭了嘴。

司机已经把车开到了饭店门口。

葛建拉开车门，雷波上了车之后他又绕到另一侧，准备替那辰开门。

那辰拍开了他伸向车门的手，上了车。

他没有说话，坐到副驾驶座椅上。

那辰虽然成天跟乐队的人一块儿玩，但他们基本不会去唱歌。

每次来唱歌，他都是跟雷波来。

雷波每次来唱歌都得吼几嗓子，尤其喜欢跟那辰对唱。

今天他叫来的都是生意上的朋友，具体什么生意雷波从来不当那辰面提，那辰也没问过，反正不是画廊的生意。

进了包厢那辰就找了个角落窝着，听着雷波跟那帮人相互通报最近都玩什么了。

“给我点个《刘海砍樵》！”雷波喊。

包厢里的人都笑了，有人说了一句：“雷总最近越来越有情调了。”

“那辰。”雷波看着那辰又喊了一句。

那辰接过葛建递来的话筒。“我唱男声。”

“行，刘大哥。”雷波一通乐。

音乐响起的时候雷波捏着嗓子开始唱：“我这里将海哥，好有一比呀……”

那辰笑了笑，脚往茶几上一蹬：“胡大姐！”

“哎！”雷波喊。

“我的妻！”

“啊！”

“你把我比作什么人啰！”那辰唱这句的时候笑得声音都颤了。

“我把你比牛郎，不差毫分哪！”雷波捏着嗓子。

“你丫牛郎，”那辰对着话筒说，“不唱了。”

“那我来。”雷波站起来对着屏幕一通吼，男声女声转换自如，“那我就比不上哇……你比他还有多哇……”

唱完了之后一帮人还噼里啪啦给鼓了好一会儿的掌。

那辰过去点了首通俗易懂的《北京的金山上》，唱完了算是完成了任务，缩在沙发角落里闭上了眼睛。

他们唱歌大概两个小时会结束，这帮人都带着人来的，结束了还有各自的活动，这点儿时间够他打个盹儿的了。

雷波也有别的活动，葛建会给他安排，那辰撑到结束就行。

这么多年雷波从来没对他有过过分的要求，除了偶尔他把雷波惹毛了，雷波会对他拽拽胳膊揪揪衣领，手指都没动过他。

有时候他会有些迷茫，雷波是在他身上寻找失散的父子情吗？

那辰不知道自己睡了多久，他在安静的床上翻来覆去几个小时也未必能睡着，窝在 KTV 包厢的沙发里却没几分钟就睡着了。

一直到有人晃了晃他的肩，他才睁开了眼睛，看到葛建站在他面前，包厢里的人都站了起来，看样子是准备散了。

“散了？”他问了一句。

“嗯。”葛建点点头，“雷哥说先送你回去再过来接他。”

“不用。”那辰站起来揉揉脸穿上了外套，包厢里没看到雷波，他拉开包厢门往外走，“我打车回去。”

“葛建送你。”雷波站在门外。

“说了不用！”那辰皱皱眉，“让我一个人待着。”

雷波叼着烟盯着他看了半天才挥挥手，吐出一个字：“滚。”

那辰开着车回到车场的时候，已经过了十二点，陆大爷那只小土狼狗拽着铁链冲他一通狂吠。

“别叫了！”那辰指着它，“再瞎叫明天把你炖了！”

狗哼哼了两声，继续摇着尾巴叫。

那辰对着它也叫了两声，它迷茫地愣了愣，回过神之后就像是被挑衅了一样，叫得俩前爪都离了地，绷着链子“汪汪”叫个不停。

那辰怕再闹下去陆大爷要起床了，赶紧开着车进了车场，狗冲着他消失的方向又叫了半天才算是趴下睡觉了。

之前已经睡了两个多小时，那辰现在完全没有睡意，把两个车厢都收拾了一遍，又拿着刷子把所有的绒毛都梳理顺了，这才趴到床上闭上了眼睛。

没过一会儿，他又坐了起来，拿了个本子把明天要做的菜一个个记了下来，盘算着要买什么。他很久没认真做菜了，有点儿担心回功。

不过安赫那种长期吃泡面的味觉应该吃不出什么来。

“看我的厉害！”那辰躺倒在枕头上，搓搓手，对着天花板说了一句。

安赫早上醒得比平时早，大概是明天就开学了，他的生物钟正在慢慢恢复正常节奏。

他洗了个澡，把昨天晚上弄的保温壶秘制腊肉粥倒出来，坐在桌边吃了。那辰教他的这个方法还真是挺方便，省事，早上还能吃到热粥。

他是不是该回一趟家把这个方法教给老妈再给她买个保温壶？

吃完了饭，他坐到了电脑前打开了下学期要用的课件，这个寒假一如既往地无聊，但他却比玩了一个寒假还累，盯着课件半天也提不起精神来。

其实这样的假期他已经过了很多个，却没有哪一次能让他要开学了整个人的状态还调整不过来。

安赫有些烦躁地拿着鼠标点来点去，不知道自己想干吗。

毫无目的地折腾了一个多小时，都中午了他才强迫自己静下心来开始弄课件。

忙到下午三点，安赫停了手，站起来伸了个懒腰，想着是不是该吃点儿什么。

泡面？饼干？

正琢磨呢，门铃响了，他愣了愣。他家的门铃一年难得响一次，特别是楼下的可视门铃，除了别人家的客人按错了，基本没响过。

他过去拿起听筒，在亮起的显示屏上看到了那辰的脸。

“大七？”他按了一下开门，“你怎么过来了？”

“不上去了，”那辰看着摄像头，“你下来，咱俩一块儿去买菜，快。”

“……哦。”安赫犹豫了一下，回屋换了衣服，拿上那辰的那条链子出了门。

安赫下楼出来的时候，那辰正蹲在楼下花坛边逗猫。

“有吃的吗？”那辰看到他下来，问了一句。

“你饿了？我上楼给你拿饼干？”安赫掏出钥匙准备往回走。

“不是，”那辰指了指猫，“给它吃。”

安赫看着猫，停了下来，过了一会儿才说了一句：“走吧。”

“它老叫，是不是饿了？”那辰还是蹲着。

“不知道，别喂了。”安赫扭头往楼后的停车位走，“走吧。”

那辰站起来，跟了过来。猫在身后“喵喵”叫了两声，那辰停下了，在自己兜里掏了半天，摸出一包旺旺雪饼。“你说猫吃雪饼吗？”

安赫猛地停下了，转身看着他。“你能喂它几次？喂了它一次，它说不定就会每天等着你，你每天都来喂吗？你要来不了了呢？下次它问你讨吃的的时候，你要没带吃的呢？”

那辰嘴角轻轻挑了一下：“你喂个猫想这么多？”

“走！”安赫转身大步地往前走了，没再回头。

那辰皱皱眉，正想把雪饼掰碎了看看猫吃不吃的时候，一个阿姨从旁边楼道里走了出来，手里拿着几个碗和一个塑料袋，猫一见她就跑了过去。

“喂猫？”那辰问了一句。

“嗯。”阿姨点点头，大概以为他是小区的住户，于是又加了一句，“我喂完了都会收拾的。”

“它吃雪饼吗？”那辰捏了捏手里的雪饼。

“不知道，没让它吃过。”阿姨笑笑。

“试试？”那辰把雪饼递了过去。

阿姨笑着点点头，那辰掰了一小块放在了碗里，猫凑过去闻了闻，爪子伸到碗里把雪饼给扒拉出去了，仰起头“喵”了一声。

“不吃啊，那我自己吃了。”那辰把剩下的雪饼放到嘴里，转身往楼后小跑着追了过去。

安赫正坐在驾驶室里等着，那辰上车之后，他没发动车子，又坐了一会儿，才轻轻拍了拍方向盘。“我小时候，捡过流浪猫。”

那辰偏过头看着他。

“也是冬天，我给了它一块牛肉干。”安赫靠着椅背，轻轻叹了口气，“它吃完以后就跟着我，我一直以为猫不会跟人，但它一直跟着我，连着几天它都在我家附近等我，要吃的，我就把它抱回家了。”

“后来呢？”那辰问。

“我妈拿着扫帚赶它，把它打出去了。”安赫咬咬嘴唇，笑了笑，“我好些天都没看到它，再看到它的时候，它见了我就跑，躲得远远的。”

那辰没有说话。

“希望不能随便给。”安赫说着发动了车子，“去超市？”

车开到小区大门的时候，安赫停下车，拍了拍那辰的腿：“屁股抬抬。”

“干吗？”那辰转过头。

“停车卡在你屁股下边。”

“哦。”那辰撑起身体，往屁股下边摸了一把，抽出一个苍蝇拍，愣住了，“这是什么？”

“停车卡延长器。”安赫把苍蝇拍拿过来，伸到车窗外晃了晃，前面的杆子抬了起来。

那辰看着他的动作，几秒钟之后爆发出了狂笑。保安今天本来没怎么笑，一看那辰笑成这德行，于是也开始狂笑。

安赫有些无奈地关上车窗，把车拐出小区。

那辰笑了能有好几分钟才慢慢停下了，闭着眼靠在车座上一直喘。

那辰没让去超市，说是超市的菜不全，还不够新鲜，要去农贸市场。

“我不认识路。”安赫放慢车速，他从来没去过，就知道小时候家旁边有个临时菜市场，脏乱差。

“我给你指路，开吧，就在果蔬批发市场旁边。”那辰笑笑。

安赫忍不住看了他一眼。“连猪鞭都不认识的人，还知道农贸市场在哪儿？”

“这有什么奇怪的。”那辰又开始笑，“要用苍蝇拍刷停车卡的人的飙车纪录还没人能破呢。”

“你没完了啊，”安赫瞅了他一眼，“差不多得了！”

“前面十字路口往北。”那辰指了指前方。

开到农贸市场的那条街上之后，安赫就有印象了，以前开车走过这条路，这条路上好几个市场——花鸟市场，果蔬批发市场，还有农贸市场，很热闹。

两个停车场都停满了车，安赫开着车慢慢转着找车位，那辰在一边帮他看。

前面有车开出来，空了一个位置，那辰指了指，看了他一眼，想说什么又没开口。

安赫把车开到车位前，拉开车门跳了下去。“你倒吧。”

那辰笑了笑，绕到驾驶室把车倒进了车位。

旁边的车响了一声，大概车主回来了，安赫让到过道上，正想看看从停车场哪个门出去离农贸市场近点儿，身后走过来两个男人，准备上旁边那辆车。

那辰锁好车走到他身边，安赫随意地往那俩人身上扫了一眼，愣住了。

拉开车门准备上车的那个男人看着他也愣了愣，过了半天才冲他笑了笑："安赫？好久不见。"

安赫没说话，转身准备走。

"最近还好吗？"那人又说了一句。

"朋友？"那辰小声问。

安赫没回答，往停车场出口快步走过去。

一直到走出了停车场，看到了身边来来往往的热闹人群，他才慢下了步子，发现自己全身都有些僵硬。

"走吧，去买菜。"他拍拍那辰的肩。

"嗯。"那辰点点头，"有特别爱吃的菜吗？你点我做。"

安赫看着他，心里有点儿乱，半天也没想起来自己爱吃什么。其实就算不乱，他也不清楚自己到底爱吃什么，泡面和方便米饭对比的话，他比较喜欢吃泡面。

"安赫，"那辰抱着胳膊，在阳光里眯缝着眼睛，"仇人吧？"

仇人？

倒也不至于，但也能算得上自己不愿意回头看的那段日子里不愉快的一段记忆。

这种冷不丁的闪回让人不舒服，洒在身上的午后的阳光一下也变成了纷乱的波光粼粼，情绪也跟着晃得厉害。

"去买菜吧。"安赫转身准备过街。

那辰拉住了他："这边，对面是宠物市场。"

"哦。"安赫应了一声，跟着那辰往农贸市场走。

那辰从口袋里拿出个草莓样子的东西，递给安赫。"拿着，一会儿装菜用的。"

安赫接过来看了看，发现是个小区老太太常用的草莓环保袋，那辰买菜居然会带着这么个东西让他挺吃惊。

"很快就能买好，我都列了单子了。"那辰又摸出一张纸冲他晃了晃，上面列着一大溜要买的东西。

"就俩人，"安赫看着单子上的字，"你怎么弄得跟食堂老板买菜一样？”

“今天的主要目的不是吃。”那辰捏着纸哗啦哗啦地甩着。

“那是什么？”安赫看了他一眼，那辰今天穿得很休闲，一脸轻松，看着心情似乎不错。

“秀技能。”那辰打了个响指。

本着秀技能的原则，那辰在农贸市场里转了能有三圈，把菜和作料都买齐了，草莓口袋也都装满了。

安赫拎着草莓袋子，手被勒得生疼，指尖都麻了。“差不多了吧，那大厨，小工撑不住了。”

“够了。”那辰低头看了看单子，手指往上“啪”地一弹，“走。”

安赫松了口气，这还是他长这么大第一次进农贸市场买菜，各种菜堆得跟小山似的，人也多，还有拉菜过来的车，折腾得他头晕眼花的。

“我来。”那辰拿过他手里的袋子，甩到背上扛着，还在东张西望。

“还找什么？”安赫捏着自己的手指。

“找……”那辰突然凑到他身边，指了指前方，“那个。”

农贸市场里有不少因为品相稍微有一点儿不好就被扔掉的菜，就堆在路边，之前安赫就看到有大妈在菜堆里捡来着。

现在他们前方靠右的路边就有一小堆因为长得不够美貌而被抛弃的茄子。

“你……”安赫话还没说完，那辰已经飞快地跑了过去，弯腰抓了两个塞到了袋子里，他有点儿想笑，“你干吗呢？俩茄子才多少钱。”

“你懂什么，”那辰心满意足地拍了拍袋子，“好玩。”

回到停车场拿车的时候，停在他们旁边的那辆车已经开走了，换成了一辆小面包车。

安赫上了车，坐在驾驶室里，情绪却怎么也提不起来，那些被压了很久的回忆特别不识趣地来回浮现着。

那辰没有上车，把菜放后备厢里之后，他绕到了驾驶室这边敲了敲车窗：“下来。”

“嗯？”安赫放下车窗，“干吗？”

“我开。”那辰拉开车门。

安赫犹豫了一下。“你无证驾驶？”

“谁告诉你我无证了？”那辰抓着他胳膊把他拉了出来，“我不光有证，我还不需要停车卡延长器。”

“滚蛋。”安赫笑了笑，“真有？这段时间查得严。”

那辰“啧”了一声，从裤兜里掏出驾照扔在了安赫手里。“上车。”

安赫坐到副驾驶座椅上，打开了那辰的驾照，看到照片的时候他愣了愣，忍不住小声吹了声口哨。

“帅吗？”那辰发动车子。

“嗯。”安赫点点头，“这是什么时候的照片？看着挺小。”

“十八岁。”那辰笑笑，笑容很快从嘴角消失了，“我爸带我去照的，他就带我出去过这一次，大概是吃错药了。”

安赫沉默了一会儿，转开了话题：“能把证件照拍这么帅的，算上你，我就见过俩。”

“还一个是谁？”那辰转过头。

安赫指了指自己：“我。”

那辰乐了，眯缝着眼也吹了声口哨：“我看看。”

“随便看。”安赫拿出钱包，把身份证拿出来举到那辰眼前。

路口正好红灯，那辰停了车，拿过身份证盯着看了一会儿。“你下巴挺端正，一看就是个好人。”

“是吗？”安赫从他手里抽回身份证，摸了摸自己的下巴，“早知道多长俩了。”

“嘴也挺端正。”那辰说。

“正常人嘴都端正吧。”

“我呢？”那辰转过头，很认真地看着他。

“眼睛，鼻子……”安赫手指撑着额角，研究了一会儿，“挺好，你这好孩子的长相，最有长辈缘的那种。”

车转出路口之后，安赫发现这不是去车场的路。

“不去你的秘密基地？”他问。

“去我家。”那辰说，“秘密基地家伙什儿不全，东西都在家里呢，烤箱什么的。”

“什么东西还要用烤箱？”安赫从那辰口袋里拿出之前的那张单子一行行看。

“挂炉叉烧！”那辰打了个响指，“绝对好吃！肉我昨天都腌好了。”

“在家做？用烤箱？”安赫爱吃肉，但他对在家怎么做叉烧完全没有概念。

“嗯，给你三分钟膜拜一下我。”那辰勾勾嘴角。

“啊，你好厉害。”安赫很配合地接了一句。

那辰嘴角的笑加深了。

那辰到家就换了套运动服，先往放在茶几上的小猪存钱罐里扔了两块钱，再给安赫拿了自己烤的曲奇饼干和茶，然后就进厨房开始忙活了。

跟餐厅连在一块儿的开放式厨房很大，那辰往里一站，大厨的气势还挺磅礴。

安赫咬了一口做成了小猪样子的曲奇饼干，味道很好，比他屋里那盒饼干强多了。

今天的茶不是菠萝百香果了，安赫尝了尝，不知道放了什么。

“这是什么茶？”他拿着杯子走到餐厅。

“蜂蜜姜茶，放了红糖。”那辰低着头处理鸡翅，“暖胃的，不知道有没有用，小时候跟我姥姥学的，好喝吗？”

“好喝。”安赫点点头，那辰在做吃的方面满点的技能每次都会让他吃惊，“有什么我能帮忙的吗？”

“没有，你负责欣赏就行。”那辰把鸡翅裹好料放在了盘子里，“有叉烧了，鸡翅吃炸的怎么样？”

“嗯。”

安赫看了一会儿，自己的确是帮不上什么忙，就连煮饭他都不知道该放多少米多少水，于是他拿着杯子又转回了客厅。

上回来的时候他没有仔细看过，客厅里挂着不少画，很抽象，对安赫来说，这些全都由色块和线条组成的画他完全欣赏不了，如果从心理学角度看……

“这画是谁画的？”安赫没在画上看到落款，回头冲那辰问了一句。

那辰抬头看了一眼，很快又低下了头。“我妈画的，有些是去五院之前，有些是在医院画的，后来怕她自杀，就不让她画了。”

“哦。”安赫有些感慨，转过身看到了旁边的钢琴，琴盖是开着的，他在琴键上轻轻敲了一下，往厨房走过去，感觉还是待在有人做饭的地方会舒服一些。

那辰听到了琴键被敲响的声音，看了看他：“你是不是会弹《小星星》？”

“还会弹《新年好》呢！”安赫笑笑，拿了块曲奇饼干在茶里泡了泡放到嘴里，味道不错。

“给我伴个奏吧。”那辰不知道在调什么汁，用筷子蘸了点儿伸到他嘴边，“尝尝咸淡合适吗？”

安赫舔了舔筷子，酸甜口，他点点头说：“合适。”

“弹吗？”那辰把筷子放下，很有兴致的样子。

“做个饭还要伴奏，一会儿做好了是不是还得换套正装来吃啊。”安赫笑笑，靠餐桌站着没动。钢琴应该是那辰他妈妈的，那辰那天晚上说的话让他有点儿不是太愿意碰那个琴。

而且那辰想听他弹琴让他有些意外，他以为那辰对钢琴应该有阴影才对。

“不弹啊？”那辰打开冰箱门，拿出一个小饭盒打开了，递到安赫面前，“看看，漂亮吧？”

“叉烧原料？”安赫看了看，肉腌得的确挺漂亮，让人有生吃一口的冲动。

“嗯。”那辰把饭盒盖好，拿过筷子在盒盖上一连串地敲着，“为挂炉叉烧伴奏吗？”

安赫情绪并不高，停车场的偶遇让他如同在河底啃泥的心情一时半会儿浮不起来，但那辰一直努力想要让他开心起来的举动他还是都看在了眼里。

他在心里叹了口气，转身往钢琴走过去。“《小星星》？”

“还有没有比《小星星》《新年好》高级点儿的？”那辰问。

“有。”

安赫坐到钢琴前，手指在琴键上轻轻摸了摸，他上一次弹琴是在学校的音乐教室，到现在也好几个月了，这下猛地让他弹一曲，他除了《小星星》还真想不出别的。

“你要是不会弹，现在承认，我不会笑你的。”那辰用手撑着餐桌看着他，嘴角的笑意很明显。

“你会吗？”安赫吸了口气，想好了曲子，但估计会弹得比较结巴。

“不会。”那辰说。

“那就好。”安赫小声说，手指落到了琴键上，“来个活泼欢快的吧。”

这首曲子是安赫现在还能顺利弹出来的为数不多的曲子之一，一般情况下他都拿这首来蒙事。不过曲子的确很欢乐，他在音乐教室弹的时候就觉得自己特别活泼。

那辰把今天买的玉米拿出来，抱着个小筐坐到了客厅沙发上，慢慢剥着玉米粒。

安赫明显有点儿手生，重弹了两遍开头，才继续弹了下去。

在外行听来，安赫应该属于弹得很好的那种，那辰却能听出他每一个不连贯的音，每一次犹豫的细微停顿。

不过这无所谓，范儿起足了就行，安赫的手指修长，在琴键上掠过时动作很漂亮，看着还是很专业的。

安赫弹琴和玩赛车时的样子都让他意外，弹琴时的专注跟在电玩城时的专注完全不同，在琴键上跳跃着的手指牢牢牵引着那辰的视线。

自从妈妈被送去医院之后，这架钢琴再也没有人碰过，屋里也没再响起过琴声。

那种让那辰迷恋却又心悸的钢琴声，想念，抗拒，沉迷，闪躲，全都混杂在一起，包裹在他四周。

安赫专注的侧脸让这种熟悉而陌生的感觉一点点在屋里弥漫着，想要脱离却又忍不住渐渐陷落。

跳跃的音符停止时，那辰放下手里的玉米，冲安赫鼓了鼓掌："我以为你真的只会《小星星》。"

安赫笑笑："这个听过吧？"

是《踩到猫了》。

那辰点点头："嗯，踩到你了。"

安赫乐了，手指在琴键上划过："还听吗？"

"听。"

"就一首了，别的都很久没练了。"安赫搓搓手。

"好的。"那辰笑笑。

《D 大调小步舞曲》。安赫感觉这首曲子也挺活泼，比较适合现在的气氛。

他定了定神，手指落在琴键上，音符从指尖滑出。

那辰拿着玉米的手轻轻抖了一下，一颗玉米粒被他捏扁了，落在小筐里。

他一动不动地坐在沙发上，琴声渐渐充斥在他四周。

再随着安赫在黑白间跳跃的指尖一点点渗进他的身体里，心里。

回忆里。

“你听。

“辰辰乖，你好好听。

“听妈妈弹琴。

“听见了，妈妈在说什么？

“你告诉妈妈，你听到了什么？”

那辰的呼吸开始有些混乱，跟着妈妈的节奏，让人窒息的节奏。

他想要把那些让他恐惧的声音扫开，却怎么也做不到。

安赫的指尖落到琴键上，弹出一个重音，如同缠在他身体里的铁链猛地收紧了。

他觉得身体有些发僵，挣扎变得无力。

下一个重音再次跃出时，那辰猛地从沙发上跳了起来。

装着玉米粒的小筐掉在了地上，嫩黄色的玉米粒撒了出来，在深色的地板上跳跃着，像一个个音符。

那辰扑到钢琴旁，猛地把琴盖狠狠地往下一压。

在几个破碎的音符之后，琴声消失了。

安赫的手还在琴键上，琴盖砸在手上时的巨大钝痛让他过了好半天才慢慢把手抽了出来。

短短的时间里，手背上被砸到的地方已经泛出了红色。

他握着自己的手，咬牙抬起头。

那辰的手还按在琴盖上，脸色苍白，呼吸也很急，就像是跑了很长的路。

安赫没说话，那辰沉默地看着他，过了很久，那辰才松开了一直死死压着琴盖的手，慢慢靠着钢琴滑坐到了地上。

低着头一句话也没有说。

安赫的两只手都已经疼得麻木了，自从不打架之后，这种肉体上的疼痛他已经很久没有感受过了，他刚才是咬着牙才没叫出声来。

那辰一动不动地靠着钢琴坐着，坐在撒得满地都是的玉米粒里。

屋里很静，只能听到一边的大座钟一秒一秒滑过时的细小咔嚓声。

安赫的手开始红肿时，那辰动了动，动作很慢地从坐着变成了蹲着。

他伸手捡起掉在旁边的小筐，开始把地上的玉米粒一颗颗地往小筐里捡着。

安赫没有动，坐在琴凳上看着那辰蹲在地上的背影。

他虽然被吓了一大跳，但只是一瞬间，这样的局面并没有让他太意外。

所以他现在希望那辰能开口，无论说什么。

对不起，解释，或者是别的任何内容都可以。

问一句“疼不疼”也行。

只要那辰能在这时开口，在某种意义上来说就是往前走了一步。

但那辰没有出声，他用他一直以来习惯的沉默应对了眼下的场面。

地上的玉米粒被捡回了筐里，那辰慢慢站了起来，走到厨房里，把小筐放在了餐桌上。

原地站了几秒钟之后，他往客厅的楼梯走了过去，脚踏上楼梯之后停住了，手紧紧抓着楼梯的栏杆。

“我妈心情好的时候总弹这首。”他的声音很低，有些沙哑。

那辰上了二楼，安赫站起来慢慢走到沙发上坐下，手背已经完全肿了起来，疼得他手都有点儿发抖。

他简直无法形容现在的心情，要不是现在手太疼开不了车，他真有起身走人的冲动。

那辰从二楼跑了下来，手里提着一个小药箱。

安赫看着他打开冰箱拿出个冰盒，飞快地把冰块都倒进一个小盆里放在了茶几上，再把茶几拖到了安赫面前。

“冰一下？”那辰凑过来轻轻碰了碰安赫的手。

安赫把手放进了冰里，冰块的温度让他皱了皱眉，又把手拿出来了。

那辰从药箱里拿出一卷绷带，剪下长长的两条，叠好了放进盆里，等化了一些的冰水把绷带浸透了之后，他把叠好的绷带盖在了安赫的手背上。

“我……”那辰一条腿跪着半蹲在他面前，说得有些吃力，“对不起。”

“没事。”安赫现在的心情不怎么美好，但还是摇了摇头。

这句“对不起”让安赫想起了那辰第一次对他说的那句“对不起”，那时他只是单纯觉得那辰应该是个很少对人说对不起的人。

现在想想，他不是很少说，他大概是根本不知道该如何面对这样的场面。

该做什么，该说什么，他都不知道。

从小到大，本应该是言传身教的父母，一个视若无睹，一个阴暗压抑，他们造就了敏感脆弱渴望温暖的那辰，却从没有给过他如何与人相处相近的示范。

安赫往厨房看了一眼。“你锅里是在烧水吗，要烧干了吧？”

“是要煮玉米粒做沙拉的。”那辰起身去厨房里把火关了，手撑着灶台半天都没动。

“过来伺候着，”安赫说了一句，“不冰了。”

那辰赶紧跑过来，把绷带重新浸了冰水放到他手上。“一会儿去医院看看吧，会不会断了？”

“别咒我。”安赫动了动手指，“没断，就是砸得狠了点儿，跟仇人似的。”

那辰没说话，靠着沙发坐到了他腿边的地板上，捏了块冰在手里搓着。

“你说，”安赫看他没出声，往后靠了靠，结果发现想在这种严肃正经靠背呈九十度直角的红木沙发上靠着是件很有挑战的事，于是又坐直了，“你为什么非得让我弹琴？”

“就是想听。”那辰把冰块搓化了，又拿过一块搓着。

“是不是想你妈了？”安赫抬着手，一下下活动着手指，确定自己的骨头有没有问题。

“……是，”那辰犹豫了一下，“其实我经常会想她。”

又怕又想念的感觉吗？安赫笑了笑，他大概也有过类似的，没有这么严重，但能理解。

害怕回家又怕失去那个所谓的家。

因为一旦失去了，最虚幻的一点儿安慰和希望都会跟着湮灭。

“你做饭吧，”安赫用腿碰了碰那辰，“我饿了。”

“嗯。”那辰给他又换了一次冰绷带之后站了起来，往厨房走了两步又停下了，“你要不要看看挂炉叉烧是怎么做的？”

“行。”安赫抬着手举着两叠绷带坐到了餐桌旁边。

那辰把那盒腌好的肉放到了他面前，笑了笑：“那大厨教你在家做叉烧，讲课开始。”

安赫配合着给鼓了掌。

“我们要用到的工具就是一堆五花肉，一个烤箱，一个烤盘和……”那辰拉开旁边厨柜上的抽屉，拿出一个小盒子，“一盒曲别针。”

“你这是猎人下套子呢。”安赫说。

“肉是先腌好了的，酱汁是大七秘制，配方就不说了，反正说了你也听不懂。把肉切成条腌着，一定要这样挤着腌才会特别入味儿，放冰箱里冰一宿就可以了。”那辰把饭盒冲他展示了一下，把肉一条条地拿出来放在了旁边的烤盘里，“下边就很简单了，就是挂起来。”

“前面你也没说得很难……”

“本来就都很简单。”那辰拿出几个曲别针，掰成了钩子，一个个地穿过肉条排在烤盘里，“就这样，挂起来就行，烤架放上面，挂上去，烤盘放下边接着……讲课完毕。”

“你这课讲完，节目组得赔钱。”安赫笑了。

“那我就豁出去了，讲讲酱汁是怎么做的吧。”那辰把肉都挂好了，放了个温度计在烤盘里，关上了烤箱门，设定好时间，一连串地数着，“糖，盐，生抽，料酒，芝麻酱，甜面酱，腐乳汁……”

“快停，”安赫笑了笑，“记不住。”

“具体配料请看屏幕下方。”那辰鞠了个躬。

那辰说得很简单，但实际操作起来并不算容易，烤的时候他几次打开烤箱把肉拿出来刷上酱，还抽空帮安赫的手换了几次冰绷带。

半个多小时之后，屋里已经全是烤肉的香味儿，安赫都快能听见自己肚子的呐喊了。那辰把已经烤成金色的叉烧拿出来，切下来一小块，递到他嘴边。“尝尝。”

安赫张嘴把肉咬到了嘴里，两下就咽了下去。“真不错！”

“那就 OK 了。”那辰打了个响指，给肉最后刷了一遍酱汁，放回了烤箱里，“再等个五分钟就可以吃了，我先炸鸡翅。”

“这都谁教你的？”安赫有些奇怪，按说那辰这样的家庭，他会做饭的概率应该跟自己一样低。

“自己学的，这谁教啊。”那辰站在油锅旁边，把鸡翅一个个往里放，“小时候我妈不让我出门……我上幼儿园都比别人晚了快两年，平时不出门也就待家里看电视上教做菜，后来就自己琢磨了。”

安赫看着那辰在厨房里来回忙活着的身影，突然有些感慨。

做饭是要有天赋的。

老妈倒是没有不让自己出门，从小到大，他回来还是没回来，老妈基本不过问，有时候还会嫌他在家里碍事让他滚出去。

他蹿个儿那几年，每天脑子里就想着吃，看到电视上教做菜，他就有啃电视的冲动，不过也没从电视上学到什么做菜的一招半式。

就上回泡面水倒多了，他想搁点儿盐，最后弄了半勺糖。

所以说这东西得有天赋，像那辰这种有天赋的，哪怕平时看着是个神经病摇滚青年，人也能凭小时候在电视上看的做菜节目做出一手好菜来。

自己这种没天赋的，泡了好几年面，连往面里加点儿菜的创新想法都没有过。

那辰做菜很利索，连蒸带炒再炸，一个多小时，菜已经全部摆在了餐桌上。

挂炉叉烧，炸鸡翅，糖醋排骨，茄合，清蒸鱼，还有一个不知道是螺还是贝的汤。

“好家伙……”安赫看着一桌子菜，感觉自己说话都得咬牙切齿，要不然口水都能滴出来，“全肉席？”

“嗯。”那辰拿了啤酒出来，想想又把安赫面前的啤酒换成了苹果醋，“全肉，你看着也不像特想吃青菜的样子啊。”

“我就想吃肉。”安赫特别诚实地说。

“想吃素的一会儿有沙拉，我煮着玉米粒呢，一会儿就好。”那辰抱着胳膊站在他对面，“怎么样？”

“惊喜，”安赫真心实意地点点头，“真的很意外。”

“对你来说绝对得是意外了。”那辰挑了挑眉毛，有些得意，接着眉宇间有转瞬即逝的失落，但很快又被一个笑容取代了，“这是我第一次有机会给别人做菜。”

“谢谢。”安赫拿起苹果醋，碰了碰那辰面前的啤酒罐，“这也是第一次有人专门为我做这么一桌子菜。”

安赫的手还肿着，拿筷子有点儿费劲，那辰很不好意思地给他拿了套刀叉。“你戳着吃吧，或者我喂你？”

“谢了，你下回抽风的时候先通知我一下，我戴手套。”安赫没太计较，拿了叉子开始吃，主要是太饿了。

那辰笑了笑没说话，低头喝了口啤酒开始吃。

菜的味道都不错，安赫吃得淡，那辰做的菜咸淡正合适，加上受伤了，他吃得很卖力。

以前每次打完架，跟人在街边小摊上吃烧烤的时候他都吃得特别欢，不知道为什么，就连每次被老妈揍过之后，他也会饿，睡觉也睡得沉。

挨揍和揍人都是体力活。

一通连吃带喝之后，安赫全身都放松下来了。

那辰家一楼客厅的装修让人觉得沉重而压抑，但现在餐厅和厨房这一片，却因为这一桌色香味俱全的菜而变得温暖起来。

“你妈是不是不下厨？”那辰喝着啤酒，问了一句。

“嗯。”安赫笑了笑，“我妈是个以麻将为终生事业的奇女子，为麻将事业投入了毕生精力，牺牲了所有跟麻将无关的东西，她要去参加世界麻将大赛绝对会成为麻坛领军人物。”

“那……”那辰皱了皱眉，他家里没有人打麻将，理解不了这种神奇的事，“你爸呢？”

安赫没出声，往自己肿着的手背上吹了几口气之后，才慢慢说了一句：“我爸基本不在家。”

“有别的女人吗？”那辰问得很随意。

“很多。”安赫掏出根烟叼着，在这样有黄色的暖光、淡淡的菜香，透着温暖的餐厅里，他心里一直紧绷着的防线慢慢地有些松了劲，“反正我也没数过，每次见着都不重样。”

“我爸没有别的女人。”那辰盛了碗汤捧着慢慢喝着。

“是吗？”安赫看着他，按那辰说的，他跟他爸的关系并不好，似乎也并没有天天待在一块儿，他不知道那辰为什么说得这么肯定。

“嗯，”那辰勾着嘴角笑笑，“他不喜欢我，但很爱我妈。”

安赫叼着烟不说话，那辰伸手从他的烟盒里摸了根烟点上了，声音很低地继续说：“要是没有我就好了，他就是这么说的。”

“是觉得你抢走了你妈对他的关注吗？”安赫问，他没有说爱，那辰的妈妈对那辰的感情，用关注也许比爱更贴切。

“大概吧，我不知道。”那辰“啧”了一声，“不过他对我妈真的很好，非常好。我姑说，他是自杀，因为我妈那阵子情况不好。”

“你跟你妈是不是长得很像？”安赫捏了块排骨，这排骨比林若雪没事就要去吃一次，见人就推荐跟中了邪似的那家馆子做的要更好吃。

“嗯。”那辰笑了起来，“我姥姥经常以为我是我妈。”

“你是不是觉得如果更像妈妈，你爸就会……”

“不。”那辰皱着眉狠狠地抽了一口烟，“他不会因为这个喜欢我，不过……”

“不过他会生气。”安赫把烟掐灭了，看着烟头，“平时他正眼都不带看你的，但这种时候他会生气，说不定还会骂你，对吗？”

“嗯，他说我什么都不行，什么都做不好，我怎么样都不会让他满意。”那辰笑了起来，笑容里带着无奈和不甘，“我就想看他生气，他生气了我就特别高兴。”

安赫没再说话，继续吃菜，那辰自己并不了解，他想要的不是让他爸生气，他渴望的仅仅是他爸的关注而已。他永远被放在视线之外，也不知道怎样做才能被肯定，认为只有激怒对方才会得到短暂的关注。

而这一切已经再也没有回转的可能了，那辰的爸爸已经不在了，激怒也好，努力也罢，都已经改变不了了。

“我有时候想不通，”那辰仰头喝了几大口啤酒，笑着说，“他们为什么要生孩子，如果没有我，他们不是挺好的吗？相亲相爱，你爱疯子，疯子爱你。”

安赫还是没说话，那辰沉默了一会儿，突然问了一句：“安赫，你是独身主义吗？”

安赫没想到他会突然问这么一句，愣了愣没回答。

“你想过会结婚，然后生个小不点儿吗？”那辰又问。

“……想过。”安赫靠到椅背上，捏了捏眉心，“我以前特别想有一个自己的家，我觉得我肯定能比我爸妈做得好。”

“以前？”那辰看着他，“现在不想了吗？”

现在？安赫笑笑。

不是现在，是很多年前就已经不再想这些了。

“现在没空想。”安赫拿起叉子打算去叉盘子里最后的那块糖醋排骨，叉子刚伸过去，那辰飞快地抢在他前边把排骨夹走了，他愣了愣，“怎么个意思？抢食啊！”

“排骨好吃吗？我做得最好的就是这个菜了。”那辰也没吃，夹着排骨晃了晃。

“嗯，特别好吃，又不腻，比我一姐们儿推荐的那家店做的好吃多了。”安赫非常认真以及诚恳地拍了拍那辰的马屁。

“想吃吗？”那辰眯缝一下眼睛，筷子夹着排骨慢慢往自己嘴边送了过去。

“玩我呢？”安赫咬咬牙，要说他也不差这一块排骨，但是想吃吃不到嘴的感觉特别郁闷，“有你这么招呼客人的吗？！我都夸出一朵向日葵来了……”

“来，让你看我吃。”那辰往椅子上一靠，头向后仰着，把排骨叼在了嘴里，冲安赫一个劲地乐，含糊不清地说，“据说看别人吃更能刺激食欲？”

“几罐啤酒就成这样了？”安赫“啧”了一声，“再喝两罐是不是要来段舞啊？”

“你可以抢啊，据说抢着吃也更有食欲。”那辰没动，叼着排骨继续含糊不清地说。

“怕你？”安赫把叉子一扔，站起来两步跨到了那辰身边，一伸手捏住了排骨的另一头。

刚想把排骨拽走，发现那辰没松嘴，咬着不放，安赫使劲拽了两下没拽动。“你不守信用。”

“你使劲。”那辰笑着。

“我提醒你，再不松嘴口水要流出来了啊。”安赫盯着那辰的眼睛，那辰的眼睛很亮，眸子很黑，他能从眸子里看到自己的脸。

“你放心，我本事大着呢，别说抢块骨头，抢面条我都没问题。”那辰眯起眼睛看着他。

“你不觉得俩老爷们儿这么玩抢骨头很蠢吗？”安赫叹了口气，虽说话是这么说，可他也没松手。

“没……”那辰刚想说话，安赫突然伸手在他肋骨上戳了一下，酸麻的感觉让他没忍住喊了一声，“啊！”

安赫迅速地把排骨拽走扔进了骨碟里，再迅速地把碟子推到了那辰面前。“狗狗吃。”

“说了不是狗。”那辰揉了揉肋骨。

“小豹子吃。”

“小豹子伤自尊了，不吃。”

“那怎么办，抢都被人抢掉了。”安赫笑了笑，转身准备坐回椅子上去。

那辰一把抓住了他的胳膊。“说说吧。”

“什么？”安赫回头看他。

“那个让你不高兴了一整天的人。”那辰说。

安赫站着没动，也没有说话。

以前的那些事他从来没跟人说过，一直压在心底，希望可以从此忘记，就连林若雪也只是知道个大概。

他不觉得有任何人能理解他的感受，也不指望有谁能理解。

但现在看着那辰的目光时他却突然有了那么一丝动摇。

偶尔也想要有一个人，能像他自己这样，倾听他不愿意被轻易触碰的过去。

·第十章·

苍蝇拍之歌

那辰把餐桌上没吃完的菜都收拾了，换了块格子花纹的桌布，颜色很漂亮，厚实的手感让人觉得很舒服。

安赫看着桌子上的小酥饼和山楂茶，还有一盘小西红柿，问了一句：“你还会做酥饼？”

“这个是买的。”那辰笑笑，“做酥皮点心太费时间了。”

“你是很喜欢做这些吗？点心啊，菜啊什么的。”安赫喝了口山楂茶，挺爽口。

“还行吧。”那辰也喝了一口，手指在桌子上轻轻敲着，“总得有点儿打发时间的事干干。”

安赫笑了笑，听着那辰指尖跳跃时发出的声音，点了根烟抽了一口，看着慢慢向上飘去，在餐桌上方的几盏灯间纠缠着的烟雾。

“他不能算是仇人，不过代表了一段我跟谁都好像有仇似的日子。”安赫叼着烟，皱了皱眉，过去的那些事他不太愿意回忆，想想都觉得憋闷，更别说是讲出来了，半天他都没组织好语言。

简直比他毕业之后第一次试教还难受。

“一开始我感觉你是个特别正经的人，后来又觉得不一定，我没猜错吧？”那辰问。

“也不能说你就猜对了。”安赫眯了眯眼睛，烟熏得他想流泪，他扯着嘴角笑了笑，“我那会儿属于叛逆期，就是叛逆的时间有点儿长，程度有点儿过。”

那辰靠在椅背上往下滑了滑，偏着头，手指撑着额角，很专注地看着他。“那你还是个好孩子啊，叛逆期都算是不堪回首？”

“算。”安赫点了点头。

“不止吧？”

不止吧？当然不止。安赫盯着手里的烟，之前手背上已经被他忽略掉了的疼痛开始清晰起来，扑棱扑棱地往心里炸着。

“其实现在想想很多事也没什么，”安赫喝了口茶，“但是当时的那个年纪，当时的那种承受能力和理解能力，我父母……多少会有些影响。”

“干了不少出格的事吧？”那辰打了个岔。

“还行，跟你比的话。”安赫笑了笑。

“难怪……是不是看到我老想起自己以前，”那辰“啧”了一声，也点了根烟叼着，“你是不是偶尔还琢磨我来着？”

“你特别烦人的时候我就琢磨一下。”安赫举了举茶杯。

那辰拿着自己的杯子凑过来跟他碰了一下。“我怎么没觉得我有什么不堪回首的时期？”

“是吗？”安赫笑了笑，“害怕的不是行为，不堪回首的是心态。”

“哦。”那辰勾勾嘴角，眼睛看向了旁边，“有点儿高深了。”

“可能吧，很多感觉说不清，”安赫轻轻叹了口气，他能看出来那辰的细小动作，但也没说破，现在也没什么多说的必要，“其实真要说起来，也没什么可说的。”

那辰挑了挑眉毛，沉默了好一会儿突然仰头喊了一声：“啊！”

安赫正想把烟掐了，被他这猛地一声喊惊得差点儿把烟扔杯子里。“干吗?!”

“没什么。”那辰站了起来，拿了颗小西红柿塞到了他嘴里，“后来你是怎么变成安老师的，碰上什么贵人了吗？”

安赫抬起头看了看那辰，半天才拍了拍手。“这次猜对了。”

他不确定那辰能不能理解他的情绪，但他已经不想再继续讲述自己的过去。

那辰没再继续这个话题，拉过安赫的手看了看。“还肿着呢。”

“明天应该就没事了。”安赫抽回手，“对了，你的东西忘给你了，在我外套兜里。”

“嗯？”那辰跳下桌子，到客厅拿了安赫的外套，从兜里掏出了那个红石头链子，笑了笑，“这是我自己做的。”

“鸡血石？”安赫站了起来，客厅里的钟敲响了，九点半。

“就普通石头，颜色挺好看的我就捡了，打磨刷漆再钻个眼儿。”那辰把链子戴回脖子上，看了看时间，“你要回去了吗？灰姑娘。”

“是的，王子殿下，明天开学了，我要早起。”安赫从他手上拿过外套穿上了。

“你的水晶鞋呢？”

安赫笑了起来，在身上摸了一会儿，拿出一包纸巾扔在了地上。“这儿呢。”

“灰姑娘，你的生活还真是挺艰苦的，”那辰捡起纸巾看了看乐了，“回头我给你弄双大点儿的。”

那辰没有再留安赫，把他送到了地下车库，然后坐在了副驾驶座椅上。

“什么意思？”安赫上了车，看着他。

“送你到大门，帮你把出门卡给保安，我怕你没有停车卡延长器出不了门。”那辰看着前面，慢吞吞地说。

“哎……”安赫发动了车子，“你怎么跟我们小区那个保安一个德行，有完没完了到底！”

“你不懂，苍蝇拍跟你平时的气质太不协调了，我一年之内估计是完不了了。”那辰笑着用手在车顶上拍着，“我跟李凡商量一下，给你弄个《苍蝇拍之歌》，演出的时候会通知你来看的，我挥动着绿色的翼，寻找你的呼吸……”

最后两句那辰是随口唱出来的，但调子却意外地很好听，安赫忍不住看了他一眼。

“怎么样？”

“……谢谢啊。”

小区里挺安静，年后特有的那种安静，偶尔传来的稀疏的鞭炮声，道路两边已经跟雪地融为一体的红色纸屑，淡淡飘过的硝烟味儿，全都透着嚣闹过后的落寞。

安赫今天的心情有些颠簸，跟现在这样的新年尾巴气氛挺契合。

回到屋里，他按那辰教的方法，把毛巾浸湿了扔到冰箱里，冰透了之后搭在手上消肿。

然后坐在沙发上，打开了电视。

电视是个神奇的工具，对安赫来说，那些无聊的乱七八糟的各种节目能很迅速地把他从别的状态拉回来，回到正常的生活节奏里。

比如现在的这种状态。

莫名其妙地就把一直压在心里的伤疤刨了刨的状态，那些不安、焦虑，那些曾经压得他喘不上来的垃圾情绪。

说不上有多痛苦，甚至隐约带着种“考试成绩不知道怎么样，不过总算考完了”的快感。

但安赫对这样的变化有些不安，任何变化都会让他不适应。

就连坐久了换个姿势都会有那么几秒钟的血液奔流，何况是他这样很多年都精心保持着的波澜不惊的生活。

为了保证第二天能有充沛的精力，睡觉前安赫吃了颗安定，很快睡着了。

本来以为日有所见夜有所梦会来点儿什么让人烦躁的梦境，结果他一觉直接睡到了天亮，生物钟很尽职地在天刚蒙蒙亮的时候叫醒了他。

安赫有些迷迷瞪瞪地在床上伸了个懒腰，手往头顶上一撑，敲在了床靠上，手背上传来的钝痛让他顿时从半梦半醒瞬间变得耳聪目明神清气爽，还能振臂高呼了："啊——嘶——"

手没有昨天晚上那么红了，变成了青绿色，镶着红边，还是有些肿，安赫试着动了动手指，还算灵活，就是有点儿揪着筋似的疼。

这顿饭吃得真有意义啊。

回到阔别二十天的学校，安赫没什么太大的感觉，就看着身边半死不活的学生挺有意思，教室里还有一帮作业没写完正趴在桌子上抄得四蹄不着地的学生。

安赫站在张林身后，这小子也正抄呢，安赫光看字就知道抄的是许静遥的，许静遥的字很有力，不像个小姑娘写的，跟那辰的字倒有几分相像。

"还差多少？"安赫凑过去问了一句。

"半本，"张林头也没抬地回答，"别烦我。"

"要不要我帮你？"安赫问。

"你……"张林有些不耐烦地抬头扫了他一眼，愣住了，"安总？"

"还有半小时，来得及吗？"安赫翻了翻他的本子。

"我就不信老师每本每页都看。"张林"啧"了一声，"看得过来吗，反正都是抄的……"

"话还挺多，要不咱俩先聊聊？"安赫把张林前座的人支开坐下了。

"哎，安总我错了还不行吗？我暑假肯定不抄了，你现在饶了我吧，我马上就完事了！"张林一脸忧郁地对着他抱了抱拳。

"你看看人许静遥，你好意思追人家？"安赫小声说了一句，站起来往讲台上走了。

身后张林憋了半天才喊了一声：“哎！”

安赫转过头指了指他：“开学典礼完了以后到我办公室来，跟我聊聊你这个寒假都干什么了。”

典礼结束之后，张林和班上几个不消停的都被安赫拎到了办公室，安赫没打算说什么“新学期开始了要好好学习”之类的废话，这些话，要让他们自己来说，能比任何一个老师都说得更好更全面。

安赫就问了问大家寒假都干吗了，侧面了解了一下他们这个假期的动向，然后挥挥手：“瞌睡的回家补觉去，明天开始不能迟到了。”

几个学生散了之后，安赫收拾了一下准备去吃点儿东西。

在校门口碰到了蒋校长，他打了个招呼正想走人，蒋校长一挥手：“安老师，去吃饭？”

“嗯。”安赫点点头，顺嘴说了一句，“蒋校长一块儿？”

“好，一块儿。”蒋校长很利索地应了下来，“路口那家牛肉面？”

安赫说完“一块儿”就后悔了，他猜到蒋校长为什么这么爽快地要跟他一块儿去吃饭了。

果然牛肉面一端上来，蒋校长就说了一句：“上学期给你说的心理咨询室，考虑得怎么样了？”

安赫的手本来就疼，听了这话，差点儿连筷子都拿不住了。“蒋校长，我真的不行……”

“年轻人，有点儿干劲嘛。”蒋校长“啧”了一声，“你们这拨年轻老师里，思想比较能接近学生，又有专业背景，责任心比较强的就你了，你说你那个证考来是干吗的？”

安赫没说话，咨询师证啊，毕业的时候心理学专业大家都考，他就跟着考了呗。

“你好好考虑一下吧，我是希望你能接下来。”蒋校低头喝了口汤，闭着眼品了一会儿，“这家的汤就是正宗。”

上学期蒋校长就跟他提过学校弄心理咨询室的事，安赫实在是不想做，劳神费力的还不赚钱，正常就按十几块的课时费算，而且蒋校长的意思还不是走个过场，是要正经做出点儿样子来的，安赫想想都觉得头疼。

蒋校长给他做完思想动员，吃完牛肉面，潇洒地抢先结账离去了。

接下去好几天安赫都很郁闷，这个活估计是推不掉了，他对着自己班上的那些个问题学生就已经够烦的了，还要加上别的班的，简直没法想。

自己都一堆问题没解决呢，偶尔还得因为神经病那辰同学心烦。

再说这事不是说一个学生有问题来了，针对这个学生就能解决问题的，还涉及很多方面，周围的人，老师、家长的配合……

“啊……”安赫抬腿蹬了一下办公桌，把椅子往后倾着靠到墙上，瞪着天花板叹了口气。

还有十五分钟放学，安赫站起来溜达出了办公室，往楼下走。他打算去班上转转，开学一周，学生一个个都跟犁田不给饭吃被虐待了好几个月似的，有几个上着课都能打出呼噜来，还吧唧嘴。

下到二楼转角时，他看到一个男生脸冲墙站着，拎着书包，地上还有几本散落的课本。

安赫过去把书捡起来塞回他书包里，这个男生像是被吓着了，很惊慌地看了他一眼，又迅速把脸转回去继续冲着墙，嘴里小声地念叨着，也听不清在说什么。

“快放学了，回教室吧。”安赫拍拍他的肩，下了楼。

这个学生是高二的，这样子已经有一段时间了，性格内向，经常被欺负，很多时候都能看到他站在办公室某一层的楼梯上冲着墙说话。

一开始还有老师试着问问情况，时间长了，也就没人管了，至少在这里待着，他不会被别的学生揍，但要继续这样下去，这学期肯定得劝退他。

安赫轻轻叹了口气。

要说问题学生，哪个班都有，只看你重视不重视，是把他们粗暴地一律归到麻烦里，还是愿意一个个分析解决了。

走到自己班门口时，安赫看到有人靠在走廊上看风景。听到他的脚步声，那人转过头，拿着纸巾捂着嘴叫了他一声："安总。"

是他班上的学生，叫李乐，长得很清秀白净，就是……安赫站在楼梯口冲他招招手："你过来。"

李乐捏着纸巾走了过来。"什么事？"

"你跟这儿站着干吗？瞭望？"安赫看着他。

"不乐意在教室里待着，"李乐皱皱眉，"那帮人又抽风来着。"

"怎么抽的？"

"拐着弯骂人，躲都躲不开！"李乐很不爽地转脸往教室那边看了一眼，话说得挺轻松，但眼神却不是这么回事，"一群神经病！"

"不是我说，"安赫指了指李乐的脸，"你能不化妆来学校吗？"

"安总，你歧视啊？"李乐瞪着他。

"我不歧视，我就告诉你学生不能化妆，你想化妆等放学了以后。"安赫指了指走廊尽头的水池，"给你三分钟，去洗脸。"

李乐摸了摸自己的脸，很鄙视地看了他一眼："安总，要用卸妆油……"

"你肯定带了护手霜，就用那个，去洗了。你碰上事要跟我说，他们要再敢抽风骂人，我替你收拾他们。"

李乐"啧"了一声，很不情愿地往水池那边走了过去。

安赫进了教室，李乐说的"那帮人"，头儿就是张林，他直接走到张林座位旁边弯腰一把按在张林脖子上。张林正玩手机呢，被他这一按吓了一跳，刚想开骂，扭头看到是安赫，赶紧把手机往抽屉里塞。

“皮痒呢？”安赫凑到他耳朵旁边小声说，“是准备送我的吗？”

“我保证明天不带来了。”张林用胳膊挡着抽屉。

安赫正要说话，下课铃响了，班上顿时跟水开了似的“轰”一声热闹了起来，响起书包砸在课桌上的声音。安赫直起身，说：“重获新生了啊？”

“是——啊——”有人拉长声音笑着说。

安赫没多说什么，指了指张林：“你留下。”

“啊？”张林愣了愣，“我又留下？”

前排几个男生回头冲张林一个劲乐，安赫挨个指了指，在旁边的座位上坐下了。“还有你们几个，都留下，陪我说会儿话。”

班上的人都走光了之后，安赫看着留下的几个男生。“直接说主题，知道什么叫尊重人吗？”

几个男生愣了愣，张林问了一句：“什么意思？”

“李乐招你们惹你们了？手欠嘴欠敢冲别人去吗？”安赫看着他，“我知道你们觉得他不够爷们儿，但这有你们什么事？影响你了？”

“哎！”张林喊了一声，“就看着他不爽，一男的老化妆，眼线涂得跟熊猫似的。”

“我看你还不爽呢，我揍你了吗？”安赫“啧”了一声。

“安总你……”

“你们都不傻，我话也不用说得太重。”安赫站了起来，“一个人有一个人的性格，有你看不顺眼的，也有看你不顺眼的，学会宽容不会让你丢人的，懂吗？”

张林叹了口气：“懂啦。”

“懂了就走吧，别让我再看到你们几个跟李乐过不去。”安赫挥了挥手，走出了教室，“真爷们儿就活得大气点儿，行吗？”

回办公室收拾了东西再出来的时候，学校里已经没什么人了，安赫伸了个懒腰。

下楼的时候面壁的那个男生已经换了地方，顺着办公楼一楼的墙根念念叨叨地慢慢往外走着。

安赫从他身边走过，路过校长办公室时往里扫了一眼，看到蒋校长还没走，正埋头在电脑前敲着什么。安赫在门口停了几秒钟，快步走出了校门。

也许明天他会找蒋校长聊聊吧。

校门口往旁边停车场去的人行道上都停满了电瓶车，安赫不得不走到了马路边上，正是下班的时间，喇叭叫成一片，听着都心烦。

闷头走了没多远，身后有个喇叭声吵得他实在受不了了，他都踩着下水道盖子走了，“嘀嘀嘀”声还是跟着他叫得就没停过，他有些烦躁地转过了头。

“还以为砸你手一下把你耳朵砸聋了呢。”那辰坐在庞巴迪上看着他，嘴角带着笑。

“你怎么跑这儿来了？”安赫愣了愣，“找许静遥还是找我？”

“找你啊。”那辰盯着他的手看，“我找老中医开了药，给你泡手。”

“行动真迅速啊，一周了都，你怎么不下个月再让我泡手呢。”安赫笑了笑，“手都好得差不多了。”

“啊？”那辰也笑了笑，“我怕你回过神了生气。”

“不至于，我要发火当场就发了。”安赫转身继续往停车场走，那辰经常失控的情绪他已经见怪不怪了，只是今天突然忍不住想了想，在那辰之前的那些日子里，如果有人帮他一把，他现在会是什么样？

“请你吃饭。”那辰开着车在他身后慢慢跟着。

“不用这么客气。”安赫回头说了一句。

“你请我。”那辰回答得很干脆。

“你的意思就是要一块儿吃个饭呗？”

“嗯。”

安赫进了停车场，那辰也跟了进来，把自己的车停在了他的车旁边。

“你……”安赫犹豫了一下，今天不是周末，一般工作日他不太愿意晚上出门，他需要有充足的睡眠和安静的时间才能保证第二天的工作状态，但那辰一贯笨拙又有些生硬的态度让他还是拉开了车门，“走吧，吃什么？”

那辰跳上副驾驶，不假思索地说：“上回去的电玩城，旁边不是有家蒸菜馆吗？”

“吃蒸菜？”安赫愣了愣，蒸菜在他看来跟快餐没什么区别，不过他很快反应过来了，“其实今天你不是来叫我吃饭的吧，你是想去电玩城？”

那辰侧过脸看着他，嘴角勾出一个微笑：“飙车，敢不敢？”

“哟，”安赫笑了，发动了车子，“是不是偷摸练了？”

“试试。”那辰指了指前面，“看路。”

停车场出来就是马路，车水马龙，平时安赫都是赶着时间出来，避开车最多的这会儿。

今天出来得晚，门口已经挤满了车，基本一辆连着一辆，有点儿缝也挤不过去，还都让各种逆行的电瓶车塞满了，十分钟了，安赫的车还堵在停车场门口没挪窝。

“挤，安老师你这会儿别高素质了。”那辰在旁边说，“你个自动挡还怕挤不进去吗？”

安赫只得往前面横着的车腰上顶了顶。

“再往前点儿，你还给电瓶车留位置呢？这么多逆行的你等他们过完得等到后半夜了。”那辰“啧”了一声。

“唉！”安赫只得又往前一点点地蹭，把能过两溜电瓶车的空间挤成了只能过一溜了。

前面的车终于拐了出去，那辰在旁边拍了拍车窗，一连串地说：“跟上，过过过过……”

安赫轻轻踩了一脚油门儿，车往前滑出去，很慢地切断了电瓶车的线路。

一个骑电瓶车的大叔很不服气地强行从车头逆行着挤了过去，安赫有点儿无奈，踩了刹车，大叔却突然停下了，转过头盯着他。

安赫没说话，也看着他。

大叔低头看了看车头，又抬头继续盯着他，脸上的表情很难看。

“怎么着？”安赫顿时有些烦躁，“赶紧走又没碰着你！逆行还有理了？”

大叔不出声，继续一眼他一眼车头地轮流着盯着看。

安赫按了按喇叭。

大叔满脸不爽地往前慢慢蹭着，故意磨磨蹭蹭地不让开，路很快又被堵死了，安赫一巴掌拍在方向盘上，不想说话了。

就在大叔要离开车头范围的时候，那辰突然往驾驶座这边凑过来，冲着车窗外喊了一声：“嘿！”

“你干吗？”安赫吓了一跳，他虽然很烦，但不想惹事。

那辰没理他，冲还瞪着他俩的大叔抬了抬下巴。“你看什么？”

大叔愣住了。

“问你呢大爷，”那辰指了指他，“你有事啊？”

大叔大概已经做好了吵架的准备，没想到那辰会问这么一句，瞪着他没说话。

“你有什么事？”那辰看着他继续说，“你有事你就说。”

大叔张了张嘴，但那辰没给他开口的机会，一挥手：“没事啊？没事你走啊！”

大叔让那辰这几句话说得有点儿发蒙，再加上旁边又是喇叭又是各种发动机的轰鸣，他有些愣神地把电瓶车往前“噌噌噌”地开出去了好几米。

前面终于又有了空隙，安赫挤了进去，终于在两分钟之后汇入了大街上的车流当中，一直到开出路口了，等红灯的时候他才看了那辰一眼，有点儿想笑。“你刚干什么呢？”

“不干什么，”那辰的手指在车窗上很有节奏地敲着，“我就采访一下他。”

“神经了你。”安赫的话是脱口而出的，说完了立马有点儿后悔。

不过那辰似乎并不在意，靠着椅背冲他竖了竖拇指：“安老师好眼力。”

“有巧克力，吃吗？”安赫指了指后座。

那辰回手从后座拿过巧克力，撕开包装掰了一块塞到了他嘴里，安赫能闻到他手指上淡淡的烟草味儿，安赫含着巧克力，过了一会儿才问了一句：“洗手了没啊？”

“没洗！”那辰侧过脸看着他，把手指往裤子上来回蹭了几下，挑衅地看着他。

“算了，”安赫说，“吃都吃进去了。”

因为那辰今天的主要目标是挑战不是吃饭，所以在蒸菜馆里，他俩迅速拿了几个菜之后就坐在桌边一言不发地开始低头猛吃。

“这粉蒸肉也太假了，”安赫吃完之后都不知道吃了什么，因为最后一筷子夹的是粉蒸肉，所以就近评价了一下粉蒸肉，“我还以为夹的是肉呢，一团粉……”

“有空给你做。”那辰说，仰头把一小盅汤喝完，抓过纸巾擦擦嘴，“走？”

“找虐还这么着急呢你。”安赫站了起来，他已经很久没有过这种被人挑战他强项的快感了，“走。”

安赫不知道那辰这段时间来玩过多少回，不过看他熟练地投币选关的样子，估计没少来。

“如果我赢了……”那辰转过头看着他。

“嗯？”安赫应了一声。

“我赢一盘就算赢，如果我赢了……”

安赫愣了愣，打断了他的话：“等等，玩多少盘？”

“我想想，”那辰低头很认真地想了一会儿，“十盘。”

“滚，”安赫乐了，“玩十盘你赢一盘就算你赢？”

“是的。”那辰一脸严肃，“我一直都没破过你那天的纪录呢，来不来？”

“……行吧，”安赫对那辰一脸正经地耍赖有些无奈，手指在车把上弹了弹，“你赢了怎么着？”

“周六鸟人在沸点有演出，你来看。”那辰说。

“好。”安赫点点头，“你要输了呢？”

“每天给你做饭。”

安赫呛了一下，看着那辰半天没说出话来。

那辰皱着眉：“不愿意？”

“没。”安赫不知道该怎么说，他拿不准那辰这是什么意思，“我……”

“哎，我不上你家做。”那辰有些不耐烦地“啧”了一声，“我做好了给你打包送过来，你吃就吃，不吃扔了我也不知道。”

安赫没说话，选了开始竞速。

刚开始还没太大感觉，一圈过后，安赫发现那辰的水平提高了不是一点儿两点儿，是挺多点儿。

他已经不能像上回那样轻松甩开那辰，那辰的车始终牢牢粘在他的车后面。

三圈之后，安赫忍不住吹了声口哨。“长进不小啊。”

最后一圈他没再想办法甩掉那辰，只是保持着速度防着那辰突然超上去，不过结束时，那辰也没能超车。

“再来。”那辰没多说别的，又投了币。

安赫笑了笑，一拧油门儿冲了出去。

这回的赛道是荒原，虽说弯多，但障碍少，对水平已经有不小提高的那辰来说，是很容易赶超的。

安赫盯着屏幕，他已经很久没这么认真地玩过了，听着音箱里传来的轰鸣，他恍惚有点儿回到了很多年前，偶尔依靠着这些游戏发泄掉自己郁闷情绪的日子里，为数不多的畅快感觉。

两盘过后，那辰停了下来，没急着投币，往安赫这边看了一眼：“你上次带我过来的时候没认真玩？”

“挺认真的，但还可以更认真些。”安赫笑笑，“三盘了。”

“再来。”那辰咬咬嘴唇。

安赫看着那辰的侧脸，他挺喜欢这种时候的那辰，有点儿不爽，有点儿不服气，还有点儿犟。

不过那辰的这个劲头在输了第八盘的时候开始泄了，盯着屏幕不动了。

安赫看着他这样子有点儿不落忍，其实他不是太清楚那辰究竟是希望他去看演出还是想每天给他做菜，只是觉得这小子现在就是输郁闷了。

他琢磨着要是那辰还要继续，是不是该让一把。

“再来，还有两盘呢。”那辰的声音有点儿发闷，又补了一句，“不用让我。”

安赫笑了：“好。”

第九盘是之前跑过的地图，荒原。

安赫跑第二圈的时候就发现那辰跑这个地图特别有感觉，这会儿大概是憋着劲，一直死死跟着他的车，他一直没机会把距离拉开。

最后一圈弯道的时候，安赫拐得稍微大了一点儿，就这短短一点儿距离，他就觉得这盘估计要输了。

果然，那辰的车就在这时贴着他的车内侧“唰”地超了过去。

“行！”安赫喊了一声。

“哈！”那辰也挺大声地喊。

两辆车前后差了不到一秒冲过终点，没等屏幕上的成绩打出来，那辰已经跳下了车，凑到他耳朵旁边又喊了一声：“哈！”

安赫笑了起来，捂着耳朵：“聋了。”

“周六我去接你。”那辰很愉快地打了个响指。

“嗯。”安赫点点头，从车上下来，活动了一下胳膊，“现在呢？走？”

那辰没回答，很快地靠了过来，狠狠地拥抱了他一下。

安赫顿时愣住了。

这个拥抱里带着的喜悦和满足，像是流浪的小动物找到了依靠一般。

那辰退了一步，正要说话，身后突然传来“砰”的一声。

俩人都被这声音吓了一跳，转回头，看到几个大妈，其中一个正从后面的推币机吐币的槽里往外扒拉币。

“这个怎么玩？”那辰的注意力立刻被吸引过去了，很有兴趣地问安赫。

“这个就是……”安赫收回思绪刚想解释，另一个大妈突然对着另一台推币机也狠狠踹了一脚，又是“砰”的一声。

吐币的槽里掉出几个币，大妈飞快地扒拉出来了，那辰有些吃惊地盯着。“踢？”

“……不是。”安赫有些无语，几个大妈看起来是常客，很熟练地往机子上挨个踢着，“玩别的吧。”

“我要玩这个。”那辰来了兴趣，往其中一个推币机走了过去，“你告诉我怎么玩，这个能赚钱。”

“玩那边的，这个都被踢过了，不好推了。”安赫拉住他，赶在几个大妈扫荡之前站到了一台机子前。

安赫很少玩推币机，这东西要有耐心，还得看运气，告诉那辰怎么推之后，他靠在机子上看着那辰一个个往里扔币。

“要我帮你踢吗？”安赫看他扔了十来个币了，机子里也没有动静，笑着问了一句。

“不用。”那辰摇摇头，“这玩意儿也不是完全不能控制的啊……最多再来十个币。”

没等安赫再说话，那辰往投币口里一气儿排着扔进去七八个币，币在机子里稀里哗啦一通蹦，几秒钟之后，在台子最前端的一堆币“哗”的一下掉了下去，吐币的槽里叮叮当当一阵响。

“哈！”那辰喊了一声，伸手把币都抓了出来。

安赫凑过去跟着一块儿数了数：“你投了多少个数没数？”

“数着呢，”那辰“啧”了一声，“还没回本儿……”

“那你回不了本儿了，”安赫笑了，指指机子里面，“那块儿都空了，不扔百八十个进去是推不出来了。”

“骗人玩意儿！”那辰转身就走，走了两步又猛地回过身，差点儿跟安赫撞上，他让了一下一个踉跄撞在了推币机上。

“怎么？”安赫伸手拉了他一把。

“没掉啊。”那辰“啧”了一声。

“废话这能掉的都已经让你推出来了。”安赫有点儿无奈，“假摔还挺像，吓我一跳。”

“我去撞那个。”那辰原地转了一圈，指了指最靠里的一台机子，大步走了过去，那台推币机位置隐蔽，大妈踢币队还没来得及扫荡。

“喂！”安赫赶紧追上去，那辰这个疯劲上来了指不定会干出什么来。

没等那辰走到机子旁边，一个叼着烟的大叔走了过去，抢先一步站到了机子前。

“唉。”那辰叹了口气停下了步子。

大叔没有投币，而是对着机子猛地拍了一掌。

币没有掉出来，大叔又是一掌。

“喝大了。”那辰捂了捂鼻子。

安赫也闻到了浓浓的酒味儿，拉着那辰转身就走。

大叔估计是被两掌都没拍出币来的现实激怒了，使出了一套连环八卦掌，机子被他拍得惨叫连连。

安赫和那辰还没走出两米远，身后传来了玻璃碎裂的声音。

回头一看，大叔把推币机上的玻璃罩给拍碎了。

“好多币！”那辰一把抓住了安赫的手说了一句。

“走吧。”安赫想继续往前走，他已经看到有不少人围了过来，电玩城的工作人员也从远处往这边跑了。

“等。”那辰没动，围过来的人已经包围了推币机，都伸手往里抓着。

“你……”安赫想要阻拦已经来不及了，那辰兴致高涨地扭头挤进了人堆里。

工作人员已经近在咫尺，安赫看到那辰抓了一把币放进了口袋里，赶紧上去拉着他扭头就往电玩城门口跑。“行了，快走。”

俩人一口气跑出了电玩城，安赫一直带着他跑进了旁边的小街才停下了脚步。

“哄抢了……多少？”安赫喘着气，摸了摸那辰的口袋。

“没多少。”那辰笑笑，“没好意思多抓，就十来个，够下回请你玩的。”

“你这要是我学生我真的要教育你了啊。”安赫笑了笑，伸手到那辰口袋里掏了掏，“这些币要我玩的话，能玩好几天了，你的话大概一小时。”

“我就图个刺激，下次不这么干了呗。”那辰也掏了掏，笑了半天，突然放低声音叫了他一声，“安赫。”

“嗯？”安赫靠着旁边的墙摸了根烟出来叼着。

“你跟我出来玩，开心吗？”那辰问。

“挺开心的，怎么了？”安赫看了他一眼。

“给我一块钱钢镚，”那辰向他伸出手，“一起存吧。”

安赫看着那辰在黑暗中闪着亮光的眸子，犹豫了一下，在身上摸了摸，找到了两块钱，都放到了他手里：“一次是你采访大爷的，一次是你哄抢游戏币的。”

那辰笑笑，把钱放进了兜里。

安赫低头点烟，刚打着打火机，那辰突然又说了一句：“咱俩能一直是朋友吧，不会消失的那种，我很久没有这么开心过了。”

安赫的手抖了一下，打火机掉在了地上。

脑子里挺热闹，跟商场搞活动请的大妈鼓号队似的，噼里啪啦响个不停，节奏还有点儿跟不上。

这句话在他耳边来来回回地飘荡着，从前绕到后，从后绕到前。

绕得他很长时间都没有说出话来，嘴上还叼着没点的烟，就那么盯着那辰看着。

那辰也没再说话，沉默地跟他对视了一会儿之后，低下了头，慢慢蹲了下去，捡起了掉在地上的打火机，“啪”的一声打着了。

小小的火光跳动着，照亮了那辰的脸，在他脸上投出忽明忽暗的阴影。

他能从那辰现在的表情上猜测出，这大概是那辰头一回跟人说出这样的话。

有些紧张，眼神里带着些躲闪的期待。

那辰蹲在他面前，低头一下下按着打火机，单调的啪嗒声不断响起，火光也不断地亮起，暗去。

安赫冲着那辰背后的树影发了一会儿呆，也慢慢蹲了下去，按住了那辰正在玩打火机的手。“劳驾，点烟。”

开口出声之后，他听着觉得自己的嗓子有点儿紧。

那辰看了他一眼，把打火机打着了递到他面前。安赫的烟点着之后，那辰给自己也点了根烟叼着。

俩人继续沉默，蹲在昏暗的路边看着就跟劫道的在规划逃跑线路图似的。

安赫知道如果自己一直不出声，依那辰的性格，估计也会一直沉默下去，最后起身走人，一句话都不会再留下。

他叹了口气，轻轻弹了弹烟灰。

“你刚说一直是朋友……”安赫看着他的眼睛。

那辰勾勾嘴角，笑得有些微妙，“你脑子转得真够慢的，这么半天了……”

“你想了很多吗？”安赫笑笑。

“嗯，我伟大的思想都上北城转了一圈又坐公交车回来了。”那辰狠狠地抽了两口烟，烟头上的火光一下变得很亮。

“我不知道该想什么。”安赫如实回答。

“那就别想了。”那辰叼着烟站了起来，烟雾从他眼前飘过，他眯缝了一下眼睛，“我就随便一说，你随便一听就完了。”

安赫听出了他语气里的不爽和失望，跟着也站了起来，想说的话还没有来得及说出口，那辰已经转过身往街口快步走去。“周六沸点别忘了，晚上十点我去接你。”

安赫站在原地没动，看着那辰和他被拉长了的影子消失在街角，重新蹲下，又点了根烟。

有些话他不想对那辰说，说了也没什么意义。

他善于倾听，却不善于倾诉。

在很多时候他愿意选择沉默，某些事上他不需要任何认同和理解。

他不需要那辰知道他不会再轻易将别人请进自己的生命里。

尽管安赫知道，说出这样的话，无论原因是什么，对那辰来说都是件很艰难的事，他也很清楚在听到这句话的那一瞬间，他心里除去意外和惊讶之外的另一种感觉是什么。

但他现在没有办法给那辰一个回答，在这件事上，不存在同情和安慰。

安赫有些烦躁地把没抽几口的烟掐了，站起来慢慢往街口溜达。

走了没几步，天空中飘下几片雪花。

他抬头看了看，这大概是今年最后一场雪了。

手揣在兜里走进停车场，转了两圈安赫才找到自己的车，刚走过去想要上车，发现旁边蹲着个人。

看到他过来，那人突然站了起来，把安赫吓得退了一步。

看清是那辰之后，他愣了。"我以为你走了呢。"

"没。"那辰的声音有点儿闷，"我等你开车送我，我的车还在你们学校停车场。"

"那上车。"安赫拉开车门，"你怎么不给我打电话叫我过来……"

"我现在没手机，"那辰绕过去坐到了副驾驶座椅上，"下个月再买。"

安赫想起来之前那辰是说过手机坏了，但没想到他一直没再买。"干吗下个月才买？没手机多不方便。"

"没感觉。"那辰的回答倒是在安赫的意料之中。

安赫发动了车子之后，那辰又说了一句："你有能用的旧手机吗？"

"……有，"安赫看了他一眼，"怎么了？"

"给我。"那辰也看着他。

"你……钱紧张？"安赫有些不能理解，从那辰穿的用的都能看得出他不缺钱，还开着辆三十来万的摩托车，"要不我给你买一个吧。"

"给不给啊，就旧的，你怎么这么啰唆。"那辰皱了皱眉，"我喜欢旧东西。"

"那好说，我抽屉里有一堆从学生那儿没收了他们毕业了都不要的……"

那辰盯着他不出声，脸上没有笑容，表情看着特别像他俩第一次见面时的样子。

安赫叹了口气："周六拿给你吧。"

"嗯。"那辰点点头。

安赫虽然有自己的壁垒，但曾经的朋友，不论关系或深或浅，距离或远或近，都没有哪一次能像今天这样让他回到家里泡完澡了都还在琢磨的。

躺在床上，只要闭上眼睛，那辰的脸就会在他眼前晃动。

说出那句话时有些紧张的神情，带着闪躲却透着期待的眼神，在火光里忽明忽暗的侧脸……

"唉……"安赫翻了个身。

这种感觉让他不太踏实。

没过多久，安赫没来得及细想就迷迷瞪瞪地睡着了。

第二天早晨，生物钟居然失灵了，安赫睁眼的时候居然比平时晚了快半个小时，这意味着他就算不吃早餐，也迟到了。

安赫连滚带爬地从床上蹦起来，一边穿衣服一边往浴室跑，刷牙的时候老觉得吞了不少牙膏沫，洗完脸出门了嘴里还弥漫着挥之不去的薄荷味儿。

出了门风一吹，脸一下绷得发疼，上车之后翻了半天，找了支护手霜出来往脸上胡乱涂了涂。

"这日子过的得……"安赫"啧"了一声，发动了车子。

到了停车场刚把车停好，蒋校长的车就开了进来，挨着他的车停下了。

安赫觉得自己挺倒霉的，难得迟到一次，还能碰上领导，虽说他第一节没课，迟到也不是太大的问题，但他还是不愿意被蒋校长这种当着校长还满额工作量上课的工作狂领导看到。

"安老师，"蒋校长从车上着急忙慌地跳下来，看到了他，"起晚了？"

“啊，起晚了。”安赫本来想随便应一声就跑，但顺嘴又说了一句，“蒋校长也迟到了啊……”

蒋校长有点儿尴尬地笑了笑：“是啊，早上出门的时候找不到钥匙了。”

安赫没再说话，觉得自己大概是没睡好。

“安老师，”蒋校长跟他一块儿往教学楼走过去，“那件事考虑得怎么样了？我想了一下，如果你需要助手，我们这学期可以招一个心理学专业的毕业生。”

“我……”安赫犹豫了一下，“我先弄着，现在就说什么助手不助手的不实际，做起来了才知道。”

“你肯定能做好。”蒋校一听这话就笑了，拍了拍他的肩，“五楼音乐教室旁边不是还空着两间教室吗，可以给你，别的你看需要什么，直接跟我说就可以。”

“嗯。”安赫觉得有点儿迷茫，这就莫名其妙地要开始做了？

安赫并不是工作狂，自己分内的工作他会认真做完，但对范围之外的事，他并不想多管。

但现在他除了正常上课，还得考虑心理咨询室的事，按蒋校长“要做就要做好”的原则，就不是像某些学校那样，找一个老师往办公室里一坐就能行的，那样老师倒是挺轻松，因为根本不会有学生去。

各种工具书，量表，需要用到的基本道具……两三天时间里，安赫除了上课，其他时间都在五楼的办公室里泡着。

周六他都没睡懒觉，一整天都在看书和查资料。

一直到下午林若雪打电话来叫他出去唱歌的时候，他才想起来今天答应了那辰要去看演出。

“来不来，先吃饭，然后唱歌，好久没唱歌了。”林若雪在那边问，“咱俩快有一年没情歌对唱了，你得来陪我浪一把。”

“不了，我有别的安排，今儿你自己浪吧。”安赫看了看手机，七点多了，泡个澡吃点儿东西时间就差不多了。

“哟，安子，”林若雪的音量提高了，“现在叫你出来还得提前预约了是吧？”

“是的，你下回找我的时候提前三天，我看我行程给你安排时间。”安赫笑着说。

“跟谁约了？那辰？”林若雪小声问。

“嗯。”

“安子……”林若雪顿了顿，“多久了，没见你有过这样的朋友，以前这种跟你一样心理不怎么健康的都有多远躲多远吧，这回怎么感觉还处成铁子了呢？”

安赫走到窗边靠着，想了很久才回了一句：“其实有时候感觉也不是不能有这么个朋友……”

“要换个靠谱的人我肯定支持，”林若雪回答得很快，“如果是那辰，我也不会强烈反对，你总得有点儿改变。”

“是吗？”安赫笑了笑。

“不破不立，我不参与意见，你自己的事自己把握。”林若雪“啧”了一声，“行了，不跟你废话了，我得浪去了，下次我提前预约，你给我留时间。”

“好。”安赫挂了电话，对着窗外又发了一会儿呆，拉好窗帘进了浴室。

泡完澡整个人都有些发软，他换好衣服趴到床上就不动了，全身都是酥软放松的。

手机是九点半响起来的，拿起来看到是个陌生的座机号，安赫意外地有些期待。

“喂？”他接了电话。

“能出来了吗？我在你们小区门口了。”那辰的声音传了过来。

安赫坐了起来。“我马上出去，你拿什么电话打的？”

“门口小超市的电话。”那辰吸吸鼻子，“快出来，别开车。”

“开你车？”安赫从柜子里拿了条围巾，“齁冷的。”

“我喜欢。”那辰挂掉了电话。

安赫把自己裹好，出了小区一眼就看到了那辰正骑着庞巴迪在路边等着他，黑长直和皮裤、长靴很抢眼。

“你是不是跟乐队演出的时候就一定得这样？”安赫坐到后座上，把围巾拉起来挡着脸。

“嗯。”那辰发动车子，“一开始我们想找个女孩儿到乐队里来，但是没找着合适的。”

“所以你就……”安赫话还没说完，车子就冲了出去，他猛地往后一仰，差点儿闪着脖子。

那辰回手拽着他的胳膊把他往自己身上拉了拉。“扶好！”

沸点定期会有各种主题夜场，这个周六请了几个乐队过来表演，外地的，本地的，老乐队，新乐队，都有。

安赫跟着那辰进大厅的时候，已经满满的都是人了，台上有乐队在暖场，唱得很带劲，台下的人群在明暗交替的各色灯光里笑闹着。

这是安赫熟悉的场景，但今天的感觉不太一样。

他跟那辰坐在台侧的桌边，除了乐队的几个人，还有他们带来的人，安赫不熟，拿着酒杯听他们瞎聊着。

那辰今天很沉默，跟谁都没有说话，偶尔拿起杯子在安赫的酒杯上磕一下，仰头喝一口，安赫转头看他的时候，他的目光始终落在别的地方。

一直到乐队要上场了，他才凑到安赫耳边轻声说：“今儿我唱。”

安赫看了他一眼，有些意外。“你不是从来都不唱吗？”

“今天唱。”那辰站了起来，“你不要看别人，看我，知道吗？”

“嗯。”安赫笑了笑。

之前乐队唱的歌都很劲爆，大厅里的气氛被挑得很火爆，鸟人乐队的几个人在台上站好之后，兴奋的人都吹着口哨连叫带喊的。

李凡低头拨了一下吉他，安静的吉他声滑了出来。

在喧嚣的音乐之后听到这样安静的调子，大厅里一下静了下来。

安赫拿着酒杯轻轻晃了晃，这前奏他听着有些耳熟，直到李凡开口唱了一句，他才听出来了是什么，跟着哼了两声，心里一下静了。

“寒夜的脚步是两个人，一路被紧紧地追赶，而你的眼神依然天真，这是我深藏许久的疑问……”

李凡唱了几句之后，那辰突然从架子鼓后面走了出来，拿起了放在鼓架旁边的一把吉他，站到了李凡身边，手指在弦上轻轻扫过，往安赫这边看了一眼，摘下了一直戴着的口罩。

台下开始有人吹响了口哨，鸟人在沸点的演出挺多，但鼓手还是第一次弹吉他，还摘掉了口罩。

“你不要隐藏孤单的心，尽管世界比我们想象中残忍……”那辰沙哑直白的声音传了出来，台下的人先是一阵安静，接着就爆发出了一阵尖叫。那辰低下头，盯着吉他。“我不会遮盖寂寞的眼，只因为想看看你的天真……”

安赫喝了一口酒，那辰的声音在他心里掠过，带起了细小的战栗，他靠在沙发里，看着低头轻唱着的那辰，忍不住跟着轻轻唱出了声：“我们拥抱着就能取暖，我们依偎着就能生存，即使在冰天雪地的人间，遗失身份……”

“我们拥抱着就能取暖，我们依偎着就能生存，即使在茫茫人海中，就要沉沦……”

安赫的目光始终停留在那辰身上，那辰没有再往他这边看，只是低着头安静地唱着，就像第一次安赫见到他打鼓时那样专注。

有一瞬间，安赫觉得身边都安静了，所有的人和事都离他远去，只剩下了台上静静站着的那辰。

“下面是首新歌，”李凡的声音把安赫拉回了现实里，“为台下的某个朋友写的。”

大厅里响起一片尖叫和掌声，安赫的心一阵狂跳，不知道是激动还是在期待，酒杯在手里几乎要被捏碎，他的手有些抖，喝了一口酒之后，他把杯子放回桌上，盯着那辰。

吉他声再次响起，一直站着没动的那辰突然转过了身，走到了台侧，正对着安赫的方向，指尖在吉他弦上划过，李凡的吉他停了，只剩下了那辰指尖跳动的音符。

一段长长的 solo（独奏）过后，那辰抬起头往他这边看了一眼。

“暗了的街灯，黑夜里寂寞的灵魂……屏住了呼吸，时间里拉长了身影……”那辰再次抬起头，目光穿过人群落在了安赫脸上，“我挥动着绿色的翼，寻找你的呼吸……”

安赫正要去拿酒杯的手停在了空中，那天在车里听过的那辰随意唱出的旋律让他的呼吸猛地停顿了。

安赫一直觉得自己不是个浪漫的人，也从来没做过什么浪漫的事，而且大概因为他不浪漫，所以他能体会到的浪漫也不多，最浪漫的事也就是大学的时候某个情人节有人从楼上给他扔了束玫瑰，扔下来还砸脑袋上了……

像在这种场合有人弹着吉他看着他，唱着为他写的歌，从来没有过。

在四周的尖叫和口哨声中，安赫的耳朵里嗡嗡的，他仔细地从嘈杂的声音里找出跟着那辰的歌声。

当那辰从台子上跳下来走到他面前时，他往后靠在了沙发上，拿起杯子喝了一口，跟大家一块儿举起手跟着节奏一下下拍着。

“我扔了翅膀，忘掉天堂，”那辰站在他前面，低头专注地唱着最后一段，“最后的记忆，是向着你飞翔……”

音乐声停止之后，安赫只觉得自己身边一片喧闹，喊的叫的，拍桌子的，他脑子里全是那辰的最后一句，向着你飞翔……

一直到那辰的手撑在了他身后的靠背上，他才抬起头来看着那辰。

“别想太多，跟个老年人一样。”那辰看着他，“人活着就应该开心，不痛快里头也得找开心，哪怕就那么一点儿，就试试抓住又能怎么样？”

“我……”安赫轻轻叹了口气，低头看着手里的酒杯，如果换一个人，用这种可以算得上半强迫的方式，他绝对会站起来走人。

那辰打断了他的话：“你连试着主动开心都不敢吗，老成这样了？”

“去你的！”安赫让他给说乐了，“别激我，我不吃这套。”

“那你老没老啊？”那辰勾了勾嘴角，笑着看他。

“还成吧。”

“敬年轻人。”那辰随手拿过旁边的酒冲他晃了晃，仰头喝光了。

·番外·

新的人生

入秋之后气温一天比一天降得明显，早上那辰在休息室的小床上醒过来，立马打了能有二十个喷嚏，感觉都快缺氧了。

但他还是套上衣服，先过去把窗打开了，换换气。园区长期弥漫着火星子味儿。

他已经挺长时间没值过夜班了，休息室窗外的三棵银杏树看着似乎都长高了一截。

不过这三棵银杏树昨天还是黄的，他还拍了几张照片感慨人生处处有美景，结果一夜之间，就有两棵已经秃了。

剩下的那棵半秃的看着仿佛很不合群。

他叹了口气，拿过手机，准备再拍一张，感慨一下人生处处有遗憾。

手机刚对着树，一阵风刮了过来，树上的叶子瞬间泛起一片闪动的金色，他赶紧把手机切换到摄像模式。

树上的黄叶就这么被风卷着，几秒钟之内就脱离了树枝，在风里洒下一大片金黄。

“太美了，看到没？”他把视频发给了安赫，又补了一句语音，

“我还是第一次拍到落叶全过程。”

外面的树变成了三个秃子，看上去又是一伙的了。

收拾完换好工作服，往办公室去的时候，那辰看到路边蹲着个人。

走近了发现是上月新来的化妆师小林，是个小姑娘。当时一块儿来的还有一个小姑娘和一个小伙子，不过坚持干满了一个月的只有她。

“刚下班吗？”他过去问了一句。

“也不是，半夜已经做完了。”小林转过头，“辰哥。”

“还没缓过来？”那辰问。

“一阵一阵的，”小林笑笑，“昨天送来两个，都是年轻人，看着跟我年纪差不多，没有什么难度，也不用修复，但就是特别难受，太年轻了。”

那辰叹了口气。

“父母就在外面，一直哭。”小林也叹了口气，“本来我晚上有点儿害怕的，也顾不上怕了，就是难受，也不知道多久才能适应。”

“你已经做得挺好的了。”那辰说，“你师傅刚来那会儿……还没你强呢。”

“他说他一来就特别适应。”小林看了他一眼，笑了笑，“你安慰我呢？”

“他都这么吹了，我也不好戳破他。”那辰笑了笑，“不过，挺过前几个月，慢慢就好了，无论之前是什么样的人生，最后让他们体体面面地离开。”

“说是这么说，”小林说，“我还没告诉家里工作的事呢，只说了是化妆师。”

“打算坚持干下去了再考虑跟家里说吧，”那辰说，“万一……”

“我还是会坚持的，我觉得除了情绪有点儿波动，别的都还好。”小林说，“这个工作其实挺单纯。”

“适合你的性格。”那辰笑笑。

“嗯。”小林点点头，“谢谢辰哥陪我聊天。”

“怎么这么客气。”那辰看了一眼时间，“我先过去了，今天有个小晨会。”

“好。”小林摆摆手。

这份工作其实挺累的，休息时间少，哪怕是下了班也随时有可能被叫回来，跟人打交道的时间也多，家属好的，坏的，激动的，难受的，各种强烈的情绪每天都能感受得到。

会疲惫的。

不过对那辰来说，倒还能适应，他的同学里，还在做这行的没几个了。

晨会很简短，就是交流一下最近这两天的工作情况，以及接下来几天的安排，再处理一些投诉。

忙完这一阵，他看到安赫给他发过来的消息，问他中午要不要一起吃饭。

他给安赫拨了个电话过去。

“这会儿闲着了？”安赫接了电话。

“嗯，刚开完会。”那辰说，“中午还真不知道有没有时间，已经预约的就有四五个车，如果没有突发的，就能吃上饭。”

“那我一会儿收拾完直接过去吧，你有时间吃饭就吃，没时间我就一个人吃，”安赫说，“就上回吃过的那家涮羊肉。”

“入秋开始进补了？”那辰说。

“补好几天了。”安赫说，“你这么忙，人都见不着，我都默默地、孤独地、形单影只地自己补。”

那辰笑了起来：“这也太可怜了。”

“说你自己吧，”安赫叹气，“连续半个月没休息了吧？”

“我们馆长这个月连一天都还没休呢。”那辰也叹气，“有他垫底，我还平衡些。”

“要说你们那儿是真磨炼人，”安赫说，“小辰辰都能忍下这样的工作强度了，还能给自己找点儿平衡。”

“不然怎么办？”那辰说，“失业了车都养不起。”

“你还用养车吗？”安赫笑了，“你看你们馆长一天天忙的，还有机会开车吗？”

“那我还是要开的，”那辰“啧”了一声，“我开出去转一圈回来也得开。”

这还没聊几句，那辰听到馆外的路上传来了几声鞭炮声。

“来车了？”安赫也听到了。

“嗯。”那辰应了一声，“那你晚点儿过来吧，我要有空就跟你一块儿进补去。”

“行，忙去吧。”安赫挂掉了电话。

今天气温虽然低，但天气很晴朗，一大早大日头就出来了，作用跟灯差不多，照明很强，升温没什么用。

安赫拿过手机，给一个长篇大论跟他讨论应该如何教育她儿子的家长回了条消息，感谢她对学校和老师提出的建议和意见。

手机刚放下没两分钟，牙都还没刷完，那边的消息又发了过来。

安赫看着手机屏幕一页都安放不下的那一大块聊天气泡，头皮都麻了。

现在的家长比学生还难对付。

不少学生还能勉为其难地“我看你是老师，所以你说话我假装听一听，给你面子”，家长却经常是“你别看我没空管，也管不了孩子，但我还是要指点你一下”的态度。

安赫拿着手机认真地看了一下家长的消息，大致就是孩子一回家就情绪低落，也不跟家里人交流，吃完饭筷子一扔就回屋，肯定是在学校受了委屈，老师没有尽心呵护之类的。

这种情况其实已经不是家长第一次反映了，安赫也跟这个学生谈过两次，跟他推测的也差不多，他也跟家长打过几次电话进行沟通，但没什么效果。

父母给的压力太大，从进门起就在不停地指责和纠正他的每一个动作，躲开是他最好的选择。

安赫也没什么更好的解决方法，只能用更长的一段回复向家长表达了一下会更关注孩子。

反馈的长度够了，家长的态度也就缓和了不少。

安赫靠在沙发上拉长声音舒了一口气，一大早来这么一下，顿时就没了早起还休息的愉悦感。

周末的安排都很简单，不再像前些年那样逢假就想跟朋友聚一聚，朋友也不是当年无所牵挂的那些人了，时间给了人各种各样的生活，或愉快，或压力。

他现在更愿意待在家里无所事事，或者跟那辰出去转几圈，吃个饭。

悠闲的，散漫的，大脑放空，傻子一样过一天。

去等那辰吃饭还有点儿早，安赫出门之后先去了一家老字号，买了只烧鹅，这是老妈最近两年很爱吃的东西，今天是他每月一次去看老妈的日子。

老妈现在不太打牌了，也许是一辈子牌桌前的生活毁掉了她的腰，现在稍微坐着时间长点儿就受不了，倒是开始出去看人跳广场舞了。

安赫甚至在小区门口碰到了刚早锻炼回来的老妈。

“来了。”老妈说了一句。

“嗯。”安赫陪着她一块儿往里走，“去跑步吗？”

“谁跑得动？”老妈说，“就走几圈，呼吸点儿新鲜空气。”

“前几天说腰不舒服，”安赫说，“好点儿了没？”

“好了。”老妈说。

“如果还是不舒服你就说，我带你去医院，”安赫说，“你别嫌麻烦就都好说。”

“你就不盼我好是吧？”老妈看了他一眼。

“我盼你长命百岁，”安赫说，“所以我不想你后面几十年在床上躺着。”

“放心吧，又不用你伺候。”老妈完全没搭上他的思路。

安赫也没再多说。

老妈的房子很整洁，在安赫给他换了四个保洁阿姨之后，终于有了一个她满意并且人家能忍受她脾气的。

“烧鹅放厨房去吧。”老妈说，“是在那家买的吗？”

“是。”安赫进了厨房，把烧鹅放在了桌子上，“刚烤出来的。”

“那一会儿我就吃了，趁还有点儿热，”老妈说，“凉的我还得弄。”

“嗯。”安赫应了一声，在屋里又看了看，“有什么要干的活吗？”

“没有。”老妈摆摆手，“你走吧，别在这儿耗着了。”

“行吧。”安赫看了看她，“那我下个月再过来，你要有事给我打电话。”

“你是录音机吗？”老妈进了厨房，“每次都是这句。”

“走了。”安赫打开门走了出去。

老妈的状态还可以，气色也不错，这就可以了，别的他俩相互都不太需要。

现在没什么事了，他打算去那辰那边，有个新开的花鸟鱼虫市场可以逛逛，他想在家里弄个缸，养几条鱼。

这个花鸟鱼虫市场的具体位置他弄不清，在几条街上来回开了快二十分钟才看到了路边的牌子，不大的一个门脸，里面进去就是个停车场，不过一眼望过去车位都是满的。

他慢慢蹭着往前找车位的时候，手机在兜里响了，后头有车跟着，他不得不先找地方，好不容易看到个空车位，赶紧一头扎了进去。

但电话已经停了。

他叹了口气，松了安全带摸出手机，没等他看清未接来电，电话就又打了进来。

看到来电名称时，他感觉一阵心慌。

五院陈医生。

上次在那辰的手机上看到这五个字的时候，是医生通知那辰他妈妈自杀。

这几年他妈妈的状态一直不好，人也很消瘦，风一吹就能飘走的感觉，清醒的时间也越来越短，有时候连续几个月都处在混乱里，认不出人，也听不明白话。

那辰的工作有时候忙起来会顾不上接电话，所以安赫给陈医生留了自己的号码，有紧急情况时能找着人。

而现在这个连打两次的电话，应该不是什么她突然清醒了的好消息。

"陈医生您好。"安赫接起了电话。

"安先生，那辰的电话没有人接，我只能先找你了。"陈医生的语速很快，没有任何客套和缓冲，"刘小如从楼梯上摔下去了，头部受伤，救护车已经送一附院了，你能联系上那辰的话让他马上去医院，情况不太好，要有心理准备。"

"明白了。"安赫扯过安全带又扣上，开出了车位，往殡仪馆方向开过去，"我就在他单位旁边，我马上去接他，具体情况您能跟我说一下吗？"

"她早上说要去院子里站一会儿，这几天都是这么要求的，但今天她挣开护士，直接……从楼梯上跳下来了。"陈医生说，"我现在也马上去一附院，见面了详细说。"

“好，谢谢您。”安赫挂了电话马上又给那辰打了过去。

响到自动挂断也没有人接。

他皱着眉，踩了踩油门儿，按着喇叭转进主路。

这个消息对那辰来说，会是一记重击，他握着方向盘的手有些出汗。

那辰和他妈妈算不上亲密，曾经的那些伤害让那辰始终对他妈妈有些疏离，甚至是恐惧，但从另一个方面来说，那辰对这个唯一的亲人却又有着深深的依赖。

而陈医生的意思也很清楚：情况不好，要有心理准备。

安赫根本不知道要怎么告诉那辰这个消息。

进了大门，安赫没有往停车场去，直接停在了门卫室门口。

值班的保安认识他，探了头出来问：“小安，怎么不进去？”

“那辰这会儿在哪儿，能联系到他吗？”安赫下了车，“他家里有急事，他没接电话。”

“应该是在告别大厅。”保安说，“我给大厅打电话。”

“联系上告诉他，我现在过去找他了。”安赫往大厅那边跑过去。

“好！”保安应了一声。

告别大厅离大门不算太远，就是车开不过去，好几级台阶，当初送姥姥的时候他走过。

刚跑上最后一级台阶，穿着一身黑色制服的那辰从大厅里跑了出来，手里拿着电话正在拨号。

“这儿！”安赫喊了一声。

那辰看到他，立马冲了过来。“我妈怎么了？我手机上有陈医生的未接来电。”

“受伤了。”安赫没敢现在就直说，“你请个假，我们现在去医院。”

“已经请了。”那辰说。

他俩一块儿往台阶下跑的时候，那辰抓住了安赫的手。

安赫马上也握了握他的手，转头看着他。

“我妈怎么了？”那辰问，“我有点儿……害怕。”

“先上车。”安赫说，“我路上跟你说。”

“嗯。”那辰应了一声。

那辰的手很凉，本来气温就低，安赫几乎能感觉到那辰的手迅速冷下去，松开手之后都还残留着凉意。

“后座有件外套，”安赫飞快地在导航上点出一附院，然后把车倒出大门，“你换一下，我怕这身衣服你妈看到不舒服。”

“嗯。”那辰脱掉了黑色制服上衣，拿了后座的外套穿上了，“说吧。”

“你妈妈刚摔倒了，”安赫用了一个相对缓和些的表达，“她……”

“摔倒？在哪里？”那辰问。

“楼梯上。”安赫说。

“是她自己跳下去的吧。”那辰的声音很低，前几个字还带着些许颤抖，但很快就变得出奇地冷静。

安赫看了他一眼，轻轻叹了口气：“嗯，陈医生说她挣脱了护士。”

“严重吗？”那辰问，没等他回答，又自己接了一句，“不严重你也不会急成这样了，她那个身体，感个冒都能要了她的命。”

“情况是不太好。”安赫说，“具体咱们去了医院才知道，先别乱。”

“没乱。”那辰转过头看着他，“这天早晚会来的，她不会等着自己动不了慢慢死掉，她是一定会用这样的方式解决的。”

安赫咬了咬嘴唇，没说话。

“还算好了。”那辰说，“她要早几年这么干，我可能还扛不住。”

安赫不知道怎么安慰，或者是否需要安慰那辰。

这么多年，那辰跟他妈妈相处的时间里，所有的开解，所有的安慰，所有的分析，他全部都已经给自己做过了。

别人能想到的所有方式，他都已经熟练掌握。

在这样的事情再一次发生之前，他脑子里怕是已经演练过无数次。

但安赫最后还是开了口，无论那辰是否已经熟知一切安抚的方式和语言，他依然需要一点儿声音，唯一的作用，是让他知道身边还有人在陪着他。

“你现在已经不是当年那个小孩儿了，”安赫说，“而且还多了个帮手。”

“你吗？”那辰问。

“不然是谁？”安赫说。

那辰轻轻笑了笑。

过了一会儿他才低声说：“她重度贫血，营养不良，前两个月体检，各项指标都很差，如果情况不怎么好，怕是上不了什么抢救手段了，身体扛不住。”

“你有什么想法吗？”安赫问。

“不进 ICU。”那辰说，“她如果能表达，肯定不会愿意的。”

“嗯。”安赫应了一声，前面的车打着转向灯减了速，但一直没往旁边去，他有些烦躁地按着喇叭不撒手。

“你比我还慌呢，”那辰说，“镇定啊，安老师。”

前面的车终于转了道，安赫松了口气，踩了踩油门儿。“我就是急，别的不管，时间能不耽误还是不耽误。”

“我其实……”那辰看向窗外，“如果情况不好，我有点儿希望到的时候她已经走了，我不想看着她走。”

“没关系，”安赫说，“万一情况没有很不好……就算不好，我陪着她走就行。”

那辰没说话，伸手在他肩上很用力地抓了一下。

“不要影响驾驶员啊，”安赫说，“驾驶员现在高度紧张呢。”

导航上显示到医院需要二十四分钟，休息日这个时间有可能会更长，一堵车说不定就奔着一小时去了，但也许是老天爷不忍心，这一路还算顺利。

半小时之后他们赶到了医院，医院人实在太多，车位都不好找。

“我先进去。”那辰松开了安全带，“你停好进来找我。”

安赫把车停下来的时候有些犹豫，但还是很快地点了点头，他习惯性地担心那辰会在母子关系上受到影响，但正如那辰所说，他已经不是当年的那个小孩儿了。

他是一个在繁忙的工作中直面过无数死亡，旁观过无数分别，也见识过无数薄情的……工作狂。

那辰下车之后跑进了医院大门，安赫在路边绕了两圈，终于找到了一个被前后两辆车停得几乎没有调整空间了的车位。

一个曾经需要苍蝇拍才能扫开门禁的人，硬是在几十秒内把车停进了这个车位里。

谁不在成长呢？

那么漫长的时间。

安赫跑进医院的时候一眼就看到了陈医生。

“陈医生。”他快步过去打了个招呼。

“人在急诊，那辰已经过去了。”陈医生说，“现在需要先确定颅内出血的情况，再决定是否手术。”

“好的。”安赫点点头，往急诊那边跑了过去。

那辰站在一张病床边，听着医生说话，不断地点头。

安赫走过去，站在了他身侧。

“病人送过来就是昏迷状态，初步来看情况不乐观，”医生说，“具体的已经安排进一步检查了，如果确定颅内出血量……”

那辰始终没有往病床上看，只是盯着医生，机械地“嗯”和点头。

安赫看了看躺在病床上的女人，已经瘦得颧骨突出的脸上一片苍白，唯一的红色是受伤后溅上的血痕，他陪着那辰去看望过那辰妈妈很多次，如果现在不告诉他这是谁，他是认不出来的。

这大概也是那辰没有勇气看她的原因。

几个护士已经开始把床往外推了，安赫拉了那辰一把，俩人让到一边，然后跟在了后头。

“先看检查的情况怎么样。”安赫低声说着。

“嗯。”那辰点点头。

检查需要一些时间，安赫和那辰在走廊上站着。

陈医生走了过来。

“您还没有回去吗？”那辰应该是缓过来一些了，终于开口说出了除了“嗯”之外其他的话。

“我看看检查结果怎么样。”陈医生叹了口气，“确定了治疗方案我再回去，毕竟也是我这么多年的病人了……五院已经派了人过来，后面一些具体的问题你可以跟院方再协商。”

“好的。”那辰应了一声。

安赫跟陈医生又聊了几句，大致了解了一下情况，那辰的妈妈经常会在护士的陪同下去花园散步，每次都会经过那个台阶，也没有发现她有异常，但今天就突然发生了这样的事，两个护士都没能拉住她。

陈医生走到一边去接电话的时候，安赫过去搂了搂那辰的肩。

“我还好。”那辰说，“回过神了。”

“想喝水吗？”安赫看到走廊那头有饮水机，于是问了一句。

“不想喝。”那辰看了他一眼，“你就在这儿，在我旁边，别走开。”

“寸步不离。”安赫点点头。

检查结果出来了，颅内出血情况严重，需要马上手术。

那辰签了字，五院派来的人也赶到了，都是他熟悉的人，毕竟老妈在那里住了十几年，他也是医院的常客。

安赫站在一边，看着那辰跟医生询问，跟五院的人了解情况，基本已经恢复了平时的样子，最初的慌乱和茫然已经过去了。

他稍微放心了一些，那辰本身不是个脆弱的人，但敏感会让他更容易受到各种情绪的影响，现在看来，几年的时间里，那辰已经慢慢走出了曾经拉扯着他的那些困扰。

手术开始之后，那辰说要出去走走，透透气。

五院的工作人员在手术室外等着，安赫陪着那辰走出了大楼。

“渴了。”那辰说。

“想喝什么？”安赫问。

“跟你一样吧。”那辰说。

“行。”安赫看了看四周，这里靠近医院后门，外面有自动售货机，他指了指那个方向，“现在我要去买水，距离大概是……三百米……”

那辰笑了笑：“一块儿去，不然我站在这里吗？”

“走。”安赫看到他这个笑容，感觉整个人都放松下来了。

“别担心我，”那辰往后门慢慢走着，“我只是猛地一下……这事虽然早就能想到，但也还是太突然了，我有些没反应过来。”

“嗯。”安赫点点头。

“就……本来是很平稳的一个状态，一切都不急不慢，除了工作很忙，”那辰说，“现在状态一下变了。”

“我明白。”安赫拍拍他后背。

“她是我最后一个亲人。”那辰说。

“我不算吗？”安赫问。

那辰看了他一眼。“血缘关系。”

“哦。”安赫说。

“你是真正的亲人。”那辰说。

“这种时候就不要这么高情商了，”安赫说，“还能再安慰一下我。”

“今天中午吃不成饭了。”那辰说，“记账了啊，欠我一顿饭。”

“给你升级一下，”安赫说，“不吃那家涮羊肉了，升级个更高级的……涮羊肉。”

“好。”那辰拿出手机，点开备忘录，“安，大，爷，欠，一，顿，高，级，涮，羊，肉。”

手术的时间不算太长，仅就手术本身来说是成功的，但那辰妈妈的体质太差，短暂的苏醒过后再次陷入了昏迷。

病房里很安静，只能听到床边各种机器单调的声音。

这是那辰最不想经历的，看着她一点儿一点儿地慢慢离开。

安赫站在床边，那辰请的护工大姐轻轻给她擦着额头，那辰在病房外走廊的窗户边站着，现在除了等待，已经没有什么能做的了。

他走出病房，站到那辰身边。

“我有点儿饿了。”那辰说。

安赫看了看时间，已经快到晚饭时间了。“咱们去对面随便吃点儿吧。”

“好。”那辰点点头，往病房里看了一眼，转身走向电梯。

医院附近真没什么好吃的，他俩随便挑了一家小饭店。

那辰的手机一下午响了很多次，工作上的，领导打来问情况的，吃饭的时候又接了两个。

“我都不知道我平时这么重要呢。”那辰接完同事的电话，喝了口汤。

“毕竟老员工了，”安赫说，“还是主任呢。”

“临时的，”那辰笑着纠正他，“代主任。”

“吃完饭你回去休息，”安赫说，“我在这儿再……”

“不用。”那辰说，“她会赶人走的，不一定什么时候就会突然打你。”

安赫笑了笑。

“让她自己吧。”那辰说，“她不愿意有人打扰，我也不愿意再因为她影响我，更不愿意因为她影响我身边的人。”

安赫看着他，点了点头。

“可能有点儿绝情，”那辰说，“但我和她都知道这是最好的状态，所有这一切都可以结束了。”

也许的确是这样，刘小如女士在最后的时间里也同样果决，从跳下楼梯到最后离开，短短的一天，就结束了。

没有太多的悲伤，那辰仿佛在那一瞬间突然就脱离了低落的状态。

就像是终于翻到了书的最后一页，知道到了结局之后的解脱。

后面的事对那辰来说，就像是无数工作中的其中一次。

不过是最简单的那种，没有仪式，没有哭泣的亲人，只有一个简单的墓碑，和墓碑前的一朵小小的黄花。

那辰在墓碑前站了不算太长的时间，最后轻声说了一句：“我走了，我要去吃高级涮羊肉了。”

高级涮羊肉比起那辰以前吃腻的各种私房菜来说，也只不过就是一顿涮羊肉，但他却格外期待。

安赫还有一节课才下班，但课间的时候他就从办公室的窗口看到了街对面停着的那辰上个月刚买的车。

往教室走的时候他给那辰打了个电话：“你是故意把车停在那儿的吗？”

“是的。”那辰笑了起来，“本来停侧门那边了，走过来的时候发现这边有辆车刚走，我就又回头把车开过来停在这儿了。”

“还有一节课啊大哥。”安赫说。

“我睡一觉。”那辰说，“你上你的课去。”

“你不去旁边那个小店喝杯咖啡吗？”安赫问，旁边的小巷里有家咖啡店，以那辰挑剔的味觉，在那里喝过一次，还让安赫帮他带过两杯。

“不想动。”那辰说，“我就想躺车里，今天有点儿冷。”

“你睡觉开着点儿窗户啊，”安赫说，“别都关上了。”

“啊……”那辰拉长声音，“我连这点儿常识都没有吗？你还要这么交代，我又不是你学生。”

“正常提醒。”安赫说，“我进教学楼了，挂了啊。”

“去吧。”那辰说。

入秋之后世界好像都会变得安静，哪怕是在大街上。

那辰靠着椅背，看着车窗上不断落下来的树叶。

从树上被风吹下来落到玻璃上时，这些叶子会发出噗噗的轻响，在车里听得很清楚，如果风再大一些，还会有细小的枯枝被吹落，声音却比落叶敲击玻璃要小得多。

秋天是个好季节，那些死去的枯萎的不断落下，第二天会被清扫干净，再继续落下，继续被清扫，直到干干净净，彻骨寒冷之后，又会开始新的旅程。

都是新的了。

车窗被敲响的时候，那辰才发现自己不知道什么时候睡着了。

安赫在车外，把雨刮器和车门把手上插着的好几张小广告卡片取下来，扔到了旁边的垃圾桶里。

那辰打开了车门。

“你这小广告是出门的时候带着出来的吗？”安赫坐进车里。

“估计是我刚睡着的时候塞的，”那辰说，“我出来的时候车上只有干干净净香喷喷的我。”

安赫乐了，凑过来闻了闻。“嗯，非常新鲜的小伙子。”

“导航，”那辰拍了拍方向盘，“我不认识路。”

“准备出发，”安赫一边系安全带一边说，“全程六点……全程六公里，大约需要十五分钟。”

“这什么破导航，公里数还带改的。”那辰把车开出车位。

“前方红绿灯路口左转，”安赫说，“请走左边两车道。”

“还聊不聊天了！”那辰笑着说，“你在这儿叭叭叭的。”

“就之前咱们排队买过芝麻饼的那个小街，还记得吗？”安赫说。

“记得。”那辰点头。

“小街过去一拐弯就到了。”安赫说。

“那也没有六公里吧，”那辰估计了一下，“最多五公里，十分钟差不多能到了。”

“你年轻你说了算。”安赫说。

“突然这么和善，还服老了？”那辰看了他一眼，“上课受什么刺激了吧？”

安赫笑了起来。“我多少年勇斗熊孩子的经验，上课已经没有什么东西能刺激到我了。”

“那就是真老了。”那辰说。

“你现在都成熟稳重多了，”安赫说，“我还能有多年轻？”

“没到四十的人不带这样的啊，居然不反驳一下，”那辰说，“你都还没老花眼。”

“……是用这个判断的吗！”安赫笑了。

“那不然呢，”那辰说，“用起夜次数吗？”

“闭嘴！”安赫说。

这家高级涮羊肉吃饭的人很多，还不让订桌，只能排队。

“还好我出门的时候吃了个蛋糕，”那辰说，“要不这会儿得饿死。”

“你真能给我省钱，”安赫叹气，“出门吃饭还先垫点儿。”

“你饿了吧？”那辰看了他一眼。

“饿了一会儿正好吃，”安赫说，“什么羊肉、肥牛、毛肚一样来一份，还有我最喜欢的素菜三兄弟，金针菇、土豆片、蒿子秆，最后再来两份粉丝……”

“别忘了糖蒜。”那辰摸了摸肚子，“让你说饿了，娃娃菜、冻豆腐也来点儿。”

安赫笑了起来：“蛋糕也不怎么争气啊。”

“小蛋糕，”那辰用手指圈了一下，“就这么一点儿，一口一个，就吃了一个。”

“我给你找点儿吃的再垫垫吧。”安赫手伸到兜里掏着，“要吗？”

“要。”那辰立马凑了过来，伸出了手。

安赫从兜里掏出了一颗小硬糖，放在了他手心里。

“你大爷！”那辰很震惊。

“不够还有，”安赫说，“两种口味，柠檬和西柚。”

“你可真厉害，”那辰笑了，“这玩意儿好意思拿出来让人垫垫。”

“我这儿还有口香糖，”安赫说，“没让你用口香糖垫垫已经是我尽了最大的努力了。”

那辰笑着把糖剥开，放嘴里咔咔咬着。“行吧，挺好吃的。”

“咔”完了四五颗小硬糖，服务员终于叫了他们的号，把他们带到了一个小桌前坐下了。

那辰是饿了，拿着菜单一通点。“喝点儿吧，一会儿叫个代驾。”

“嗯。”安赫点点头。

本来是不打算喝酒的，但这是葬礼之后他们第一次出来吃饭，那辰看上去状态不错，他不想扫兴，就当是庆祝那辰新的人生开始。

服务员上菜很快，连肉带菜用个小推车直接放到了他们桌边。

安赫拿过酒往杯子里倒。

“要不要……”他拿起杯子，“说点儿什么？”

“嗯。”那辰也拿起杯子，看着他。

“你说啊。”安赫说。

“敬柠檬小硬糖和西柚小硬糖。”那辰说。

安赫想了想，说：“敬小蛋糕。”

图书在版编目（CIP）数据

同类 / 巫哲著 . -- 上海：上海文化出版社，2023.7

ISBN 978-7-5535-2775-8

Ⅰ. ①同… Ⅱ. ①巫… Ⅲ. ①长篇小说－中国－当代 Ⅳ. ① I247.5

中国国家版本馆 CIP 数据核字（2023）第 117149 号

出 版 人：姜逸青
责任编辑：顾杏娣
监　　制：毛闽峰
策划编辑：九　夏　茶小贩
营销编辑：刘　珣　焦亚楠
版式设计：梁秋晨
封面设计：有点态度设计工作室
插图绘制：踏月锦　RL　凌零叽　赵悦琪
书名题字：仓仓仓鼠
内文排版：行健开元

书　　名：同类
作　　者：巫哲
出　　版：上海世纪出版集团　上海文化出版社
地　　址：上海市闵行区号景路 159 弄 A 座 3 楼　201101
发　　行：中南博集天卷文化传媒有限公司
印　　刷：北京天宇万达印刷有限公司
开　　本：875 mm × 1230 mm　1/32
印　　张：9.25
字　　数：264 千字
版　　次：2023 年 7 月第 1 版　2023 年 7 月第 1 次印刷
书　　号：ISBN 978-7-5535-2775-8/I.1067
定　　价：52.80 元

如发现印装质量问题，影响阅读，请联系 010-59096394 调换。